民国词学史著集成

第八卷

孫人和《詞學通論》 劉永濟《詞論》

孙克强 和希林◎主编

南開大學出版社

图书在版编目(CIP)数据

民国词学史著集成. 第八卷 / 孙克强，和希林主编.
—天津：南开大学出版社，2016.12
ISBN 978-7-310-05272-1

Ⅰ. ①民… Ⅱ. ①孙… ②和… Ⅲ. ①词学—诗歌史
—中国—民国 Ⅳ. ①I207.23

中国版本图书馆 CIP 数据核字(2016)第 297154 号

南开大学出版社出版发行
出版人：刘立松
地址：天津市南开区卫津路 94 号　　邮政编码：300071
营销部电话：(022)23508339　23500755
营销部传真：(022)23508542　　邮购部电话：(022)23502200
*
天津市蓟县宏图印务有限公司印刷
全国各地新华书店经销
*
2016 年 12 月第 1 版　　2016 年 12 月第 1 次印刷
210×148 毫米　32 开本　13 印张　4 插页　368 千字
定价：80.00 元

如遇图书印装质量问题，请与本社营销部联系调换，电话：(022)23507125

總　序

清末民初詞學界出現了新的局面。在以晚清四大家王鵬運、朱祖謀、鄭文焯、況周頤為代表的傳統詞學(亦稱體制內詞學、舊派詞學)之外出現了新派詞學(亦稱體制外詞學)。新派詞學以王國維、胡適、胡雲翼為代表,與傳統詞學強調『尊體』和『意格音律』不同,新派在觀念上借鑒了西方的文藝學思想,以情感表現和藝術審美為標準,對詞學的諸多問題展開了全新的闡述。同時引進了西方的著述方式:專題學術論文和章節結構的著作。傳統的詞學批評理論以詞話為主要形式,感悟式、點評式、片段式以及文言為其特點;民國時期的詞學論著則以內容的系統性、結構的章節佈局和語言的白話表述為其主要特徵。當然也有一些論著遺存有傳統詞話的某些語言習慣。民國詞學論著的作者,既有新派大師王國維、胡適的追隨者,也有舊派領袖晚清四大家的弟子、再傳弟子。他們雖然觀點不盡相同,但同樣運用這種新興的著述形式,他們共同推動了民國詞學的發展。民國詞學論著的蓬勃興起是民國詞學興盛的重要原因。

民國的詞學論著主要有三種類型:概論類、史著類和文獻類。這種分類僅是舉其主要內容而言,實際情況則是各類著作亦不免有內容交錯的現象。

概論類詞學著作主要內容是介紹詞學基礎知識，通常冠以『指南』『常識』『概論』『講義』之名。這類著作無論是淺顯的入門知識，還是精深的系統理論，皆表明著者已經從傳統詞學中片段的詩詞之辨、詞曲之辨，提升到系統的詞體特徵認識和研究，是文體學意識的體現。史著類是詞學論著的大宗，既有詞通史，也有斷代詞史，還有性別詞史。唐宋詞成為後世的典範，對唐宋詞史的梳理和認識成為詞學研究者關注的焦點，如詞史的分期、各期的主要特徵、詞派的流變等。值得注意的是詞學史上的南北宋之爭，在民國時期又一次達到了高潮，有尊南者，有尚北者，亦有不分軒輊者，精義紛呈。南北宋之爭的論題又與新派、舊派基本立場的分歧對立相聯繫，一般來說，新派多持尚北貶南的觀點。史著類中清代詞史亦值得關注，詞學研究者開始總結清詞的流變和得失，清詞中興之說已經發佈，進而加以討論，影響深遠直至今日。文獻類著作主要是指一些詞人小傳、評傳之類，著者廣泛搜集歷代詞人的文獻資料，加以剪裁編排，清晰眉目，為進一步的研究打下基礎。

『民國詞學史著集成』有兩點應予說明：其一，收錄了一些中國文學史類著作中的詞學史部分。民國時期的中國文學史著作主要有兩種結構方式：一種是以時代為經，文體為緯，此種寫法的文學史，詞史內容分散於各個時代和時期。另一種則是以文體為綱，注重文體的發展演變，如鄭賓於的《中國文學流變史》的下冊單獨成冊，題名《詞（新體詩）的歷史》，篇幅近五百頁，可以說是一部獨立的詞史；又如鄭振鐸的《中國文學史》（中世卷第三篇上），單獨刊行，從名稱上看是唐五代兩宋斷代文學史，其實是一部獨立的唐宋詞史。

『民國詞學史著集成』視這樣的文學史著作中的詞史部分，為特殊的詞史予以收錄。其二，『民國詞學史著集成』收入五部詞曲合論的史著，著者將詞曲同源作為立論的基礎，合而論之，本套叢書亦整體收錄。至於詩詞合論的史著，援例亦應收入，如劉麟生的《中國詩詞概論》等，因該著已收入南開大學出版社出版的『民國詩歌史著集成』，故『民國詞學史著集成』不再收錄。

『民國詞學史著集成』收錄的詞學史著，大體依照以下方式編排：參照發表時間、內容分類、著者以及著述方式等各種因素，分別編輯成冊。每種著作之前均有簡明的提要，介紹著者、論著內容及版本情況。

在『民國詞學史著集成』中，許多著作在詞學史上影響甚大，如吳梅的《詞學通論》等，多次重印、再版，已經成為詞學研究的經典；也有一些塵封多年，本套叢書加以發掘披露，如孫人和的《詞學通論》等。這些文獻的影印出版，對詞學研究具有重要的參考價值。近些年，民國詞學研究趨熱，期待『民國詞學史著集成』能夠為學界提供使用文獻資料的方便，從而進一步推動民國詞學的研究。

孫克強　和希林

2016年10月

總目

第一卷

第二卷

第七卷

第八卷

第九卷

第十卷

第十一卷

第十二卷

第十三卷

第十四卷

第十五卷

第十六卷

本卷目錄

孫人和《詞學通論》

孫人和（1894—1966），字蜀丞，號鶴臞，江蘇省鹽城縣（今屬建湖縣）人。民國時期著名藏書家、文獻學家、詞學家。民國時期曾在北京大學、中國大學、輔仁大學、暨南大學等任教。1958年，成爲第一屆古籍整理出版規劃小組哲學組成員。孫氏爲《續修四庫全書》撰寫了九百九十二種提要，多爲經部小學，子部雜家、道家，集部詞曲等類。著作主要有《論衡舉正》《抱朴子校補》《詞學通論》《校訂花外集》《南唐二主詞校證》《陽春集校證》《唐宋詞選》《詞瀋》等。

《詞學通論》分兩卷，上卷三章：詞之起源、詞之體製、論音律；下卷：填詞法、唐五代兩宋名家詞。是書爲中國大學講義，現存爲殘本。本書據中國大學講義影印。

孫人和　**詞學通論**

詞學通論

王海如　孫蜀丞

第一章　詞之起源

說文詞意內而言外也意內者情動于中之謂也言外者形於言之謂也與毛詩關睢序論詩誼近詞與辭通用孟子萬章篇說詩者不以文害辭不以辭害志以意逆志是爲得之趙注辭詩人所歌詠之辭解釋詞字最爲明晰故樂府中亦往往以此名屈子離騷漢武秋風實爲詩之流變故亦稱辭近人或據徐鍇繫傳音內言外以釋之誼轉迂曲

劉毓盤詞史云莊子天運篇黃帝論樂曰吾奏之以人徵之以天行之以禮義建之以太清其聲能短能長能柔能剛變化齊一不主故常天機不張而五官皆備此之謂天樂故作咸池之樂張於洞庭之野而北門成不能解後王因之少皞作大淵顓頊作六莖帝嚳作六英唐堯作大章虞舜作大韶夏禹作大夏商湯作大頀周武王作大武成王時周公作勺又有房中之樂以歌后妃之德其於國子也則大司樂合六代之樂教以樂德樂語樂舞夫其重之　如此今所傳者莫古於詩三百篇讀左傳季札論樂一節則其聲音之道可知此即史記孔子世家所謂凡詩皆可入樂之說也及周之

衰詩亡樂廢屈宋代興以九歌等篇侑樂九章等篇舒情塗轍擘分矣秦一天下六代廟樂惟韶武存焉二十六年改周大武曰五行房中曰壽人而鄭衛之音尤爲二世所好此秦之所以速亡也西漢之初有魯人制氏者世在太樂官但能記其鏗鏘鼓舞而不能言其義高祖過沛作風起之詩令僮兒百二十人習而歌之又令唐山夫人作房中之歌十七章以備祠樂孝惠二年夏侯寬爲樂府令更房中歌曰安世樂而侑以簫管孝武繼世定郊祀之禮乃立樂府采詩夜誦有趙代秦楚之謳以李延年爲協律都尉多舉司馬相如等數十人造爲詩賦畧論律呂以合八音之調作十九章之歌令童男女七十人習之而隸於樂府其餘若短簫鐃歌二十二章又巴渝舞曲四章亦隸於樂府宣帝本始四年詔樂府減樂人而渤海趙定梁國龔德等以知音善鼓雅琴爲丞相魏相所薦皆召見於闕下至哀帝時以爲郊廟詩歌內有掖庭才人外有上林樂府皆以鄭聲施於朝廷遂罷而不設其郊祀樂及古兵法武樂在經不可罷者別屬他官從丞相孔光等奏也是樂府爲官名後人以樂府所采之詩可被之聲歌者別名之曰樂府故有古樂府新樂府小樂府之目唐宋人以詩詞入歌故詞亦曰樂府自漢立樂府而詩與樂分東漢則有鞞舞歌五章以貢燕享之用魏晉以下郊祀宗廟多襲漢詞之舊而第易其名惟篇什之數遂減爾自魏武帝借樂府以寫時事薤露歌蒿里行

皆爲董卓之亂而作曹植又謂古曲謬誤甚多異代之文不必相襲作鞞舞新歌五章傅玄承之作晉鞞舞新歌五章此說一開後人每依樂府之題而不考所出者如君馬黃一章蔡君知張正見之流只言馬而已不知古詞所云君馬黃臣馬蒼二馬同逐臣馬良者亦如關雎鵲巢之詩但取第一句命題其寓意初不在馬也六朝人所別於詩而謂新樂府者蓋愈變而愈離其宗矣顧炎武論詩嘗曰三百篇之不能不降而楚辭楚辭之不能不降而漢魏者勢也是則三百篇之不能不降而樂府樂府之不能不降而爲詞者亦勢也蓋詩與樂既分後世猶傳其聲者莫古於周召二南鄭氏詩譜所謂房中之樂也漢魏以來相繼不絕永嘉之亂猶傳江左隋文帝平陳獲之以爲華夏正聲之一詔於太常爲置清商府求得陳太樂令蔡子元于普明等復居其職所采漸廣若巴渝白紵諸曲皆在焉至唐猶存六十三曲至宋猶存三十二曲又謂之清樂陳暘樂書曰清樂及清調平調瑟調統名之曰清商爲周房中樂之遺聲本有聲而無詞晉宋間始依聲而爲之詞也鼓角橫吹曲亦古樂也始於黃帝戰蚩尤於涿鹿乃作吹角爲龍吟以禦魑魅漢武帝時張騫入西域得胡角傳其法於西京有摩訶兜勒一曲橫吹有雙角卽胡樂也陳暘樂書以爲此卽中國用胡樂之本李延年因之更造新聲二十八解以爲武樂後漢以給邊將魏晉以來二十八解不復具存所通用者黃鵠隴

頭出關入關出塞入塞折楊柳黃覃子赤之楊望行人十曲而已胡角者本以應胡笳之聲梅花落卽胡笳曲故謂之邊聲也西涼諸曲大都起於十六國之秋北齊後主尤好胡戎樂歌人有至開府封王者並製無愁曲使胡兒閹官等相唱和隋煬帝大業中御史大夫裴蘊廣搜各工並付太樂倡優猱雜咸來萃止復取西涼龜茲天竺康國疏勒安國高麗諸曲以合於淸樂而伊州涼州甘州渭州諸曲亦同時而起焉雅樂胡樂紛糅沓進而古樂益衰唐五代人作詞多按樂府舊曲以立名若巴渝詞入塞伊州三臺八聲甘州其遺譜猶有存者惟雅鄭之分則無人解及焉讀崔令欽敎坊記王灼碧鷄漫志二書其遞嬗之迹可考而知已古樂府在聲不在詞唐之中葉也舊曲所存其有聲有詞者白雪公莫舞巴渝白苧子夜團扇懊儂莫愁楊叛兒烏夜啼玉樹後庭花凡三十七曲有聲無詞者七曲而已見碧雞漫志　唐人不得其聲故所擬古樂府但借題抒意不能自製調也所作新樂府但爲五七言詩亦不能自製調也其采詩入樂必以有排調有襯字者始爲詞體蓋解其聲故能製其調也至宋而傳其歌詞之法不傳其歌詩之法於是一衍而爲近詞再衍而爲慢詞惟小令終不如唐人之盛且宋人自度曲之變化爲多蓋解其聲故亦能製其調也

孫蜀丞

夫詞之起源由於音樂之嬗變然與中國固有之樂相距甚遠余觀崔令欽教坊記段安節樂府雜錄所載者多爲胡曲東晋以後聲辭悉變此可注意者也今先論胡曲之源流

周禮春官韎師掌教韎樂祭祀則帥其屬而舞之注云舞之以東夷之舞又旄人掌教舞夷樂注云夷樂四夷之樂又鞮鞻氏掌四夷之樂與其聲歌注云四夷之樂東方曰韎南方曰任西方曰株離北方曰禁

古者以爲普天之下莫非王土故必收四夷之樂者一天下也然以聲音不正作於四門之外愼之至也漢張騫入西域雖得胡樂而以舊樂未盡亡佚故亦未能盛行也

晋朝遷播夷羯竊據南北爭馳歷有年所當時舊樂淪亡殆盡而胡樂紛入亦其勢也觀隋大業中煬帝定樂爲九部除清樂外多爲胡樂然所謂清樂者亦非盡華夏舊聲也隋書音樂志論清樂云

昔因永嘉流於江外我受天明命今復會同雖賞逐時遷而古致猶在可以此爲本微更損益去其哀怨考而補之以新定律呂更造樂器其歌曲有陽伴舞曲有明君并契其樂器有鐘磬琴瑟擊琴琵琶箜篌筝筑節鼓笙笛簫篪塤等十五種爲一部工二十五人

清樂既有損益又新定律呂更造樂器則必非固有聲節徒以朝廷示外不得不有所尊主且

與胡樂雜施名存而實亡矣

隋志所載胡樂分列於下

西涼者起苻氏之末呂光沮渠蒙遜等據有涼州變龜茲聲爲之號爲秦漢伎魏太武既平河西得之謂之西涼樂至魏周之際遂謂之國伎今曲項琵琶豎頭箜篌之徒並出自西域非華夏舊器楊澤新聲神白馬之類生於胡戎胡戎歌非漢魏遺曲故其樂器聲調悉與書史不同其樂器有鍾磬彈箏搊箏臥箜篌豎箜篌琵琶五絃笙簫大篳篥豎小篳篥橫笛腰鼓齊鼓擔鼓銅拔貝等十九種

龜茲者起自呂光滅龜茲因得其聲呂氏亡其樂分散後魏平中原復獲之其聲後多變易至隋有西國龜茲齊朝龜茲土龜茲等凡三部開皇中其器大盛於閭閈時有曹妙達王長通李士衡郭金樂安進貴等皆妙絕弦管新聲奇變朝改暮易持其音技估衒公王之間舉時爭相慕尚高祖病之謂羣臣曰聞公等皆好新變所奏無復正聲此不祥之大也帝雖有勑而竟不能救焉煬帝不解音律略不關懷後大製豔篇辭極淫綺令樂正白明達造新聲掩抑摧藏哀音斷絕其樂器有豎箜篌琵琶五絃笙笛簫篳篥毛員鼓都曇鼓答臘鼓腰鼓羯鼓雞婁鼓銅拔貝等十五種

孫蜀丞

天竺者起自張重華據有涼州重四譯來貢男伎天竺即其樂焉樂器有鳳首箜篌琵琶五絃笛銅鼓毛員鼓都曇鼓銅拔貝等九種

康國起自周代帝娉北狄為后得其所獲西戎伎因其聲樂器有笛正鼓加鼓銅拔等四種

疎勒安國高麗並起自後魏平馮氏及通西域因得其伎疎勒樂器有豎箜篌琵琶五絃笛簫篳篥荅臘鼓腰鼓羯鼓雞婁鼓等十種安國樂器有箜篌琵琶五絃笛簫篳篥雙篳篥正鼓和鼓銅拔等十種高麗樂器有彈箏臥箜篌豎箜篌琵琶五絃笛笙簫小篳篥桃皮篳篥腰鼓齊鼓擔鼓貝等十四種

此外有禮畢一種每奏九部樂終則陳之故以禮畢為名相傳出自晉太尉庾亮家然樂夾胡器亦非純正之舊聲也蓋當時各地傳襲舊曲雅鄭之分固無人解及即胡夏樂器亦雜用不別不待唐天寶法曲始參用胡器也見第二章

當時管絃鼓舞之曲並用胡樂唯琴工所傳時聞雅聲樂府詩集載有一節

自周隋已來管絃雅曲將數百曲多用西涼樂鼓舞曲多用龜茲樂唯琴工猶傳楚漢舊聲及清

調蔡邕五弄楚調四弄謂之九弄雅聲獨有非朝廷郊廟所用自晉已後胡樂盛行然多有聲而無詞間爲歌詩句趨整飭聲辭悉變此可注意者也晉書樂志曰荀勗張華之異旨言之甚詳

荀勗以魏氏歌詩或二言或三言或四言或五言與古詩不類以問司律中郎將陳頎頎曰被之金石未必皆當故勗造晉歌皆爲四言唯王公上壽酒一篇爲三言五言焉張華以爲魏上壽食舉詩及漢氏所施用其文句長短不齊未皆合古蓋以依詠弦節本有因循而識樂知音足以制聲度曲法用率非凡近之所能改二代三京襲而不變雖詩章辭異廢興隨時至其韻逗留曲折皆繫於舊有由然也是以一皆因就不敢有所改易此則華勗所明異旨也

荀張異旨蓋荀用整齊之句不拘滯於舊譜所謂絃歌其所造詩也張依循於舊音不滯於長短及整齊之句所謂因曲以塡詞也荀則先有詩而後按詩以製譜張則先有譜而後按譜以爲詞其實二家所言雖異而實相成至于長短句與整齊句法並可施用蓋纏聲伸縮難易之別也是以唐初整齊詩句固可入樂唐末長短句尤爲流行魏氏舊法何可非也然晉志所載張華之歌盡爲五言荀勗除上壽酒歌外亦皆四言於是自晉至隋其歌詞並用整齊句法

梁武江南弄其偶然者爾其他皆不被管絃之新樂府也明乎此然後可以論唐詞矣

唐初樂制因仍隋代太宗增漢部讌樂去禮畢又平高昌盡收其樂立十部讌樂亦胡聲也唐之胡樂祇有增益郭知運進涼州曲蓋嘉運進胡渭州伊州並其確證其他諸樂亦多雜以胡聲其源雖不始于唐代而陳暘樂書一百五十九所載可補證也

開皇中顏之推上言今太常雅樂盡用胡聲請馮梁國舊事考尋古曲高祖曰梁亡國之音柰何遣我用邪由此觀之隋唐之樂雖有雅胡俗三者之別實不離胡聲也歷代沿襲其失如此

唐人篤好胡樂今錄酉陽雜俎一事可以概其餘矣

玄宗常伺察諸王寧王常夏中揮汗鞔鼓所讀書乃龜茲樂譜也上知之喜曰天子兄弟當極醉樂耳

唐初歌詞亦循前式用整齊之句法尚無長短句也惟當時近體詩盛行伶人妓女所歌者多為文人之五六七言詩也薛用弱集異記所載一事最為明顯今錄于下

開元中詩人王昌齡高適王之渙齊名時風塵未偶而遊處畧同一日天寒微雪三人共詣旗亭

貰酒小飲忽有梨園伶官十數人登樓會讌三詩人因避席隈映擁爐火以觀焉俄有妙妓四輩尋續而至奢華豔曳都冶頗極旋則奏樂皆當時之名部也昌齡等私相約曰我輩各擅詩名每不自定其甲乙今者可以密觀諸伶所謳若詩入歌詞之多者則爲優矣俄而一伶拊節而唱乃曰寒雨連江夜入吳平明送客楚山孤洛陽親友如相問一片冰心在玉壺昌齡則引手畫壁曰一絕句尋又一伶謳之曰開篋淚沾臆見君前日書夜臺猶寂寞疑是子雲居適則引手畫壁曰一絕句尋又一伶謳曰奉帚平明金殿開强將團扇共徘徊玉顏不及寒鴉色猶帶昭陽日影來昌齡則又引手畫壁曰二絕句之渙自以得名已久因謂諸人曰此輩皆潦倒樂官所唱皆巴人下里之詞耳豈陽春白雪之曲俗物敢近哉因指諸妓之中最佳者曰待此子所唱如非我詩吾即終身不敢與子爭衡矣脫是吾詩子等當須列拜牀下奉吾爲師因歡笑而俟之須臾次至雙鬟發聲則曰黃河遠上白雲間一片孤城萬仞山羌笛何須怨楊柳春風不度玉門關之渙揶歈二子曰田舍奴我豈妄哉因大諧笑諸伶不喻其故皆起詣曰不知諸郎君何此歡噱昌齡等因話其事諸伶競拜曰俗眼不識神仙乞俯就筵席三子從之飲醉竟日

由是觀之唐初所歌多爲絕句向漁隱叢話曰唐初歌多是五七言詩以小秦爲最早是也

孫蜀丞

近日尚奇之士多爲怪誕之論竟有謂唐初不盡歌五七言詩者此不顧事實之論也陽關清平調初唐所歌楊柳枝浪淘沙等亦中唐所吟唱樂府詩集所載唐大曲如水調歌凉州歌等皆爲五七言詩此彰彰明白者也今再列數證學者可似無惑焉

全唐詩話卷一云祿山之亂李龜年奔放江潭曾於湘中採訪使筵上唱云紅豆生南國春來發幾枝贈君多採擷此物最相思又秋風明月苦相思蕩子從戎十載餘征人去日殷勤囑歸雁來時數附書此皆王維所製而梨園唱焉

又卷二云樂天楊柳詞一樹春風萬萬枝嫩於金色軟於絲永豐東角荒園裏盡日無人屬阿誰及宣宗朝國樂唱是詞帝問永豐在何處左右具以對遂因命取永豐柳兩枝植於禁中

又云李益受降城聞笛詩敎坊樂人取爲聲樂度曲又有寫征人歌早行詩爲圖畫者廻樂峰前沙似雪之詩是也按君虞夜上受降城聞笛詩有二一爲五律一爲七絕五律或以爲戎昱作也詩云入夜思歸切笛聲清更哀愁人不願聽自到枕前來風起塞雲斷夜深關月開平明獨惆悵落盡一庭梅七絕云回樂峰前沙似雪受降城下月如霜不知何處吹蘆管一夜征人盡望鄉全唐詩話所載當指最著之七絕也

孟棨本事詩云韓晉公鎮浙西戎昱爲部內刺史（失州名）郡內有酒妓善歌色亦媚妙昱情屬甚厚浙西樂人聞其能白晉公召置籍中昱不敢留餞於湖上爲歌詞以贈之且曰至彼令歌必首唱是詞既至韓爲開筵遂唱戎詞既終韓問曰戎使君於汝寄情耶悚然起立曰然言隨淚下韓令更衣待命與妓百縑卽時歸之詩云好去春風湖上亭柳條藤蔓繫離情黃鶯久住渾相識欲別頻啼四五聲

唐詩唱法宋多不傳蓋其體同律不同也故秦淮海集注曰渭城曲絕句近世多歌入小秦王雅其律不同故用借聲歌之之法也今攷陽關三疊之法蘇軾論之甚晰其言曰

舊傳陽關三疊然今世歌者每句再疊而已若通一首言之又是四疊皆非是或每句三唱以應三疊之說則叢然無復節奏余在密州文勛長官以事至密自云得古本陽關其聲宛轉悽斷不類向之所聞每句皆再唱而第一句不疊乃知古本三疊蓋如此及在黃州偶讀樂天對酒詩云相逢且莫推辭醉聽唱陽關第四聲注云第四聲勸君更盡一杯酒以此驗之若一句再疊則句爲第五聲今爲第四聲則第一句不疊審矣

孫蜀丞

陽關加疊蓋以纏聲甚多今再錄無名氏古陽關詞即按王維原詩加字以便歌雖明知唐法之不傳於宋而其加疊之理可推證也

渭城朝雨一霎浥輕塵更灑徧客舍青青弄柔凝碧千縷柳色新更灑徧客舍青青千縷柳色新休煩惱勸君更盡一杯酒人生會少自古富貴功名有定分莫遣容儀瘦損休煩惱勸君更盡一杯酒只恐怕西出陽關舊游如夢眼前無故人只恐怕西出陽關眼前無故人

寇萊公有陽關引傳如此實不足據且爲檃括右丞詩意與加字便歌者不相同也惟就東坡少游之說推之宋初唱渭城曲者其法有三一爲每句再疊一爲每句三唱一借小秦王之聲以歌之前二者東坡已辨其非至借聲之故亦以小秦王散聲甚多觀苕溪漁隱叢話所記可以知矣實亦非唐法也漁隱叢話曰

唐初歌曲今止存瑞鷓鴣小秦王二詞瑞鷓鴣是七言八句詩猶依字易歌小秦王必須雜以虛聲乃可歌耳

絕句體同律異故不盡三疊也白居易何滿子絕句云

世傳滿子是人名臨就刑時曲始成一曲四詞歌八疊從頭便是斷腸聲

因上述而推證之則長短句之詞者即塡實詩句之散聲也

沈括夢溪筆談卷五論樂律云詩之外又有和聲則所謂曲也古樂府皆有聲有詞連屬書之如曰賀賀賀何何何之類皆和聲也今管絃之中纏聲亦其遺法也唐人乃以詞塡入曲中不復用和聲此格雖云自王涯始然正元元和之間爲之者已多亦有在涯之前者

朱子語類一百四十云古樂府只是詩中間却添許多泛聲後來人怕失了那泛聲逐一聲添個實字遂成長短句今曲子便是

沈義父樂府指迷云古曲譜多有異同至一腔有兩三字多少者或句法長短不等者蓋被教師改換亦有嘌唱一家多添了字

方成培香研居詞麈卷一云古者詩與樂合而後世詩與樂分古人緣詩而作樂後人倚調以塡詞古今若是其不同而鐘律宮商之理未嘗有異也自五言變爲近體樂府之學幾絕唐人所歌多五七言絕句必雜以散聲然後可比之管絃如陽關詩必至三疊而後成音此自然之理後來遂譜其散聲以字句實之而長短句興焉故詞者所以濟近體之窮而上承樂府之變也

詩中泛聲添以實字則爲長短句其說塙不可拔惟沈括之言頗不清晰至謂元和之前已有長短

句則信僞撰之過也今先錄唐明皇好時光詞而辯正之詞曰

寶髻偏宜宮樣蓮臉嫩體紅香眉黛不須張敞畫天教入鬢長　莫倚傾國貌嫁娶箇有情郎彼此當年少莫負好時光

按全唐詩注曰唐人樂府元是律絕等詩雜和聲歌之凡五音二十八調各有分屬自宮調失傳遂並和聲亦作實字矣此詞疑亦五言八句詩如偏蓮張敞箇等本屬和聲而後人改作實字也攷此詞見於尊前集及全唐詩其實非明皇作也詞中云云不似玄宗語氣且折腰句法發生甚晚此詞前後第二句皆如此其不足信也明矣然和聲添作實字則爲長短句此固彰彰明白者也

李白菩薩蠻憶秦娥二詞亦不可據

平林漠漠烟如織寒山一帶傷心碧暝色入高樓有人樓上愁　玉階空佇立宿鳥歸飛急何處是歸程長亭短亭菩薩蠻

簫聲咽秦娥夢斷秦樓月秦樓月年年柳色灞陵傷別　樂游原上清秋節咸陽古道音塵絕音塵絕西風殘照漢家陵闕憶秦娥

湘山野錄卷上云菩薩蠻詞不知何人寫在鼎州滄水驛樓復不知何人所撰魏道輔泰見而愛之後至長沙得古集於子宣內翰家乃知李白所撰

少室山房筆叢四十一莊嶽委談下云今詩餘名望江南外菩薩蠻憶秦娥稱最古以草堂二詞出太白也近世文人學士或以實然余謂太白在當時直以風雅自任即近體盛行七言律鄙不肯爲寧屑事此且二詞雖工麗而氣衰颯於太白超然之致不啻穹壤藉令眞出青蓮必不作如是語詳其意調絕類溫方城輩蓋晚唐人詞嫁名太白楊用脩詞品又有清平樂詞二闋俱贋作也又云菩薩蠻之名當起于晚唐之世則太白之世唐尚未有斯題何得預製其曲耶

蓮子居詞話卷一云唐詞菩薩蠻憶秦娥二闋太白集本不載至楊齊賢蕭士贇註始附益之按唐至北宋未有言及李白菩薩蠻者南宋始著焉（草堂詩餘花菴詞選皆首列李白之詞）且此調始于晚唐開天之際不能有也教坊記雖載此調蓋後人陸續增補已失崔令欽記錄之眞相至于憶秦娥調晚唐尚不盛行安得謂李白之時即有此調耶

相傳李白尚有清平樂桂殿秋詞各二首亦僞撰也

孫蜀丞

禁庭春晝鶯羽披新繡百草巧求花下鬬只賭珠璣滿斗　日晚却理殘妝御前閒舞霓裳誰道腰支窈窕折旋消得君王清平樂

禁闈秋月月探金窗罅玉帳鴛鴦噴蘭麝時落銀燈香灺　女伴莫話孤眠六宮羅綺三千一笑皆生百媚宸遊教在誰邊清平樂

仙女下董雙成漢殿夜涼吹玉笙曲終却從仙官去萬戶千門月正明桂殿秋

河漢女玉鍊顏雲軿往往在人間九霄有路去無跡裊裊香風生珮環桂殿秋

黃昇云唐呂鵬遏雲集載李白應制清平樂四首以後二首無清逸氣韻疑非太白所作苕溪漁隱叢云桂花曲即桂殿秋二首許彥周詩話謂是李衛公作湘江詩話謂是均州武當山石壁上刻之云神仙所作未詳孰是能改齋漫錄論第二首桂殿秋云此太白詞也有得于石刻而無其腔劉無言倚其聲歌之音極清雅諸家所論已多疑似之言其不可據亦明矣

歐陽炯花間集序云在明皇朝則有李太白之應制清平樂調四首云云五代之人竟有此言殊可驚異然其致誤之由亦可推也松窗雜錄載有一節

開元中李白供奉翰林時禁中木芍藥盛開明皇貴妃選梨園子弟度曲李龜年捧檀板押衆樂

前欲歌明皇曰賞名花對妃子焉用舊詞遂命龜年持金花牋宣賜李白立進淸平調三章白宿酲未解援筆而就太眞持頗黎七寶杯酌西凉白葡萄酒明皇親調玉笛以倚曲每曲徧將换則遲其聲以媚之

李白應制撰淸平調新詞其事明塙然淸平調與淸平樂不同疑晚唐訛傳爲一事遂謂李白應制撰淸平樂詞復僞製以實之故花閒序有此言也

長短句之生殆起端於中唐乎初唐盛唐之時文人撰樂人譜入樂調各不相干其後文人樂工漸次接近遂不用整齊之詩强譜入散漫各曲而詩人亦取已成樂曲依拍撰爲雅詞實互爲因果也中唐竹枝柳枝浪淘沙等仍爲五六七言其有嬗變之跡可攷者莫過於調笑憶江南二調調笑韋江州集作調嘯又名宮中調笑戴叔倫集名轉應詞又名三臺令調笑名義據白居易詩柘枝隨畫鼓調笑從香毬又云香毬趁拍廻環匝花盞抛巡取次飛是調笑之名本與抛球樂義近其名轉應者蓋謂歌舞之轉折或取相和曲之義也惟又名三臺令中唐詩文集多見三臺有宮中上皇江南突厥之別故欲攷調笑必當先究三臺之體矣

一，韋應物三臺五言絕句體（一作李後主）

孫蜀丞

不寐倦長更披衣出戶行月寒秋竹冷風切夜窗聲

二，王建三臺六言體

池北池南草綠殿前殿後花紅天子千秋萬歲未央明月清風

三，盛小叢三臺七言絕句體

雁門山上雁初飛馬邑蘭中馬正肥陌上朝來逢驛使殷勤南北送征衣

三臺各體皆有而以六言爲多今再較以韋應物調笑詞

河漢河漢曉挂秋城漫漫愁人起望相思塞北江南別離離別離別河漢雖同路絕

此詞除河漢河漢離別離別八字仍爲六言三臺雖用韻稍異然觀其別名三臺則爲六言三臺所變也

樂府雜錄曰望江南本名謝秋娘李德裕鎭浙西爲妾謝秋娘所製然今本李集無之但有錦城春事憶江南三首一題白居易劉禹錫所作殆由此而變歟先錄白氏憶江南

江南好風景舊曾諳日出江花紅勝火春來江水綠如藍能不憶江南

劉禹錫春詞亦用此調其標題云和樂天春詞依憶江南曲拍爲句故近人胡適謂爲依調塡詞第

一吹明例也詞云

春去也多謝洛城人弱柳從風疑舉袂叢蘭浥露似霑巾獨坐亦含嚬

上列二詞之外其由詩變爲詞者多破五七言爲三字句也如張志和漁歌子云

西塞山前白鷺飛桃花流水鱖魚肥青箬笠綠簑衣斜風細雨不須歸

按此明爲七言絶句而破第三句爲三字二句也

韓翃章臺柳云

章臺柳章臺柳往日依依今在否縱使長條似舊垂也應攀折他人手

按此原爲仄韻七言絶句而破首句爲三字二句者

元稹櫻桃花云

櫻桃花一枝兩枝千萬朵花磚曾立采花人窣破羅裙紅似火

按此亦爲仄韻七言絶句而首句減四字者

段成式閒中好云

閒中好塵務不縈心坐對當窗木看移三面陰

按此爲五言絕句而首句減去二字者

綜上觀之整齊之詩易爲長短句固隨音以變化按調而不同不可一端求之然其變化以漸非一朝一夕之故也推其展轉之迹亦不外下數例焉

破五七言爲三字二句（或首或中）　增字句　損字句　疊字疊句　換韻　五六↔七言

混合　三五六七言混合　三四五六七言混合

大中之際溫庭筠即擅長文學又善鼓琴吹笛自云有絲即彈有孔即吹不必柯亭爨桐也以文人而精于音樂又畏整齊詩句漸不適用之時故凡樂歌皆用長短句勢之所趨不得不然故詞體墒立之時自當屬於晚唐矣

詞學通論第一章終

第二章　詞之體製

詞爲長短句導源三百篇摯虞文章流別論曰

古之詩有三言四言五言六言七言九言古詩率以四言爲體而時有一句二句雜在四言之間後世演之遂以爲篇古詩之三言者振振鷺鷺于飛之屬是也漢郊廟歌多用之五言者誰謂雀無角何以穿我屋之屬是也于俳諧倡樂多用之六言者我姑酌彼金罍之屬是也樂府亦用之七言者交交黃鳥止于桑之屬是也于俳諧倡樂世用之古詩之九言者泂酌彼行潦挹彼注茲之屬是也（藝文類聚五十六）

詩三百篇樂府以及長短句之詞九言已少仲洽謂泂酌彼行潦挹彼注茲爲九言孔穎達已駁之字數延長則分其句讀推原其故關睢疏論之甚塙其言曰

延顏之云詩體本無九言者將由聲度闡緩不協金石句字之數四言爲多唯以二三七八者將由言以申情唯變所適播之樂器俱得成文故也

詞既淵源詩樂其組成形式自表面觀之與古詩樂府亦無甚差異也詞苑叢談卷一引藥園閒話曰

殷靁之詩曰殷其雷在南山之陽此三五言調魚麗之詩曰魚麗于罶鱨鯊此二四言調也還之詩曰遭我乎猺之間兮竝驅從兩肩兮此六七言調也江汜之詩曰不我以不我以此疊句調也東山之詩曰我來自東零雨其濛鸛鳴於垤婦歎於室此換韻調也行露之詩曰厭浥行露其二章曰誰謂雀無角此換頭調也凡此煩促相宣短長互用以啟後人協律之原豈非三百篇實祖禰哉

又梁武帝江南弄七曲字句相同最似塡詞今備錄之

衆花雜色滿上林舒芳耀綠垂輕陰連手躞蹀舞春心舞春心臨歲腴中人望獨踟蹰　江南弄第一

美人綿眇在雲堂雕金鏤竹眠玉牀婉愛寥亮繞虹梁繞虹梁流月臺駐狂風鬱徘徊　龍笛曲第二

遊戲五湖採蓮歸發花田葉芳襲衣爲君豔歌世所希世所希有如玉江南弄採蓮曲　採蓮曲第三

綠耀剋碧雕琯笙朱唇玉指學鳳鳴流連參差飛且停飛且停在鳳樓弄嬌響間淸謳　鳳笙

曲第四

江南稚女珠腕繩金翠搖首紅顏與桂棹容與歌採菱歌採菱心未怡翳羅袖望所思　採菱

曲第五

氛氳蘭麝體芳滑容色玉耀眉如月珠佩婐㛂戲金闕戲金闕遊紫庭舞飛閣歌長生　遊女

曲第六

張樂陽臺歌上謁如寢如興芳晻曖容光既豔復還沒復還沒望不來巫山高心徘徊　朝雲

曲第七

附錄簡文帝江南弄三首沈約江南弄四首以資比勘

枝中水上春併歸長楊掃地桃花飛清風吹人光照衣光照衣景將夕擲黃金留上容　簡文

江南曲第一

金門玉堂臨水居一嚬一笑千萬餘遊子去還願莫疎願莫疎意何極雙鴛鴦兩相憶　簡文

龍笛曲第二

桂楫蘭橈浮碧水江花玉面兩相似蓮疎藕折香風起香起風白日低採蓮曲使君迷　簡文

採蓮曲第三

邯鄲奇弄出文梓縈絃急調切流徵玄鶴徘徊白雲起白雲起鬱披香離復合曲未央　沈約

趙瑟曲第一

羅袖飄纚拂雕桐促柱高張散輕宮迎歌度舞遏歸風遏歸風止流月壽萬春歡無歇　沈約

秦箏曲第二

楊柳垂地燕差池緘情忍思落容儀弦傷曲怨心自知心自知人不見動羅裙拂珠殿　沈約

楊春曲第三

陽臺氤氳多異色巫山高高上無極雲來雲去常不息常不息夢來遊極萬世度千秋　沈約

朝雲曲第四

又沈約六憶詩四首字句相同亦可證也

憶來時的的上階墀勤勤敘離別慊慊道相思相看常不足相見乃忘饑

憶坐時點點羅帳前或歌四五曲或弄兩三絃笑時應無比嗔時更可憐

憶食時臨盤動容色欲坐復羞坐欲食復羞食含哺如不饑擎甌似無力

孫蜀丞

憶眠時人眠彊未眠解羅不待勸就枕更須牽復恐傍人見羞嬌在燭前

附錄隋煬帝效劉孝綽雜憶詩二首

憶睡時待來剛不來卸粧乃索伴解珮更相催博山思結夢沈水未成灰

憶起時投籤初報曉被匿香黛殘枕隱金釵裊笑動林中鳥除却司晨鳥

小令中調長調之名多謂始于草堂詩餘此書爲南宋人編輯異本甚多至明嘉靖庚戌顧從敬刻類編草堂詩餘四卷始以小令中調長調分編然則此名實始于明代非南宋所固有也錢塘毛先舒塡詞名解不揣其本復强爲之分別曰

凡塡詞五十八字以內爲小令自五十九字始至九十字止爲中調九十一字以外者俱長調也此古人定例也

陽羨萬樹詞律駁毛曰

此亦就草堂所分而拘執之所謂定例有何所據若以少一字爲短多一字爲長必無是理如七娘子有五十八字者有六十字者將名之曰小令乎抑中調乎如雪獅兒有八十九字有九十二字者將名之曰中調乎抑長調乎

萬氏所駁最爲允當今仍有用其名者徒以便於稱謂而不知其名實不相副也

詞體雖不當以小令中調長調爲界然有令引近慢之名張炎詞源云

粤自隋唐以來聲詩間爲長短句至唐人則有尊前花間集迄於崇寧立大晟府命周美成諸人討論古音審定古調淪落之後少得存者由此八十四調之聲稍傳而美成諸人又復增演慢曲引近或移宮換羽爲三犯四犯之曲按月律爲之其曲遂繁

宋翔鳳樂府餘論又明令引近慢之別及慢詞發生之概況其言曰

詩之餘先有小令其後以小令微引而長之於是有陽關引千秋歲引江城梅花引之類又謂之近如訴衷情近祝英臺近之類以音調相近從而引之也（草堂並以爲中調）引而愈長者則爲慢慢與曼通曼之訓引也長也如木蘭花慢長亭怨慢拜新月慢之類其始皆令也亦以有小令曲度無存遂去慢字亦有別製名目者則令者樂家所謂小令也曰引曰近者樂家所謂中調也曰慢者樂家所謂長調也宋氏又曰詞自南唐以後但有小令其慢詞蓋起宋仁宗朝中原息兵汴京繁庶歌臺舞席競賭新聲耆卿失意無俚流連坊曲遂盡收俚俗語言編入詞中以便使人傳習一時

動聽散播四方其後東坡少游山谷輩相繼有作慢詞遂盛

據上所言詞之初起但有小令令之得名蓋緣於飲讌歌舞之間也劉攽中山詩話論之甚晰其言曰

舊人飲酒以令爲罰韓吏部詩云令徵前事爲白傅詩云醉翻襴衫拋小令今人以絲管歌謳爲令者即白傅所謂大都欲以酒勸故言送而繼承者辭之搖首按舞之屬皆卻之也至八遍而窮斯可受矣其舉故事物色則韓詩所謂耳

唐迄五代之詞盡爲小令而引近慢曲之發生概在宋仁宗之後故五代以前少見長詞草堂詩餘載陳後主秋霽一首凡一百五字萬樹已辨爲僞託尊前集載唐莊宗歌一首一百三十六字杜牧八六子一首九十字亦不能無疑惟花間集有薛昭蘊離別難一首八十七字實較長之詞也今錄于后

寶馬曉鞴彫鞍羅幃乍別情難那堪春景媚送君千萬里半妝珠翠落露華寒紅蠟燭青絲曲偏能鉤引淚闌干　良夜促香塵綠魂欲迷檀眉半斂愁低未別心先咽欲語情難說出芳草路東西搖袖立春風急櫻花楊柳雨淒淒

詞有與令引近慢似同而實異者有摘遍一體遍乃大曲各疊之名（大曲見後）遍之爲言變也周禮春官大司樂凡六樂者一變而致羽物及川澤之示再變而致蠃物及山林之示三變而致鱗物及丘陵之示四變而致毛物及墳衍之示五變而致介物及土示六變而致象物及天神鄭注變猶更也樂成則更奏也賈疏云燕禮云終尙書云成此云變孔注尙書云九奏而致不同者凡樂曲成則終終則更奏各據終始而言是以鄭云樂成是更奏也文選東京賦薛綜注云凡樂一變爲一成則更奏玉海音樂引三禮義宗云凡樂九變者舞九終八變者舞八終六變者舞六終終成也文獻通考（卷一百四十五）云舞者每步一進則兩兩以戈盾相嚮一擊一刺爲一伐爲一成成謂之變此詞中各疊所以名遍也摘遍者從大曲或法曲中（法曲見後）摘其一遍獨譜之亦獨唱之此與尋常散詞之來源固有不同即與大曲就本宮調所製之令引近慢亦畧異也宋詞最顯見者有泛清波摘遍宋史樂志有林鍾商泛清波大曲此蓋摘取其一遍也今錄晏幾道泛清波摘遍

催花雨小著柳風柔却（一作都）似去年時候好露紅烟綠儘有狂情鬭春草長道秋千影裏

絲管聲中誰放艷陽輕過了倦客登臨暗惜光陰恨多少，楚天渺歸思正如亂雲短夢未成芳草。空把吳霜點（一無點字）鬢華自悲清曉帝城杳雙鳳舊約漸虛孤鴻期難到且趁朝花夜月翠尊頻倒

董穎有薄媚大曲十遍（樂府雅詞注道宮）趙以夫摘其入破之一遍爲薄媚摘遍比而觀之大同小異此尤足以資參證也

董穎薄媚入破第一

窣湘裙搖漢佩步步香風起斂雙蛾論時事蘭心巧會君意殊珍異寶猶自朝臣未與妾何人被此隆恩雖令效死奉嚴旨 隱約龍姿欣悅重把甘言說辭俊雅質娉婷天教汝衆美兼備聞吳重色憑汝和親應爲靖邊陲將別金門俄揮粉淚靚妝洗

趙以夫薄媚摘遍

桂香消梧影瘦黃菊迷深院倚西風看落日長江東去如練先生底事有賦飄然剛道爲田園獨醒何爲持杯自勸未能免 休把茱萸吟翫但管年年健千古事幾凭闌吾生九十強半歡娛

終日富貴何時一笑醉鄉寬倒載歸來回廊月又滿

此皆明言摘遍卽可知其從大曲中摘取也其有未顯言者似亦爲摘遍體裁此又學者所當審愼注意者也如教坊記所載大曲有綠綠腰甘州采桑雨霖鈴柘枝突厥三臺回波樂等類今所存者一遍或二遍而已又如宋史樂志正宮調有齊天樂大曲中呂宮黃鐘宮並有劍器大曲道調宮有大聖樂大曲越調有石州大曲仙呂調有綵雲歸大曲今周邦彥有齊天樂詞袁去華有劍氣近詞陳暘樂書劍器作劍氣周密有大聖樂詞賀鑄有石州引詞柳永有綵雲歸詞皆是也詞有所謂第一或歌頭者亦爲摘遍之體容齋隨筆卷十四云今世所傳大曲皆出於唐而以州名者五伊涼熙石渭也按熙州卽氐州周邦彥有氐州第一詞毛本淸眞集作熙州摘遍蓋摘熙州之第一遍也宋史樂志有新水調大曲曾布有水調歌頭七遍既有七遍而仍名爲歌頭者蓋取前列排遍爲之非大遍也蘇軾有水調歌頭詞則又摘取排遍第一爲之也惟詞中有六州亦有六州歌頭則從鼓吹曲而來雖與尋常摘遍之來源畧異其性質亦相近也又白石道人歌曲霓裳中序第一序云丙午歲留長沙於樂工故書中得商調霓裳十八闋皆虛譜無辭按沈氏樂律霓裳道調此商調樂天詩云散序六闋

此特兩闋未知孰是然音節閒雅不類今曲予不暇盡作作中序一闋傳於世按霓裳雖屬法曲實唐代最大之曲姜氏所製亦摘遍之體也

摘遍之體或謂又有捉拍之一種如宋史樂志般涉調有元壽仙大曲曹勛有長壽仙捉拍詞王國維云捉拍疑大曲中之催拍也按詞中明言捉拍者曹詞是也亦有不言者三臺是也長壽仙與三臺皆為大曲然尋常之詞有捉拍滿路花而滿路花大曲無聞資暇錄云三臺今之啐酒三十拍促曲碎送酒聲也珊瑚鉤詩話云樂部有促拍催酒謂之三臺是促拍者謂其拍頗碎詞源所謂非慢二急三拍也是否全從大曲而來尚難斷定詞中所謂近拍者如隔浦蓮近拍郭郎兒近拍快活年近拍等蓋謂用六均拍也與促拍之體源流皆異

詞有單調者皇甫松憶江南云

蘭燼落屏上暗紅蕉閒夢江南梅熟日夜船吹笛雨瀟瀟人語驛邊橋

有雙調者蓋有三種

一前後段全同者歐陽炯三字令云

春欲盡日遲遲牡丹時羅幌卷翠簾垂彩牋書紅粉淚兩心知　人不在燕空歸負佳期香爐落枕函欹月分明花澹薄惹相思

二、前後段全異者魏承班訴衷情云

春情滿眼臉紅綃（一作消）嬌妬索人饒星靨小玉璫搖幾共醉春朝　別後憶纖腰夢魂勞如今楓（一作風）葉又蕭蕭恨迢迢

三、本爲單調更依舊式如一疊者

冠劍不隨君去江河還共恩深歌袖半遮眉黛慘淚珠旋滴衣襟惆悵雲愁雨怨斷魂何處相尋（孫光憲何滿子）

無語殘妝淡薄含羞嚲袂輕盈幾度香閨眠過曉綺窗踈日微明雲母帳中偷惜水精枕上初驚　笑靨嫩疑坼愁眉翠斂山橫相望只教添悵恨整鬟時見纖瓊獨倚朱扉閑立誰知別有深情（毛熙震何滿子）

有三疊者周邦彥蘭陵王云

柳陰直煙裏絲絲弄碧隋隄上曾見幾番拂水飄綿送行色登臨望故國誰識京華倦客長亭路年去歲來應折柔條過千尺　閒尋舊蹤跡又酒趁哀絃燈照離席梨花榆火催寒食愁一箭風快半篙波暖回頭迢遞便數驛望人在天北　悽惻恨堆積漸別浦縈迴津堠岑寂斜陽冉冉春無極念月榭攜手露橋聞笛沈思前事似夢裏淚暗滴

有四疊者吳文英鶯啼序云

殘寒正欺病酒掩沈香繡戶燕來晚飛入西城似說春事遲暮畫船載清明過却晴煙冉冉吳宮樹念羈情游蕩隨風化爲輕絮　十載西湖傍柳繫馬趁嬌塵軟霧遡紅漸招入仙谿錦兒偷寄幽素倚銀屏春寬夢窄斷紅溼歌紈金縷暝堤空輕把斜陽總還鷗鷺　幽蘭旋老杜若還生水鄉尚寄旅別後訪六橋無信事往花萎瘞玉埋香幾番風雨長波妒盼遙山羞黛漁燈分影春江宿記當時短檝桃根渡青樓彷彿臨分敗壁題詩淚墨慘淡塵土　危亭望極草色天涯歎鬢侵半苧暗點檢離痕歡唾尚染鮫綃嚲鳳迷歸破鸞慵舞殷勤待寫書中長恨藍霞遼海沈過雁謾相思彈入哀箏柱傷心千里江南怨曲重招斷魂在否

有疊韻者此體雖從大曲而出實與單純之摘遍不同依韻加疊亦與尋常散詞雙疊之來源異也

今先錄摘遍次及疊韻以觀其概

晏幾道梁州令 教坊記有涼州大曲宋史樂志道調宮有梁州大曲容齋隨筆卷十四云涼州今轉爲梁州唐人已多誤用碧雞漫志卷三云涼州排遍余曾見一本有二十四段按梁州令詞樂章集注中呂宮僅用他宮梁州大曲之一遍也

莫唱陽關曲淚濕當年金縷離歌自古最消魂聞歌更在魂消處　南樓楊柳多情緒不繫行人住人情卻似飛絮悠揚便逐春風去 聞歌句一作于今更有銷魂處

柳永梁州令

夢覺紗窗曉殘燈闇然空照因思人事苦縈牽離愁別恨無限何時了　憐深定是心腸小往往成煩惱一生惆悵情多少月不長圓春色易爲老 此詞各本多不分段今從天籟本

晁補之梁州令

二月春猶淺去年櫻桃開遍今年春色怪遲遲紅梅常早隒露胭脂臉　東君故遺春來緩似

會人深願蟠桃新鏤雙簫相期似此長遠（調律校故字　以上三首大同小異）

歐陽修涼州令（東堂石榴）

翠樹芳條颭的的裙腰初染佳人攜手弄芳菲綠陰紅影共展雙紋簟插花照影窺鸞鑑只恐芳容減不堪零落春晚青苔雨後深紅點　一去門閑掩重來却尋朱檻離離秋實弄輕霜嬌紅脉脉似見胭脂臉人非事往眉空斂誰把佳期賺芳心只願長依舊春風更放明年豔（此詞雖分二疊韻實當前列之四疊）

晁補之梁州令疊韻

田野閑來慣睡起初驚曉燕樵青走掛小簾鉤南園昨夜細雨紅芳遍　平蕪一帶煙光（一作花）淺過盡南歸雁俱遠凭欄送目空腸斷　好景難常占過眼韶華如箭莫教鶗鴂送韶華多情

孫蜀丞

楊柳爲把長條絆　淸樽滿酌誰爲伴花下提壺勸何妨醉臥花底愁容不上春風面（此詞旣疊疊韻又附分四疊矣）

漢魏六朝樂府別具風裁古近體詩亦多創格散詞之中不能獨異雖爲詞人所戲用無關宏旨然爲學者所慣見也茲擇要述之

回文體　此有二種

（一）就句回者如晁次膺菩薩蠻云

捲簾風入雙雙燕燕雙雙入風簾捲明月曉啼鶯鶯啼曉月明　斷腸空望遠遠望空腸斷樓上幾多愁愁多幾上樓

（二）通體回者如王文甫虞美人云

黃金嫩柳搖絲軟永日堂空掩捲簾飛燕未歸來客去醉眠欹枕殢殘杯　眉山淺拂靑螺黛整整垂雙帶水沈香熨窄衫輕瑩玉碧溪春溜眼波橫

疊字體　如葛立方卜算子云

裊裊水芝紅脉脉蒹葭浦淅淅西風澹澹煙幾點疎疎雨　草草展杯觴對此盈盈女葉葉紅衣酒船細細流霞舉

句用字體　如歐陽炯清平樂云

春來街砌春雨如絲細春地（一作徑）滿飄紅杏蔕春燕舞隨風勢　春幡細縷春繒春閨一點春燈自是春心撩亂非干（一作關）春夢無憑

風人體　如牛希濟生查子云

新月曲如眉未有團圞意紅豆不堪看滿眼相思淚　終日劈桃穰人在心兒裏兩朶隔牆花、早晚成連理

獨木橋體　如蔣捷聲聲慢詠秋聲云

黃花深巷紅葉低窗凄涼一片秋聲豆雨聲來中間夾帶風聲疎疎二十五點麗譙門不鎖更聲故人遠問誰搖玉佩簷底鈴聲　彩角聲吹月墮漸連營馬動四起笳聲閃爍鄰燈燈前尚有砧

聲知他訴愁到曉碎噥噥多少蛩聲訴未了把一半分與雁聲

檃括體　如蘇軾哨遍序云陶淵明賦歸去來有其詞而無其聲余既治東坡築雪堂於上人俱笑其陋獨鄱陽董毅夫過而悅之有卜鄰之意乃取歸去來詞稍加檃括使就聲律以遺毅夫使家僮歌之時相從於東坡釋耒而和之扣牛角而爲之節不亦樂乎

爲米折腰因酒棄家口體交相累歸去來誰不遣君歸覺從前皆非今是露未晞征夫指予歸路門前笑語喧童穉嗟舊菊都荒新松暗老吾年已如此但小窗容膝閉柴扉策杖看孤雲暮鴻飛雲出無心鳥倦知還本非有意　噫歸去來兮我今忘我兼忘世親戚無浪語琴書中有眞味步翠麓崎嶇泛溪窈窕涓涓暗谷流春水觀草木欣榮幽人自感吾生行且休矣念寓形宇內復幾時不自覺皇皇欲何之委吾心去留誰計神仙知在何處富貴非吾志但臨水登山嘯詠自引壺觴自醉此生天命更何疑且乘遇坎還止

集句體　如蘇軾南鄉子云

寒玉細凝膚（吳融）清歎一曲倒金壺（鄭谷）杏葉倡條偏相識（李商隱）爭如豆蔻花梢二月初（杜牧）年少

卽須臾白居易芳時偸得醉工夫白居易羅帳細垂銀燭背韓偓歡娛豁得平生俊氣無杜牧

離合體　如吳文英唐多令云

何處合成愁離人心上秋　又如無名氏踏青游贈崔念四云

同倚畫樓十二倚了又還重倚

蘇軾皂羅特髻詞凡七用采菱拾翠句殆體例使然歟至若程垓四代好詞用八好字偶一爲之非例也

唐詞多無換頭宋則反是又有雙拽頭詞詞蓋三疊如瑞龍吟是詳第三章論犯調

以上論散詞

用同一之散詞而集合成篇者蓋有四種

（一）諸曲詠一題者　如無名氏九張機云

醉留客者樂府之舊名九張機者才子之所調憑戞玉之清歌寫擲梭之春怨章章寄恨句句情恭對華筵敢陳口號

孫蜀丞

詞學通論

一擲梭心一縷絲連連織就九張機從來巧思知多少苦恨春風久不歸
一張機織梭光景去如飛蘭房夜永愁無寐嘔嘔軋軋織成春恨留著待郎歸
兩張機月明人靜漏聲稀千絲萬縷相縈繫織成一段迴文錦字將去寄呈伊
三張機中心有朵耍花兒嬌紅嫩綠春明媚君須早折一枝濃豔莫待過芳菲
四張機鴛鴦織就欲雙飛可憐未老頭先白春波碧草曉寒深處相對浴紅衣
五張機芳心密與巧心期合歡樹上枝連理雙頭花下兩同心處一對化生兒
六張機雕花鋪錦半離披蘭房別有留春計爐添小篆日長一線相對繡工遲
七張機春蠶吐盡一生絲莫教容易裁羅綺無端翦破仙鸞彩鳳分作兩般衣
八張機纖纖玉手住無時蜀江濯盡春波媚香遺囊麝花房繡被歸去意遲遲
九張機一心長在百花枝百花共作紅堆被都將春色藏頭裹面不怕睡多時
輕絲象牀玉手出新奇千花萬草光凝碧裁縫衣著春天歌舞飛蝶語黃鸝
春衣素絲染就已堪悲塵世昏汙無顏色應同秋扇從茲永棄無復奉君時
歌聲飛落畫梁塵舞罷香風卷繡茵更欲縷陳機上恨尊前忽恐有斷腸人斂袂歸相將好去

九張機體亦有無前後口號及末二首詞者見樂府雅詞今不具錄

（二）多詞詠一事者　如趙令畤商調蝶戀花詠崔張故事云

夫傳奇於唐元微之所述也以不載於本集而出於小說或疑僞其非是今觀其詞自非大手筆孰能與於此至今士大夫極談幽玄訪奇述異莫不舉此以爲美話至於娼優女子皆能調說大畧惜乎不被之音律故不能播之聲樂形之管絃好事君子極飲肆歡之際願欲一聽其說或舉其末而忘其本或紀其畧而不及終其篇此吾曹之所共恨者也今於暇日詳觀其文畧其煩褻分之爲十章每章之下屬之以詞或全摭其文或止取其意又別爲一曲載之傳前先敘前篇之義調曰商調曲名蝶戀花句句言情篇篇見意奉勞歌伴先定調後聽蕪詞

麗質仙娥生月殿謫向人間未免凡情亂宋玉牆東流美盼亂花深處曾相見

密意濃歡方有便不奈浮名旋遣輕分散最恨一作是多才情太淺等閑不念離人怨

傳曰余所善張君性溫茂美丰儀寓於蒲之普救寺適有崔氏孀婦將歸長安路出於蒲

亦止兹寺崔氏婦鄭女也張出於鄭緒其親乃異派之從母是歲丁文雅不善於軍軍人因喪而擾大掠蒲人崔氏之家財產甚厚多奴僕旅寓惶駭不知措先是張與蒲將之黨有善請吏護之遂不及於難鄭厚張之德甚因飾饌以命張中堂讌之復謂張曰姨之孤嫠未亡提携幼稚不幸屬師徒大潰實不保其身弱子幼女猶君之所生也豈可比常恩哉今俾以仁兄之禮奉見冀所以報恩也乃命其子曰歡郎可十餘歲容甚溫美次命女曰鶯鶯出拜爾兄爾兄活爾久之辭疾鄭怒曰張兄保爾之命不然爾且虜矣能復遠嫌乎又久之乃至常服睟容不加新飾垂鬟淺黛雙臉斷紅而已顏色艷異光輝動人張驚爲之禮因坐鄭旁凝睇怨絕若不勝其體張問其年幾鄭曰十七歲矣張生稍以詞導之不對終席而罷奉勞歌伴再和前聲

錦額重簾深幾許繡履彎未省（一作肯）離朱戶強出嬌羞（一作嚬）都不（一作無一）語絳綃頻掩酥胸素黛淺愁紅粧淡佇（一作黛淺紅深憒不注）怨絕情凝（一作只是低頭）不肯聊回顧（一作怕受他人顧）媚臉未勻新淚汙梅英猶帶春朝露

孫蜀丞

張生自是惑之願致其情無由也崔之婢曰紅娘生私爲之禮者數四乘間遂道其衷翌日復至曰郎之言所不敢言亦不敢泄然而崔之族姻君所詳也何何不因其媒而求娶焉張曰予始自孩提時性不苟合昨日一席間幾不自持數日來行忘止食飯恐不能踰旦暮若因媒氏而娶納采問名則三數月間索我於枯魚之肆矣婢曰崔之貞順自保雖所尊不可以非語犯之然而善屬文往往沈吟章句怨慕者久之君試爲諭情詩以亂之不然無由得也

張大喜立綴春詞二首以授之奉勞歌伴和前聲

懊惱嬌癡情未慣不道看看役一作逗得人腸斷萬語千言都不管蘭房跬步如天遠　廢寢忘飡思想偏賴青鸞不必憑魚雁密寫香箋論繾綣春詞一紙芳心亂

是夕紅娘復至持綵箋以授張曰崔所命也題其篇曰明月三五夜其詞曰待月西廂下迎風戶半開拂牆花影動疑是玉人來奉勞歌伴再和前聲

庭院黃昏春雨霽一縷深心百種成牽繫青翼驀然來報喜魚一作花牋微諭相容意　待月西廂人

不寐簾影光(次)朱戶猶慵閉花動拂牆紅萼墜分明疑其情一作玉人至

張亦微諭其旨是夕歲二月旬又四日矣崔之東牆有杏花一樹攀援可踰既望之夕張因梯樹而踰焉達於西廂則戶半開矣無幾紅娘復來連曰至矣至矣張生且喜且駭謂必獲濟及女至則端服儼容大數張曰兄之恩活我家厚矣由是慈母以弱子幼女見依奈何因不令之婢致淫泆之詞始以護人之亂爲義而終掠亂而求之是以亂易亂其去幾何誠欲寢其詞則保人之姦不義明之母則背人惠不祥將寄於婢又恐不得發其眞誠是用託於短章願自陳猶懼兄之見難是用鄙靡之詞以求其必非禮之動能不愧心特願以禮自持毋及於亂言畢翻然而逝張自失者久之復踰而出由是絕望矣奉勞歌(什)伴再和前聲

屈指幽期惟恐誤恰到一作却道春宵明月當三五紅影壓牆花密照花陰便是桃源路　不謂蘭誠金石固斂袂濃聲恣把多才一作情數惆悵空回誰共語只應一作因化作朝雲去

後數夕張君臨軒獨寢忽有人覺之驚欻（二字疑衍）而起則紅娘斂衾攜枕而至撫張曰至矣至矣睡何爲哉並枕重衾而去張生拭目危坐久之猶疑夢寐俄而紅娘捧崔而至嬌羞融冶力不能運支體曩時之端莊不復同矣夕旬有八日斜月晶熒幽輝半牀張生飄飄然且疑神仙之徒不謂從人間至也有頃寺鐘鳴曉紅娘促去崔氏嬌啼宛轉紅娘又捧而去終夕無一言張生辨色而興自疑曰豈其夢耶所可明者妝在臂香在衣淚光熒熒然猶瑩於茵席而已奉勞歌伴再和前聲

數夕孤眠如度歲將謂今生會合終無計正是斷腸凝望際雲心捧得嫦（一作娥）至玉困花柔羞抆淚（一作掩袂）端麗妖嬈不與前時比人（一作此）去月斜夢寐衣香猶在妝留臂

是後又十數日杳不復知張生賦會眞詩三十韻未畢紅娘適至因授之以貽崔氏自是復容之朝隱而出暮隱而入同安於曩所謂西廂者幾一月矣張生將之長安先以情諭之崔氏宛無難詞然愁怨之容動人矣欲行之再夕不復可見而張生遂西奉勞歌伴再和前聲

一夢行雲還暫阻盡把深誠綴作新詩句幸有靑鸞堪密付良宵從此無虛度兩意相歡朝一作與

又暮爭奈郎鞭暫指長安路最是動人愁怨處離情盈抱終無語

不數月張生復游於蒲舍於崔氏者又累月張雅知崔氏善屬文求索再三終不可見雖待張之意甚厚然未嘗以詞繼之異時獨夜操琴愁弄悽惻張竊聽之求之則不復鼓矣以是愈惑之張生俄以文調及期又當西去當去之夕崔恭貌怡聲徐謂張曰始亂之今棄之固其宜矣愚不敢恨必也君始之君終之君之惠也則歿身之誓其有終矣又何必深憾於此行然而君既不懌無以奉寧君嘗謂我善鼓琴今且往矣既達君此誠因命拂琴鼓霓裳羽衣序不數聲哀音怨亂不復知其是曲也左右皆欷歔張亦遽止之崔投琴擁面泣下流漣趣歸鄭所遂不復至奉勞歌伴再和前聲

碧沼鴛鴦交頸舞正恁雙棲又遣分飛去灑翰贈言終不許援琴請盡奴衷一作素心　曲未成聲

先怨慕忍淚凝情一作眸強作霓裳序彈到離愁一作情淒咽處絃腸俱斷梨雨

孫蜀丞

詰曰張生遂行明年文戰不利遂止於京因貽書於崔以廣其意崔氏緘報之詞粗於此曰曰捧覽來問撫愛過深兒女之情悲喜交集兼惠花勝一合口脂五寸致耀首膏脣之飾雖荷多惠誰復為容覩物增懷但積悲歎耳伏承便於京中就業於進脩之道固在便安但恨鄙陋之人永以遐棄命也如此知復何言自去秋以來嘗忽忽如有所失於諠譁之下或勉為笑語閑宵自處無不淚零乃夢寐之間亦多敘感咽離憂之思綢繆繾綣暫若尋常幽會未終驚魂已斷雖半衾如暖而思之甚遙一作拜辭倏逾舊歲長安行樂之地觸緒牽情何幸不忘幽微眷念無斁鄙薄之志無以奉酬至於終始之盟則固不忒憶昔中表相因或同宴處婢僕見誘遂致私誠兒女之情不能自固君子有援琴之挑鄙人無投梭之拒及薦枕席義盛恩深愚幼之情永謂終託豈期既見君子不能以禮定情致有自獻之羞不復明侍巾櫛沒身永恨含歎何言儻若仁人用心俯遂幽劣雖死之日猶生之年如或達士略情捨小從大以先配為醜行謂要盟之可欺則當骨化形銷丹誠不泯因風委露猶託清塵存歿之誠言盡於此臨紙嗚咽情不能申千萬珍重奉勞歌伴再和前聲

別後相思一作思君心目亂不謂芳音忽寄南來雁却寫花一作紅牋和淚卷細書方寸教伊看　獨

寐良宵無計遣夢裏依稀暫若尋常見幽會未終魂已斷半衾如暖人猶遠

玉環一枚是兒嬰年所弄寄充君子下體之佩玉取其堅潔不渝環取其終始不絕兼致綵絲一絇文竹茶合碾子一枚此數物不足見珍意者欲君子如玉之潔鄙志如環不解淚痕在竹愁緒縈絲因物達誠永以爲好耳心邇身遐拜會無期幽憤所鍾千里神合千萬珍重春風多厲強飯爲佳愼言自保毋以鄙爲深念也奉勞歌伴再和前聲

尺素重重封錦字未盡幽閨別後心中事佩玉綵絲文竹器願君一見知深意　環玉（一作欲）長圓絲萬繫竹上爛斑總（一作盡）是相思淚物（一作勿）會見郎人永棄心馳魂去精（一作人）千里

張之友聞之莫不聳異而張之志固絕之矣歲餘崔已委身於人張亦有所娶適經其所居乃因其夫言於崔以外兄見夫已諾之而崔終不爲出張怨念之誠動於顏色崔知之潛賦一詩寄張曰自從消瘦減容光萬轉千廻懶下牀不爲旁人羞不起爲郎憔悴羞卻郎竟不之見後數日張君將行崔又賦一詩爲謝絕之詞曰棄置今何道當時且自親還將舊來意憐取眼前人奉勞歌伴再和前聲

夢覺高唐（一作堂）雲雨散十二巫峰隔斷相思眼不爲旁人移步嬾爲郎憔悴羞郎見青翼不來孤鳳怨路失（一作入）桃源再會終無便舊恨新愁無（一作那）計遣情深何似情俱（一作郎情）淺

逍遙子曰樂天謂微之能道人意中語僕於是益知樂天之言爲當也何者夫崔之才華婉美詞彩豔麗則於所載緘誠詩章盡之矣如其都愉淫冶之態則不可得而見及觀其文飄飄然彷彿出於人目前雖丹青摹寫其形狀未知能如是工且至否僕嘗採摭其意撰成鼓子詞十一章示余友何東白先生先生曰文則美矣意猶有不盡者胡不復爲一章於其後具道張之於崔既不能以理定其情又不能合之於義始相遇也如是之篤終相失也如是之遽必及於此則完矣余應之曰先生眞爲文者也言必欲有終始箴戒而後已大抵鄙靡之詞止歌其事之可歌不必如是之備若夫聚散離合亦人之常情古今所共惜也又況崔之始相得而終至相失豈得已哉如崔已他適而張詭計以求見崔知張之意而潛賦詩以謝之其情蓋有未能忘者矣樂天曰天長地久有時盡此恨緜緜無盡期豈獨在彼者耶予因命此意復成一曲綴於傳末云

鏡破人離何處問路隔銀河歲會知猶近只道新來消瘦損玉容不見空傳信　棄擲前歡俱未忍豈料盟言陡頓無憑準地久天長終有盡綿綿不似無窮恨

（三）每詞演一事者　如鄭僅調笑轉踏云

良辰易失信四者之難併佳客相逢實一時之盛會用陳妙曲上助清歡女伴相將調笑入隊

秦樓有女字羅敷二十未滿十五餘金鐶約腕携籠去攀枝折葉城南隅使君春思如飛絮五馬徘徊芳草路東風吹鬢不可親日晚蠶飢欲歸去

歸去携籠女南陌春愁三月暮使君春思如飛絮五馬徘徊頻駐蠶飢日晚空留顧笑指秦樓歸去

石城女子名莫愁家住石城西渡頭拾翠每尋芳草路採蓮時過綠蘋洲五陵豪客青樓上醉倒金壺待清唱風高江闊白浪飛急催艇子操雙槳

雙槳小舟蕩喚起莫愁迎疊浪五陵豪客青樓上不道風高江廣千金難買傾城樣那聽繞梁清唱

繡戶朱簾翠幕張主人置酒宴華堂相如年少多才調消得文君暗斷腸斷腸初認琴心挑么絃暗寫相思調從來萬曲不關心此度傷心何草草

孫蜀丞

草草最年少繡戶銀屏人窈窕瑤琴暗寫相思調一曲關心多少臨卬客舍成都道苦恨相逢不早

　翠蓋銀鞍馮子都尋芳調笑酒家徒吳姬十五夭桃色巧笑春風當酒壚玉壺絲絡臨朱戶

結就羅裙表情素紅裙不惜裂香羅區區私愛徒相慕

相慕酒家女巧笑明眸年十五當壚春永尋芳去門外落花飛絮銀鞍白馬金吾子多謝結裙情素

此四曲分詠維敷莫愁文君酒家胡四事尙有八曲分詠八事文多不具錄

放隊

新詞宛轉遞相傳振袖傾鬟風露前月落烏啼雲雨散游童陌上拾花鈿

所謂轉踏者蓋歌舞相兼之樂府雅詞謂之轉踏碧雞漫志謂之傳踏夢粱錄謂之纏達上列第一第三兩種皆轉踏之類也

以上論聯詞

太平御覽五百五十七引蔡邕女訓曰琴曲小曲五終則止大曲三終則止大曲之名始見于此而宋書樂志於清商三調平調清調瑟調下詳列大曲之名其所以名爲大曲者樂府詩集云諸調曲

皆有辭有聲而大曲又有艷有趨有亂辭者其歌詩也聲者若羊吾夷伊那何之類也艷在曲之前趨與亂在曲之後古代大曲當謂此也自唐以來形質略異碧雞漫志云凡大曲有散序靸排遍攧正攧入破虛催實催袞遍歇拍殺袞始成一曲此謂大遍而涼州排遍予曾見一本有二十四段夢溪筆談云所謂大遍者有序引歌䫵嗺哨催攧袞破行中腔踏歌之類凡數十解是大曲之名自沈約至于兩宋茲以遍數多者爲大曲雖淵源不同其義固無異也至唐宋之曲之淵源若何王國維嘗考之曰

趙宋大曲實出於唐大曲而唐大曲以伊州涼州諸曲爲始實皆自邊地來也程大昌曰樂府所傳大曲惟涼州最先出會要曰自晉播遷內地古樂或分散不存苻堅滅涼始得漢魏清商之樂傳於前後二秦及宋武定關中收之入於江南隋平陳獲之隋文曰此華夏正聲也乃置清商署總謂之清樂至煬帝乃立清樂西涼等九部武后朝猶有六十三曲如公莫舞巴渝明君子夜等皆是也後遂訛爲梁州（演繁露卷七）程氏此說實誤解唐會要而不知西涼非清樂涼州又非西涼也隋書音樂志大業中煬帝乃定清樂西涼龜茲天竺康國疏勒安國高麗禮畢以爲九部清樂其

始即清商三調是也並漢來舊曲西涼者起苻氏之末呂光沮渠蒙遜等據有涼州變龜茲聲爲之號爲秦漢伎魏太武既平河西得之謂之西涼樂至魏周之際遂謂之國伎是清樂自清樂西涼自西涼也西涼自爲樂部總名而涼州則爲曲名西涼樂始於呂光而涼州則唐明皇開元六年西涼州都督郭知運進（宋上交近事會元卷四）則西涼自西涼涼州自涼州亦兩不相涉也程氏之言全無是處若胡渭州伊州則天寶中西涼節度使蓋嘉運進（同上）則唐之大曲其始固出自邊地唯遍數甚多與清樂中之大曲同故名以大曲耳實與沈約書中之大曲無涉也此外唐大曲如柘枝（新唐書西域傳石國曰柘枝曰柘析曰赭時）突厥三臺龜茲樂醉混脫（宋史樂志文獻通考有醉胡騰隊疑即于闐之對音）尤明示其所自出餘亦恐借胡樂節奏爲之姜夔大樂義云大食小食般涉者胡語伊州石州甘州（此說誤也大食小食亦作大石小石唐書地理志西北渡發換河中距思混河北二十里至小石城又二十里至于闐境之胡蘆河又六十里至大石城一曰于祝曰溫肅州大石小石當由此二城得名般涉隋志作般贍又與大石小石均爲調而伊州石州甘州則曲名不得混合爲一也）婆羅門者胡曲綠腰誕黃龍（即降黃龍）新水調者華聲而用胡樂之節奏惟瀛府獻仙音謂之法曲即唐之法部也凡有催衮者皆胡曲耳（宋史樂志）此足以大曲之所自出矣

大曲各遍之名稱及其次序王氏亦考之甚晰其言曰

大曲各遍之名唐時有散序 中序 白氏長慶集卷二十一霓裳羽衣舞歌 排遍入破徹 樂府詩集卷七十九 中序一名拍序卽排遍徹卽入破之末一遍也宋大曲則沈括謂大遍有序引歌䬝嗺哨催攧袞破行中腔踏歌之類王灼謂大曲有散序靸排遍攧正攧入破虛催實催袞遍歇拍殺袞沈氏所列各名與現在存大曲不合其義亦多不可解集韻䬝悉合切又靸息合切二字音同沈氏之所謂䬝卽王氏所謂靸義均未詳嗺以宥酒得名葉夢得云公燕合樂每酌行一終伶人必唱嗺酒然後樂作此唐人送酒之辭本作碎音今多爲平聲 石林燕語卷五 程大昌云乾道丙戌內宴郞酌百官酒已樂師自殿上折檻間抗声索樂不言何曲其聲但云膗酒 膗音作素回反 朝士多莫能辨 中略 按李涪刊誤膗酒三十拍促曲名三臺膗合作啐啐馳送酒聲音啐今訛以平聲李正文資暇錄所言亦與涪同予又以字書驗之膗屈破也啐音蒼憒反啐吮聲也今卽呼樂侑飲則于啐喩(下)有理于屈破無理剌自唐至今皆訛啐爲膗者索樂之聲貴於發揚遠聞以平聲則便非有他也 中略 名賢詩

話間適門截王仁裕詩淑景卽隨風雨去芳尊每命管絃嚾後押朝烏夜兎催則嚾酒也以侑酒爲義唐人熟語也又趙𢡟交趾事跡嚾酒逐歌𢡟本朝人其言嚾酒卽國初猶用唐語也（演繁露卷）

十一　東京夢華錄夢粱錄謂之綏酒亦音同之誤唷之名遍當由此　唷義未詳　宋史樂志政和三年五月舊來淫哇之聲如打斷嚾笛逕鼓之類與其曲名悉行禁止則當如唷笛之唷然義不可知宋詞般涉調有唷遍大曲無聞催攧衮破則現存大曲皆有之中腔踏歌武林舊事述聖節儀第二盞賜御酒歌板起中腔第三盞歌板唱踏歌（卷一）　夢粱錄所載次序相異第一盞述御酒歌板色一名唱中腔一遍訖至再坐第八盞歌板色長唱踏歌中間間以百戲雜劇大曲等（卷三）愚嚾唷中腔踏歌未必爲大曲之一遍沈氏殆誤以大宴時所奏各樂均爲大曲耳王灼所言意胥與現存大曲合然攧後尙有延遍虛催後尙有衮遍宋無名氏草堂詩餘註　今樂府諸大曲凡數十解於攧前則有排遍攧後則有延遍（草堂詩餘卷四東坡水龍吟注）　然史浩採蓮延遍在攧遍　前則次序固無定矣實催之前尙有衮遍董穎薄媚史浩採蓮皆然張炎所謂前衮是也實催後之衮遍則

孫蜀丞

炎所謂中袞幷煞袞爲三灼記王平霓裳亦有三袞則虛催下必漏袞遍二字至其名義亦不可詳排遍或以非一遍故謂之排擷字字書罕見唯陳鵠耆舊續聞云取銅沙鑼于石上擷響[illegible]則或取擷擲之義周密癸辛雜識後集載德壽宮舞譜五花兒舞有踢搠刺擷繫搠捽諸名則亦舞中之一節因以名其遍者入破則曲之繁聲處也（宋上交近事會元卷四）虛催實催均指催拍言之故董穎薄媚實催作擢拍袞義未詳劉克莊後村別調賀新郎詞云笑煞街坊拍袞則袞當就拍言之而大曲之遍數中有注花十八花十六者王灼云花十八前後十八拍又四花拍共二十二拍樂家者流所謂花拍蓋非其正也（碧雞漫志卷二）張炎云大曲降黃龍花十六當用十六拍或不併花拍計之曾布水調歌頭中有帶花遍蓋亦用花拍　顧大曲雖多至數遍十亦只分三段散序爲一段排遍擷正爲一段入破以下至煞袞爲一段宋仁宗語張文定宋景文曰自排遍以前聲音不相侵亂樂之正也自入破以後至此鄭衛也（王鞏隨手雜錄）此其證也

今先錄唐代大曲

孫蜀丞

水調歌第一

平沙落日大荒西隴上明星高復低孤山幾處看烽火壯士連營候鼓鞞

第二

猛將關西意氣多若騎駿馬弄琱戈金鞍寶鉸精神出笛倚新翻水調歌

第三

王孫別上綠珠輪不羨名公樂此身戶外碧潭春洗馬樓前紅燭夜迎人

第四

隴頭一段氣長秋舉目蕭條總是愁祇爲征人多下淚年年添作斷腸流

第五

雙帶仍分影同心巧結香不應須換彩意欲媚濃粧

入破第一

細草河邊一雁飛黃龍關裏掛戎衣爲受明王恩寵甚從事經年不復歸

第二

錦城絲管日紛紛半入江風半入雲此曲只應天上去人間能得幾回聞

第三

昨夜遙歡出建章今朝綴賞度昭陽傳聲莫閉黃金屋爲報先開白玉堂

第四

日晚笳聲咽戍樓隴雲漫漫水東流行人萬里向西去滿目關山空自愁

第五

千年一遇聖明朝願對君王舞細腰乍可當熊任生死誰能伴鳳上雲霄

第六徹

閨燭無人影羅屏有夢魂近來音耗絕終日望君門

涼州歌第一

漢家宮裏柳如絲上苑桃花連碧池聖壽已傳千歲酒天文更賞百僚詩

第二

朔風吹葉雁門秋萬里煙塵昏戍樓征馬長思靑海北胡笳夜聽隴山頭

第三

開篋淚霑襦見君前日書夜臺空寂寞猶見紫雲車

排遍第一

三秋陌上早霜飛羽獵平田淺草齊錦背蒼鷹初出按五花驄馬餵來肥

第二

鴛鴦殿裏笙歌起翡翠樓前出舞人喚上紫微三五夕聖明方壽一千春

宋代大曲可證者曾布有水調歌頭七遍排遍第一排遍第二排遍第三排遍第四排遍第五排遍第六帶花排遍第七攧花十八董穎有薄媚大曲十遍第八排遍第九第十攧入破第一第二虛催第三袞遍第四催拍第五袞遍第六歇拍第七煞袞史浩採蓮大曲八遍延徧攧徧入破袞遍實催袞歇拍煞袞雖非大遍然可推證遍數及次第也

大曲嚴整依次吹彈固屬不易而樂家亦不敢任意增改也蔡寬夫詩話曰

近時樂家多爲新聲其音譜暫移類以新奇相勝故古曲多不存頃見一教坊老工言惟大曲不敢增損往往猶是唐本而弦索家守之尤嚴

法曲者唐書禮樂志云初隋有法曲其音清而近雅是起源於隋代故其音近古也陳暘樂書一百八十八法曲部云

法曲聲出清商部唐太宗破陣樂高宗一戎大定樂武后長生樂明皇赤白桃李花皆法曲尤妙者其餘如霓裳羽衣望瀛獻仙音聽龍吟碧天雁獻天花之類不可勝紀白居易曰法曲雖已失雅音蓋諸夏之聲也故歷朝行焉明皇雅好度曲天寶中詔道調法曲與胡部新聲合作君子非之明年果有祿山之禍豈不誠有以召之邪

法曲亦是大曲其所以名爲法曲者以其音調近正而又隸於法曲部不隸於教坊其實天寶以後漸失其雅音矣唐法曲內容雖不可詳知然由白居易霓裳羽衣歌証之可得其大概也今錄白詩于下

我昔元和侍憲皇曾陪內宴宴昭陽千歌百舞不可數就中最愛霓裳舞舞時寒食春風天玉鉤欄下香案前案前舞者顏如玉不著人家俗衣服虹裳霞帔步搖冠鈿瓔纍纍佩珊珊娉婷似不任羅綺顧聽樂懸行復止磬簫箏笛遞相攙擊擫彈吹聲邐迤（凡法曲之初衆樂不齊唯金石絲竹次第發聲霓裳序初亦復如此）散

序六奏未動衣陽臺宿雲慵不飛（散序六徧無拍故不舞也）中序擘騞初入拍秋竹竿裂春冰拆（中序始有拍亦名拍序）飄然轉旋迴雪輕嫣然縱送游龍驚小垂手後柳無力斜曳裾時雲欲生（四句皆霓裳舞之初態）烟蛾斂略不勝態風袖低昂如有情上元點鬟招萼綠王母揮袂別飛瓊繁音急節十二徧跳珠撼玉何鏗錚（霓裳破凡十二徧而終）翔鸞舞了却收翅唳鶴曲終長引聲（凡曲將畢皆聲拍促速唯霓裳之末長引一聲也）

據白詩證之法曲霓裳散序六遍入破十二遍拍序未詳遍數實唐代之大曲今可考者僅姜夔霓裳中序第一而已宋代法曲可徵者葛立方韻語陽秋云今世時傳望瀛亦十二遍望瀛道調宮法曲也柳永樂章集小石調有法曲獻仙音又有法曲第二蓋摘法曲一遍為之也。

大曲法曲之外又有曲破者宋史樂志云太宗洞曉音律前後親制大曲十八、曲破二十九曲破既與大曲分言則曲破非純淨之大遍也

聯詞大遍皆舞曲也陳暘樂書一百八十五論舞大曲云憂伶常舞大曲惟一工獨進但以手袖為容蹋足為節其妙串者雖風旋鳥騫不踰其速矣然大曲前緩疊不舞至入破則羯鼓襄鼓大鼓與

孫蜀丞

絲竹合作句拍益急舞者入場投節制容故有催拍歇拍之異姿致俯仰百態橫出是舞大曲者情態繁雜不易吹演故王灼碧雞漫志云後世就大曲製詞者類從簡省而管弦家又不肯自首至尾一吹彈甚者學不能盡此大曲之所以日就殘缺也至于舞狀詞人多畧而不載調笑轉踏但有句遺樂語大遍亦僅列遍數次第而已洪适盤洲樂章之番禺調笑有句遣破子句降黃龍舞句南呂薄媚舞並有句答遣漁家傲引有句有詞有破子有遣然舞狀如何並未言之惟史浩鄮峯眞隱大曲載列採蓮舞太清舞柘枝舞花舞劍舞漁父舞六種有歌詞有樂語有舞狀衆作中之最有興會者也今錄兩舞不獨觀其舞狀之詞亦可以想見當時之舞態也

採蓮舞

五人一字對廳立竹竿子句念

伏以濃陰緩轡化國之日舒以長清奏當筵治世之音安以樂霞舒絳彩玉照鉛華玲瓏環佩之聲綽約神仙之伍朝回金闕宴集瑤池將陳倚棹之歌式侑回風之舞宜邀勝伴用合仙音女伴相將採蓮入隊

句念了後行吹雙頭蓮令舞上分作五方竹竿子又句念

孫蜀丞

伏以波涵碧玉搖萬頃之寒光風動靑蘋聽數聲之幽韻芝華雜遝羽幰飄飄疑紫府之羣英集綺筵之雅宴更憑樂部齊迓來音

句念了後行吹採蓮令舞轉作一直了衆唱採蓮令

練光浮煙斂澄波渺燕脂溼靚妝初了綠雲繖上露滾滾的皪眞珠小籠嬌媚輕盈佇眺無言不見仙娥凝望蓬島　玉闕蔥蔥鎭鎖佳麗春難老銀潢急星槎飛到暫離金砌爲愛此極目香紅繞倚蘭棹清歌縹緲隔花初見楚楚風流少年

唱了後行吹採蓮令舞分作五方竹竿子句念

伏以遏雲妙響初容與於波間回雪奇容乍婆娑於澤畔愛芙蕖之豔冶有蘭芷之芳馨躞蹀凌波洛浦未饒爲獨步雍容解佩漢皋諒得以齊驅宜到堦前分明祗對

花心出念

但兒等玉京侍席久陟仙堦雲路馳驂乍游塵世喜聖明之際會臻夷夏之清寧聊尋澤國之芳雅寄丹臺之曲不慚鄙俚少頌昇平未敢自專伏候處分

竹竿子問念

既有清歌妙舞何不獻呈

花心問答

舊樂何在

竹竿子問念

一部儼然

花心答念

再韻前來

念了後行吹採蓮曲破五人衆舞到入破先兩人舞出舞到裀上住當立處訖又二人舞又

住當立處然後花心舞徹竹竿子念

伏以仙裾搖曳擁雲羅霧縠之奇紅袖翩翻極鸞翮鳳翰之妙再呈獻瑞一洗凡容已奏新詞更

留雅詠

念了花心念詩

我本清都侍玉皇乘雲馭鶴到仙鄉輕舠一葉烟波闊嗜此秋潭萬斛香

孫蜀丞

念了後行吹漁家傲花心舞上折花了唱漁家傲

蘂沼清冷涓滴水迢迢烟浪三千里微孕青房包繡綺薰風裏幽芳洗盡閒桃李羽氅飄蕭塵外侶相呼短棹輕偎倚一片清歌天際起聲尤美雙雙驚起鴛鴦睡唱了後行吹漁家傲五人舞換坐當花心立人念詩

我昔瑤池飽宴游朅來樂國已三秋水晶宮裏尋幽伴菡萏香中蕩小舟

念了後行吹漁家傲花心舞上折花了唱漁家傲

翠蓋參差森玉柄迎風浥露香無定不著塵沙鸞體淨蘆花徑酒侵酥臉霞相映　棹撥木蘭烟水暝月華如練秋空靜一曲悠颺沙鷺聽牽清興香紅已滿蒹葭艇

唱了後行吹漁家傲五人舞換坐當花心立人念詩

我弄雲和萬古聲至今江上數峯青幽泉一曲憑棹楚客還應著耳聽

念了後行吹漁家傲花心舞上折花了唱漁家傲

草軟沙平風掠岸青簑一釣烟江畔荷葉爲裀花作幔知誰伴醇醪只把鱸魚換　盤縷絲杯自暖篷窗醉著無人喚逗得醒來橫脆管清歌緩彩鸞飛去紅雲亂

唱了後行吹漁家傲五人舞換坐當花心立人念詩

我是天孫織錦工龍梭一擲度清空蘭撓不逐仙槎去貪擷芙蕖萬朵紅

念了後行吹漁家傲花心舞上折花了唱漁家傲

太華峯頭冰玉沼開花十丈干雲杪風散天香聞四表知多少亭亭碧葉何曾老試遡霏煙登鳥道丹崖步步祥光繞折得一枝歸月　蓬萊島霞裾侍女爭言好

唱了後行吹漁家傲五人舞換坐當花心立人念詩

我入桃源避世紛太平纔出報君恩白龜已閱千千歲卻把蓮巢作酒尊

念了後行吹漁家傲花心舞上折花了唱漁家傲

珠露瀼瀼清玉宇霞標[illegible]綽約消煩暑時馭清風之帝所尋舊侶三千仙仗臨烟渚舴艋飄颻來復去漁翁問我居何處笑把紅蕖呼鶴馭囘頭語壺中自有朝天路

唱了後行吹漁家傲五人舞換坐如初竹竿子句念

伏以珍符洊至朝廷之道格高深年穀屢豐郡邑之和薰遐邇式均歡宴用樂清時感游女於仙衢詠奇葩于水國折來和月露浥霞顋舞處隨風香盈翠袖旣徜徉於玉砌宜宛轉於雕梁爰有

孫蜀丞

嘉賓冀聞清唱

念了衆唱畫堂春

彤霞出水弄幽姿娉婷玉面相宜棹歌先得一枝枝波上畫鯨飛　向此畫堂高

唱了後行吹畫堂春衆舞舞了又唱河傳

蘂宮閬苑聽鈞天帝樂知他幾徧爭似人間一曲採蓮新傳柳腰輕鶯舌囀　逍遙烟浪誰羈絆

無奈天階早已催班轉却駕彩鸞笑握芙蓉斜盼願年年陪此宴

唱了後行吹河傳衆舞舞了竹竿念遣隊

浣花一曲媚江城雅合鳧鷖醉太平楚澤清秋餘白浪芳枝今已屬飛瓊歌舞既闌相將好去

念了後行吹雙頭蓮令五人舞轉作一行對廳杖鼓出場

劍舞

二舞者對廳立裀上竹竿子句念

伏以玳席歡濃金樽興逸聽歌聲之融曳思舞態之飄颻爰有仙童能開寶匣佩干將莫邪之利

器擅龍泉秋水之嘉名鼓三尺之熒熒雲間閃電橫七星之凜凜掌上生風宜到芳筵同翻雅[illegible]

二舞者自念

伏以五行秀擢百鍊呈功炭熾紅鑪光歕星日硎新雪刃氣貫虹霓斗牛間紫霧浮游波濤裏蒼龍締合久因佩服粗習迴翔茲聞閬苑之羣仙來會瑤池之重客輒持薄技上侑清歡未敢自專伏候處分

竹竿子問

既有情歌妙舞何不獻呈

二舞者答

舊樂何著

竹竿子再問

一部儼然

二舞者答

再韻前來

樂部唱劍器曲破作舞一段了二舞者同唱霜天曉角

孫蜀丞

熒熒巨闕左右凝霜雪且向玉墀掀舞終當有用時節　唱徹人盡說寶此剛不折內使奸雄落膽外須遺豺狼滅

樂部唱曲子作舞劍器曲破一段（舞者二人分立兩邊別兩人漢裝者出對坐卓上設酒果）竹竿子念

伏以斷蛇大澤逐鹿中原佩赤帝之眞符接蒼姬之正統皇威旣振天命有歸量勢雖盛於重瞳度德難勝於隆準鴻門設會亞夫輸謀徒矜起舞之雄姿厥有解紛之壯士想當時之賈勇激烈飛颺宜後世之效顰回旋宛轉雙鸞奏技四坐騰歡

樂部唱曲子舞劍器曲破一段（一人左立者上裀舞有欲刺右漢裝者之勢又一人舞進前翼蔽之舞罷兩舞者並退漢裝者亦退復有兩人唐裝出對坐卓上設筆硯紙舞者一人換婦人裝立裀上）竹竿子句念

伏以雲鬟聳蒼璧霧縠罩香肌袖翻紫電以連軒手握青蛇而的皪花影下游龍自躍錦裀上蹌鳳來儀態軼橫生瓌姿譎起傾此入神之技誠爲駭目之觀巴女心驚燕姬色沮豈唯張長史草書大進抑亦杜工部麗句新成稱妙一時流芳萬古宜呈雅態以洽濃歡

樂部唱曲子舞劍器曲破一段（作龍蛇婉蜒曼舞之勢兩人唐裝者起二舞者一男一女對舞結劍器曲破徹）竹竿子念

項伯有功扶帝業大娘馳譽滿文場合茲二妙甚奇特堪使佳賓釂一觴霍如羿射九日落嬌如羣驂龍翔來如雷霆收震怒罷如江海凝清光歌既舞終相將好去

念了二舞者出隊

二舞有破有徹蓋截大曲入破以後而用之其所以有聲無詞者陳暘樂書一百五十七云今之大曲以譜字記其聲折慢疊既多尾徧又促不可以辭配焉劍舞節目雖短舞狀甚詳而又帶演故事、頗與唐代歌舞戲相近直翁別有漁父舞則調笑轉踏之類也文長不具錄

以上論大遍附舞狀詞

合數種之曲而成一樂者有三種一，宋鼓吹曲二，諸宮調三　賺詞

宋大駕鼓吹多以導引六州十二時三曲宋樂志開寶元年南三首是也梓宮發引則加祔陵歌虞主回京則加虞主歌如樂志元豐二年慈聖光獻皇后發引四首虞回京四首皆是也南渡之後郊祀則於導引六州十二時三曲以外又加奉禋歌降仙臺二曲共爲五曲如樂志高宗郊祀大禮五首時也

諸宮調者王國維曰小說之支流而被之以樂曲者也碧雞漫志卷二熙寧元豐間澤州孔三傳始創

諸宮調古傳士大夫皆能誦之夢梁錄卷二十云說唱諸宮調昨汴京有孔三傳編成奇靈怪入曲說唱東京夢華錄卷五紀崇觀以來瓦舍伎藝有孔三傳耍秀才諸宮調武林舊事所載諸色伎藝人諸宮調傳奇有高郎婦等四人則南北宋均有之今其詞尚存者唯金董解元之西廂耳董解元西廂胡元瑞焦理堂施北研筆記中均有考訂訖不爲知何體沈德符野獲編卷二十五且妄以爲金人院本模範以余考之確爲諸宮調無疑觀陶南村輟耕錄謂金章宗董解元所編西廂記時代未遠猶罕有人能解之則後人不識此體固不怪也此編之爲諸宮調有三證本書卷一太平賺詞云俺平生情性好踈狂的情性難拘束頭一回家想麼詩魔多愛選多情曲比前賢樂府不中聽在諸宮調裏却著數此開卷自叙作詞緣起而自云在諸宮調裏其證一也元凌雲翰柘軒詞有定風波詞賦崔鶯鶯傳云翻殘金舊日諸宮調本纔入時人聽則金人所賦西廂詞自爲諸宮調其證二也此書體例求之古曲無一相似獨元王伯成天寶遺事殘於雍熙樂府九宮大成所選者大致相同而元鍾嗣成錄鬼簿卷上於王伯成條下注云有天寶遺事諸宮調行於世王詞既爲諸宮調則董詞之

爲諸宮調無疑其證三也其所以名諸宮調者則由宋人所用大曲傳踏不過一曲其在同一宮調中甚明唯此編每宮調中多或十餘曲少或一二曲卽易他宮調合若干宮調以詠一事故謂之諸宮調

賺詞者王國維曰取一宮調之曲若干合之以成一全體此體久爲世人所不知案夢粱錄卷二十紹興年間有張五牛大夫因聽動鼓板中有太平令或賺鼓板卽今拍板大節抑揚處是也遂撰爲賺賺者誤賺之之義正堪美聽中不覺已至尾聲是不宜爲片序也又有覆賺其中變花前月下之情及鐵騎之類云云是唱賺之中亦有敷演故事者今已不傳其常用賺詞余始於事林廣記中發見之曲前有遏雲要訣次唱賺次遏雲致語鷓鴣天次圓社市語中呂宮圓裏圓其曲爲紫蘇丸次縷金次好次女兒次大夫娘次好孩兒賺次越恁好次鶻打兎末尾聲然不著其爲何時人所作以余考之則當出南波之後詞前有遏雲要訣遏雲者南宋歌社之名武林舊事卷三二月八日爲相川張王生辰霍山行宮朝拜極盛百戲競集如緋綠社雜劇齊雲社蹴球遏雲社唱賺等云云夢粱錄卷十九社會條下亦載之今此詞之首有遏雲要訣遏雲致語又云唱賺道賺要訣語而詞中又有賺詞則爲宋

孫蜀丞

遏雲社所唱賺詞無疑也所唱之曲題爲圓社市語圓社謂蹴球事林廣記戌集卷二圓社摸場條起四句云四海齊雲社當場蹴氣球作家偏著所圓社最風流今曲題如此而曲中所使皆蹴球家語則圓社爲齊雲社無疑以遏雲社之人唱齊雲社之事非南宋人所作不可也

以上論集曲調

宋又有雜劇詞王國維曰宋史樂志言眞宗不喜鄭聲而或爲雜劇詞未嘗宣布於外夢粱錄卷二十亦云尙有汴京敎坊大使孟角球曾做雜劇本子葛守誠撰四十大曲其體裁如何則不可知惟武陵舊事卷十所載官本雜劇段數多至二百八十餘本就此精密考之則其用大曲者一百有三用法曲者四用諸宮調者二用普通詞譜者三十有五

以上論雜劇詞

總上觀之詞之初本爲令曲屢次演變遂成各種詞體其自簡趨繁嬗變之迹昭然可知矣

詞學通論第三章終

孫蜀丞

第三章　論音律

明清詞譜論詞律者有句有讀有韻有協有平仄有四聲然非詞律之本也唐宋之詞用諸燕樂燕樂者卽新唐書所謂俗樂也鄭文焯論燕樂曰

漢雅樂傳至左延年惟鹿鳴一篇詩小雅鹿鳴居其首燕禮工於堂上歌[illegible]之是爲燕樂之所自昉漢列於雅樂以其爲雅之遺也至晉而鹿鳴無傳梁武帝作十二雅郊祀與燕饗合奏人鬼雜施而樂紀隳隋本龜茲始用胡伎鄭譯以意別雅俗二部唐以先王之樂爲雅樂合胡部爲燕樂而名用始分宋元相沿並不知燕樂之原於雅矣

燕樂名義雖有所自隋唐燕樂原于琵琶（詞中之哨遍醉翁操屬于琴調者其偶然者爾）此說啟自凌廷堪凌氏卽據之撰燕樂考原余先列隋唐四均二十八調次附凌說以資研覽

正宮　越調

高宮　大石調

宮七調

中呂宮
道調宮
南呂宮
仙宮宮
黄鍾宮

商七調

高大石調
雙調
小石調
歇指調
林鍾調

角七調

越角
大石角
高大石角
雙角
小石角
歇指角
林鍾角

羽七調

中呂調
正平調
南呂調 又名高平調
仙呂調
黄鍾調
般涉調
高般涉調

淩氏曰隋書音樂志明云鄭譯用蘇祇婆琵琶弦柱相引爲均遼史樂志又云二十八調不用黍律以琵琶弦叶之燕樂之原出於琵琶可知故唐志燕樂之器以琵琶爲首宋志云坐部伎琵琶曲盛流於時皆其證也蓋琵琶四弦故燕樂但有宮商角羽四均無徵聲一均也第一弦最大其聲最濁故以爲宮聲之均所謂大不踰宮也第四弦最細其聲最清故以爲羽聲之均所謂細不過羽也第二弦少細其聲亦少清故以爲商聲之均第三弦又細其聲又清故以爲角聲之均一均分爲七調四均故二十八調也

宋仁宗樂髓新經宋史律歷志張炎詞源並有所謂八十四調者蓋於四均以外加徵變徵變宮三均共七均每均七調以外加中管五調共十二調每均十二調七均故八十四調也今列表于下

（一）宮聲十二調

正名	俗名	二十八宮
黃鐘宮	正黃鐘宮（一名正宮）	宮七調之一
大呂宮	高宮	宮七調之二
太簇宮	中管高宮	

夾鐘宮	中呂宮	宮七調之三
姑洗宮	中管中呂宮	
仲呂宮	道宮	宮七調之四
蕤賓宮	中管道宮	
林鐘宮	南呂宮	宮七調之五
夷則宮	仙呂宮	宮七調之六
南呂宮	中管仙呂宮	
無射宮	黃鐘宮	宮七調之七
應鐘宮	中管黃鐘宮	

（二）商聲十二調

正名	俗名	二十八調
黃鐘商	大石調	商七調之二
大呂商	高六石調	商七調之三

太簇商	中管高大石調	
夾鍾商	雙調	商七調之四
姑洗商	中管雙調	
仲呂商	小石調	商七調之五
蕤賓商	中管小石調	
林鍾商	歇指調	商七調之六
夷則商	商調俗又呼林鍾商調	商七調之七
南呂商	中管商調	
無射商	越調	商七調之一
應鍾商	中管越調	

(三) 角聲十二調

正名	俗名	二十八調
黃鍾[illegible]	正黃鐘宮角	

大呂角	高宮角
太簇角	中管高宮角
夾鍾角	中呂正角
姑洗角	中管中呂角
中呂角	道宮角
蕤賓角	中管道宮角
林鍾角	南呂角
夷則角	仙呂角
南呂角	中管仙呂角
無射角	黃鐘角
應鍾角	中管黃宮角

（四）變徵十二調

正名	俗名	二十八調

黃鍾變徵	正黃鍾宮轉徵
大呂變徵	高宮變徵
太簇變徵	中管高宮變徵
夾鍾變徵	中呂變徵
姑洗變徵	中管中呂變徵
中呂變徵	道宮變徵
蕤賓變徵	中管道宮變徵
林鍾變徵	南呂變徵
夷則變徵	仙呂變徵
南呂變徵	中管仙呂變徵
無射變徵	黃鍾變徵
應鍾變徵	中管黃鍾變徵

（五）徵聲十二調

孫蜀丞

二十八調

正名	俗名
黃鍾徵	正黃鍾宮正徵
大呂徵	高宮正徵
太簇徵	中管高宮正徵
夾鍾徵	中呂正徵
姑洗徵	中管中呂正徵
中呂徵	道宮正徵
蕤賓徵	中管道宮正徵
林鍾徵	南呂正徵
夷則徵	仙呂正徵
南呂徵	中管仙呂正徵
無射徵	黃鍾正徵
應鍾徵	中管黃鍾正徵

（六）羽聲十二調

正名	俗名	二十八調
黃鍾羽	般涉調	羽七調之六
大呂羽	高般涉調	羽七調之七
太簇羽	中管高般涉調	
夾鍾羽	中呂調	羽七調之一
姑洗羽	中管中呂調	
中呂羽	正平調	羽七調之二
蕤賓羽	中管正平調	
林鍾羽	高平調又呼南呂調	羽七調之三
夷則羽	仙呂調	羽七調之四
南呂羽	中管仙呂調	

無射羽	羽調又呼黃鍾調 又呼黃鍾羽	羽七調之五
應鍾羽	中管羽調	

（七）變宮十二調

正名	俗名	二十八調
黃鍾變宮	大石角	角七調之二
大呂變宮	高大石角	角七調之三
太簇變宮	中管高大石角	
夾鍾變宮	雙角	角七調之四
姑洗變宮	中管雙角	
中呂變宮	小石角	角七調之五
蕤賓變宮	中管小石角	
林鍾變宮	歇指角	角七調之六

孫蜀丞

夷則變宮　　商角又呼林鍾角　　角七調之七

南呂變宮　　中管商角

無射變宮　　越角　　角七調之一

應鍾變宮　　中管越角

右八十四調表其以變宮爲角者宋史樂志云以變宮爲角又引蔡元定燕樂書云閏爲蓋四均二十八調不獨無徵聲之均卽角亦非正角也故蔡絛鐵圍山叢談云政和間作燕樂求徵角調二均不可得亦以角音其名而實非角也此有徵均而四均二十八調無之者以舊用琵琶琵琶無徵均也凌廷堪云琵琶四弦無徵調唐人之五弦彈則有之元稹五弦彈詩云趙璧五弦彈徵調徵聲激越何清峭又張祜五弦詩云徵調侵弦乙商聲過指籠是五弦之器有徵調也宋徽宗置大成府命補徵調當時但借琵琶之宮弦爲之致伶宮有落韻之譏殊可笑也凌氏以琵琶考徵調之有無最爲精鑿者矣陳澧聲律通考復申論曰新唐禮樂志韋皐作南詔奉聖樂又爲五均其四曰林鍾徵之均此亦唐時有徵調之證也琴亦有徵調無徵調者惟琵琶耳五音必待二變而成者鄭文焯詞

新律云七調古謂之七宗又謂七始漢志稱舜欲聞七始是也夫五音得二變而后成音猶四時得閏而后成歲空積忽微變化相推自然之理樂中之神妙也淮南子云姑洗生應鍾比於正音故爲和應鍾生蕤賓不比正音故爲繆按和繆卽二變之謂應鍾變宮在南呂羽之後不雜五聲正音中故曰比和者如歌之聲相應也古樂聲之餘皆有和　賓徵雜入正音角羽之間故曰不比繆者如絲之亂而理也古樂聲之終皆有亂其曰閏者聲也曰適者調也中管五調者陳澧曰一弦有十二聲可轉爲十二調一管但轉爲七調而已其餘五調則別製一管聲稍高者吹之謂之中管調也此遷就苟簡之法但使一笛稍下一笛稍高皆勻排其孔雖不應律作孔而二笛可以吹十二調亦巧法也

八十四調宋實未盡行也宋史樂志云教坊所奏凡十八調太宗所製曲乾興以來通用之凡新奏十七調詞源云今雅俗祇行七宮十二調而角不預焉此宋代宮調流行之狀況也今列三表以明之

（一）宋教坊所奏十八調（六宮十二調）

- 宮
  - 正宮　中呂宮
  - 道宮　南呂宮
  - 仙呂宮　黃鍾宮
- 商
  - 越調　大石調
  - 雙調　小石調
  - 歇指調　商調
- 羽
  - 中呂調　南呂調
  - 仙呂調　羽調
  - 般涉調　正平調

（二）乾興以通來用十七調（六宮十一調）

- 宮
  - 正宮　中呂宮
  - 道宮　南呂宮
  - 仙呂宮　黃鍾宮
- 商
  - 越調　大石調
  - 雙調　小石調
  - 歇指調　商調
- 羽
  - 中呂調　南呂調
  - 仙呂調　羽調
  - 一般涉調

（三）南宋通用七宮十二調

- 宮
  - 正宮 — 中呂宮
  - 道宮 — 南呂宮
  - 仙呂宮 — 黃鍾宮
  - 高宮
- 商
  - 越調 — 大石調
  - 雙調 — 小石調
  - 歇指調 — 商調
- 羽
  - 中呂調 — 南呂調
  - 仙呂調 — 羽調
  - 般涉調 — 正平調

據上表觀之宋所實用者僅宮商羽三均宋末但行七宮十二調是不獨無八十四且並無二十八矣

古今正俗譜字對照表 ㊇

古正	古俗	今俗
黃	△	合
大	ⓜ	下四
太	マ	四
夾	㊀	下一
姑	一	一
中	ㄣ	上
蕤	ㄙ	勾
林	人	尺
夷	⑦	下工
南	ㄱ	工
無	⑪	下凡
應	リ	凡
黃清	久	六
大清	㊄	下五
太清	万	五
夾清	万	高五

八十四宮調管色及殺聲表

管色

殺聲

（一）黃鍾—[合] 或 [六]

- 宮——正宮—[合]
- 商——大石調—[四]
- 角——正黃鍾宮角—[一]
- 變徵——正黃鍾宮轉徵—[勾]
- 徵——正黃鍾宮正徵—[尺]
- 羽——般涉調—[工]
- 變宮——大石角—[凡]

（二）大呂—[下四] 或 [下五]

- 宮——高宮—[下四]
- 商——高大石調—[下五]
- 角——高宮角—[上]
- 變徵——高宮變徵—[尺]
- 徵——高宮正徵—[下五]
- 羽——高般涉調—[下凡]
- 變宮——高大石角—[合]

（三）大簇—四 或五

宮—中管南宮—四
商—中管高大石調—一
角—中管南宮角—勾
變徵—中管高宮變徵—五
徵—中管高宮正徵—工
羽—中管高般涉調—凡
變宮—中管高大石調—四

（四）夾鍾—五 或壹

宮—中呂宮—五
商—雙調—上
角—中呂正角—尺
變徵—中呂變徵—工
徵—中呂正徵—凡
羽—中呂調—合
變宮—變角—五

（五）姑洗—一—

宮——中管中呂宮—一
商——中管雙調—勾
角——中管中呂角—五
變徵——中管中呂變徵—下凡
徵——中管中呂正徵—凡
羽——中管中呂調—四
變宮——中管雙調—工

（六）中呂—上—

宮——道宮—上
商——小石調—凡
角——道宮角—工
變徵——道宮變徵—凡
徵——道宮正徵—合
羽——正平調—四
變宮——小石角—一

孫蜀丞

（七）蕤賓—勾—

宮——中管道宮—勾
商——中管小石調—五
角——中管小石調—工
變徵——中管道宮變徵—凡
徵——中管道宮正徵—亞
羽——中管小石角—五
變宮——中管小石角—上

（八）林鐘—尺—

宮——南呂宮—尺
商——歇指調—工
角——南呂角—合
變徵——南呂變徵—亞
徵——南呂正徵—四
羽——高平調—一
變宮——歇指角—勾

（九）夷則——五

- 宮——仙呂宮——五
- 商——商調——凡
- 角——仙呂角——合
- 變徵——仙呂變徵——四
- 徵——仙呂正徵——一
- 羽——仙呂調——上
- 變宮——商角——尺

（十）南呂——工

- 宮——中管仙呂宮——工
- 商——中管商調——凡
- 角——中管仙呂角——五
- 變徵——中管仙呂變徵——一
- 徵——中管仙呂正徵——一
- 羽——中管仙呂調——勾
- 變宮——中管商調——五

（十一）無射—[下凡]—

- 宮—黃鍾宮—[下凡]
- 商—越調—[合]
- 角—黃鍾角—[四]
- 變徵—黃鍾變徵—[一]
- 徵—黃鍾正徵—[上]
- 羽—羽調—[尺]
- 變宮—越角—[工]

（十二）應鍾—[凡]—

- 宮—中管黃鍾宮—[凡]
- 商—中管越調—[下五]
- 角—中管黃鍾角—[下一]
- 變徵—中管黃鍾變徵—[上]
- 徵—中管黃鍾正徵—[勾]
- 羽—中管羽調—[下工]
- 變宮—中管越角—[下凡]

右第一表據詞源排列原文多誤今併訂正宋樂俗譜低音加〇高音加一前世樂音皆低故高音部字不多見也勾字音義多未能解詞麈疑爲高上亦未確燕樂考原引韓邦奇說勾即下尺近人皆遵信之而宋譜竝可通矣第二表備列管色殺生但能知某牌之屬何宮調即可知某牌用何管色用何而起結其事極簡易也今後列中西律音表於下

中西律對照表

中律名	黃鐘	大呂	太簇	夾鐘	姑洗	中呂	蕤賓	林鐘	夷則	南呂	無射	應鐘
西律名	C	♯C或♭D	D	♯D或♭E	E	F	♯F或♭G	G	♯G或♭A	A	♯B或♭	♭B

中西音對照表

中音名	宮	商	角	變徵	徵	羽	變宮
俗音名	上	尺	工	凡	六	五	一

西音名	do	re	mi	fa	sol	la	si
普通音名	1	2	3	4	5	6	7

右第一表所列六律六呂其音之高下與西樂之音是否相同尙待考較然其分十二階級中外固無異也由此而升則爲清音部由此而降則爲濁音部亦中西相同然則實音部有高下不過畧須增修於法無變更也唐宋之律應鍾之上加清聲四曰黃鍾清大呂清太簇清夾鍾清清代二律去四清聲而黃鍾之下加倍聲四曰倍應鐘倍無射倍南呂倍夷則其實下加上減於理未固變也今外來之風琴鋼琴列鍵多者有六七組清濁之分雖甚詳盡然過高過低之聲未必悉應歌喉中國十二律連四清聲或四倍聲言之僅用十六管蓋實以人聲可及者爲範圍也

宋以字譜配律呂後以字譜配七音今古差池而字譜配置亦多異說今第二表所列者僅有二證漢書律歷志云宮中也居中央爲四聲綱也故以上字配宮爲可信乂中樂每以上尺工相聯成調

猶西樂之以1 2 3相聯成調也雖中西習慣不同不必强合其理可推而知也

孫蜀丞

姜夔淒涼犯序云曲言犯者謂以宮犯商商犯宮之類如道調宮上字住雙調亦上字住所住字同故道調曲中犯雙調或於雙調曲中犯道調其他準此唐人樂書云犯有正旁偏側宮犯宮爲正宮犯商爲旁宮犯角爲偏宮犯羽爲側此說非也十二宮所住字各不同不容相犯十二宮特可犯商角羽耳今列表於下

宮犯商	商犯羽	羽犯角	角歸本宮
黃鍾宮正黃鍾宮	無射商越調	夾鍾羽中呂調	大呂變宮高大石角
大呂宮高宮	應鍾商中管越調	姑洗羽中宮中呂調	太簇變宮中管高大石角
太簇宮中管高宮	黃鍾商大石調	中呂羽正平調	夾鍾變宮變角
夾鍾宮中呂宮	大呂商高大石調	蕤賓羽中管正平調	姑洗變宮中管雙角
姑洗宮中管中呂宮	太簇商中管高大石調	林鍾羽高平調	中呂變宮小石角

中呂宮道宮　夾鍾商道調　夷則羽仙呂調　蕤賓變宮中管小石角
蕤賓宮中管道宮　姑洗商中管變調　南呂羽中管仙呂調　林鍾變宮歇指角
林鍾宮南呂宮　中呂商小石調　無射羽羽調　夷則變宮商角
夷則宮仙呂宮　蕤賓宮中管小石調　應鍾羽中管羽調　南呂變宮中管商角
南呂宮中管仙呂宮　林鍾商歇指調　黃鍾羽般涉調　無射變宮越角
無射宮黃鍾宮　夷則商商調　大呂羽高般涉調　應鍾變宮中管越角
應鍾宮中管黃鍾宮　南呂商中管商調　太簇羽中管高般涉調　黃鍾變宮大石角

右律呂四犯表蓋列雅名注以俗名學者參證前列殺聲表即可知其相犯之故矣惟有一事當注意詞之分段不必盡在犯處也今舉周邦彥瑞龍吟以爲例

章臺路遠見褪粉梅梢試花桃樹愔愔坊陌人家定巢燕子歸來舊處　暗凝佇因念個人癡小乍窺門戶侵晨淺約宮黃障風映袖盈盈笑語　前度劉郎重到訪鄰尋里同時歌舞唯有

孫蜀丞

舊家秋娘聲價如故吟箋賦筆猶記燕臺句知誰伴名園露飲東城閒步事與孤鴻去探春盡是傷離意緒官柳低金縷歸騎纖纖池塘飛雨斷腸院落一簾風絮

周集此詞注大石調分三段惟元巾箱本清眞集樂府雅詞陽春白雪均作二疊於如故分段花菴詞選注云此詞自章臺路至歸來舊處是第一段自暗凝佇至盈盈笑語是第二段此謂之雙拽頭屬正平調自前度劉郎以下卽犯大石係第三段至歸騎晚以下四句再歸正平今諸本皆於吟箋賦筆處分段者非也萬樹詞律云愚謂既以尾爲再歸正平則該分四疊而淸眞詞應在縷字再分一段矣按犯調由於殺聲相同不必定於犯處分段三犯渡江雲可以爲證萬氏未明犯調之理而又誤會花菴舊注也

古人自製腔之法必先任意吹竹卽以筆著譜字於紙當後斟酌其句讀畫定其板眼再吹之如腔調不美音律不協則重作增改務必使其抑揚抗墜圓美如珠而後已音節既定然後審其殺聲卽可定其宮調方能命名以實之

白石湘月序云予度此曲卽念奴嬌之鬲指聲也於雙調中吹之鬲指亦謂之過腔見晁無咎集凡能吹竹者便能過腔也按晁補之消息詞自注云自過腔卽越調永遇樂姜氏所謂卽此也蓋永遇

樂屬歇指調卽林鍾商越調卽無射商同爲商音念奴嬌屬大石調卽黃鍾商雙調卽夾鍾商亦同爲商音故其腔可過也過之之法亦在殺聲永遇樂用工字殺消息用合字殺吳因同音過腔不用工字殺而移用合字殺也念奴嬌用四字殺湘月用上字殺姜因同音之故不用四字殺而移用上字殺也姜名鬲指聲者蓋不用簫笛四字孔而移用上字孔四上兩孔僅在鬲指之間吹竹便能過腔此之謂也

元明以來詞律亡失不得不以平仄句讀韵叶論詞故詞譜紛出別詳塡詞法中茲不具論

詞學通論上卷終（完）

詞學通論卷二

孫蜀丞

第四章　塡詞法

詞之宮譜既亡勢不得不以句讀平仄韻叶言律明之中葉張綖始著詩餘圖譜列調不詳而以全白全黑及半白半黑圈分別平仄譌誤實多程明善繼之著嘯餘譜風行一時然其舛誤較張書尤甚明末又有沈際飛之詞譜淸初又有賴以邠之塡詞圖譜亦復罅漏四出觸目瑕瘢萬樹識之曰每篇作注逐字爲音可平可仄並正韻而皆移五言七言改詩句而後已誠有慨乎其言之也至於體製則有第一體第二體諸稱既不論時代又不依字數尋其標準不可言也萬氏著詞律二十卷綖調六百六十爲體千一百八十有奇考其調之異同酌其句之分合辨其字之平仄序其篇之短長務標準于名家必酌中于各製有調同名別者則删而合之有調別名同者則分而疏之複者黜之缺者補之于字則論其平仄兼分上去而每詳以入作平以上作平之說其篇則取之唐宋兼及金元而不收明淸自度之腔右記句讀韵叶換疊左記可平可仄作平某聲較前諸家信乎其有準則矣後之作者如白香詞譜碎金詞譜固不足比擬萬書即天籟軒詞譜間補萬氏之闕亦莫能尚

之然終不免遺漏疏失清高宗命王奕淸等定詞譜四十卷本萬書而廣之得調八百二十六體二千三百零六惟其間多屬曲調界域不清故學者仍尊重萬氏之書高郵王敬之吳縣戈載自居萬氏諍友匡其不逮訂其疏漏各有論述杜文瀾據之作詞律校勘記二卷德清徐本立又作詞律拾遺八卷參證詞譜葉譜益以他書並糾萬氏之譌誤補調一百六十五補體四百九十五又續得五十餘調列爲補遺惜其仍茫然於詞曲之界也近代鄭文焯嚴辨入聲朱祖謀況周頤復于兩宋自度之曲主謹守四聲之說蓋以宮譜既亡寧嚴毋寬也

（一）句法　詞調各有一定之平仄而句法亦有成規若亂次以濟則不合本調今分訂各種句法如左

（一）一字句　此類甚少惟十六字令（一名歸字謠　一名蒼梧謠）首句有之其他多用作領字而實未斷句者也

（二）二字句　（甲）用於換頭者如周邦彥瑣窗寒云遲暮嬉遊處王沂孫無悶云淸致悄無似（此用平仄聲也）秦觀滿庭芳云消魂當此際張炎渡江雲云愁余荒洲古漵（此用平平聲也）

孫蜀丞

（乙）用於暗韻者如吳文英木蘭花慢壽秋壑云金絨錦韉賜馬蘭宮擊書翠羽（此用平平聲也）姜惜夔紅衣云故國渺天北（此用仄聲也）

（三）三字句　此種有兩種（甲）爲上二下一句法（乙）爲上一下二句法細分之又有四種（一）爲平仄仄（二）爲仄平平（三）爲平平仄（四）爲仄仄平是爲普通句法又有仄平仄或平仄平及仄仄仄或平平平者是爲特別句法今再分舉如左

（一）平仄仄如憶江南首句多少恨謁金門首句風乍起此兩句前者爲上二下一後者爲上一下二句法

（二）仄平平者如搗練子第二句小庭空憶王孫第四句月黃昏此兩句亦前者爲上二下一後者爲上一下二

（三）平平仄者如憶秦娥首句簫聲咽水龍吟末句花開處此兩句前者爲上二下一後者爲上一下二

（四）仄仄平者如長相思首二句汴水流泗流水此爲上二下一句法其上一下二者如

南浦第二句向晚來然實爲豆竝非一句卽長相思之首二句亦可作仄平平如仄仄平之句法也

以上爲普通句法

仄平仄者如賀新郎末句未梳整對鸞鏡其第一字均不可用平否則卽與滿江紅末句無所區別矣

平仄平者如平韻滿江紅之末句聞珮環此定格也別調中絕少用之

仄仄仄者惟醉春風之疊字句有之其他則惟長調中之豆不得名爲三字句也

平平平者惟花非花中有之其他亦爲長調中之豆不得認爲三字句也

以上爲特別句法

（四）四字句　此類有二（甲）平行句法（乙）甲聯句法（卽上一下三句法）

（甲）平行普通句法

（一）仄仄平平如滿江紅首句晝日移陰第一字平仄可通但四字對偶者不在此例

（二）平平仄仄如減字木蘭花首句天涯舊恨此類第一第三兩字平仄大概通用惟四

字對偶者不在此例

平行特別句法

（一）平平仄平如醉太平第一句之情高意眞第二句之眉長鬢青是也

（二）平仄仄平如曲江秋之銀漢墜懷是也

（三）平仄平仄如調笑令之團扇團扇是也此與疊上二字同

（四）仄平仄平如霜花腴之病懷强寬更移畫船是也

（五）仄仄仄仄如鶯啼序之傍柳繫馬是也

（乙）中聯句法

（一）仄平平仄如雨霖鈴之對長亭晚是也

（二）仄平仄仄如戚氏之獻金鼎藥是也

（三）仄仄平平如戚氏之岡大椿年是也

（五）五字句　此亦祇有上二下三與上一下四兩種惟兩種平仄亦有不同今分述之

上二下三句法

（一）仄起仄收如卜算子之漏斷人初靜第一字平仄不拘與五言詩句相同

（二）仄起平收如憶江南之昨夜夢魂中第一字平仄不拘

（三）平起平收如長相思兩結句吳山點點愁月明人倚樓皆是惟第三字用平者係特別句法與阮郎歸結句日長蝴蝶飛畫堂雙燕歸相同蓋定格也其第一雖平仄通用究以仄聲爲宜

（四）平起仄收如菩薩蠻之玉階空佇立是也首字平仄不拘然如淡黃柳之明朝又寒食以第三字作仄第四字作平者則係特別句法不能適用於普通五字句中

上一下四句法

（一）平仄隨各調而定者如醉太平之吏那堪酒醒燕歸梁之記一笑千金是也

（二）五平者詞調中不多見惟壽樓春之裁春衣尋芳一例耳

（六）六字句　凡有二種一爲上二下四或上四下二一爲折腰句

上二下四或上四下二句法如相見歡之無言獨上西樓調笑令之玉顏憔悴三年是也

折腰句法如水龍吟之點點是離人淚又渾不細花開處是也

（七）七字句　一爲普通句法如詩句者一爲上三下四者實亦僅二種也

普通句法如浣溪沙之一曲新詞酒一杯是也

上三下四句法如洞仙歌之金波淡玉繩低轉是也

以上七格詞中句法略備矣至八字句如拜星月慢之畫圖中舊識春風面九字句如江城子之飛絮落花時候一登樓十字句如夜半樂之慘離懷空恨歲晚歸期阻其實皆合三五或六三或三七成句耳此類句法殊不多見其故已詳第二章矣

此外應注意者厥有二端一即詞中對句一即詞中領字詞中對句有在首二句者有在中段二句者學者初學塡詞最易疏忽詞中領字不外正又甚但怎奈漸料怕是向想歎對恨悵試更問誤自了記厭幸有讓等字用虛字多實字少用仄聲多平聲少也

（二）平仄四聲　平仄之道童孺亦多知之蓋因於自然出乎天籟惟詞中用法與詩固異與曲亦畧有不同長洲吳瞿安先生論此甚精今迻錄于下

凡古人成作讀之格格不上口拗澀不順者皆音律最妙處長綖詩餘圖譜遇拗句即改爲順適無怪爲紅友所譏也拗調澀體多見清眞夢窗白石三家清眞詞如瑞龍吟之歸騎晚纖纖

池塘飛雨憶舊遊之東風竟日吹露桃花犯之今年對花太匆匆夢窗詞如鶯啼序之快展曠眼傍柳繫馬西子妝之一箭流光又趁寒食去霜花腴之病懷强寬更移畫船白石詞如滿江紅之正一望千頃翠瀾暗香之江國正寂寂淒涼犯之怕匆匆不肯寄與誤後約秋宵吟之今夕何夕恨未了此等句法平仄拗口讀且不順而欲出辭爾雅本非易易顧不得輕易改換也雖然平仄之道僅止兩途而仄有上去入三種又不可遇仄而概以三聲統塡也一調之中可以統用者十之六七不可統用者十之三四須斟酌穩愜方能下字無疵於是四聲之說起矣蓋一調有一調之風度聲響若上去互易則調不振起便有落腔之弊如齊天樂有四處必須用去上聲淸眞詞雲窗靜掩露螢淸夜照書卷憑高眺遠但愁斜照斂是也此四句中如靜掩照卷眺遠照斂萬不可用他聲故此詞切忌用入韻雖入可作上究不相宜又夢芙蓉亦有五處必須去上聲夢窗詞西風搖步綺應紅綃翠冷霜挽正慵起仙雲深路杳城影蘸流水是也步綺翠冷正起路杳蘸水亦萬不可用他聲此詞亦忌入韻又眉嫵亦有三處用法上聲白石詞信馬靑樓去翠尊共款亂紅萬點是也中如信馬共款萬點亦不可用他聲至如蘭陵王之多仄聲字壽樓春之多平聲字又當一一遵守不得混用上去入三聲也蓋上聲舒徐和軟其

腔低去聲激厲勁遠其腔高相配用之方能抑揚有致大抵兩上兩去法所當避陰陽間用最易動聽試觀方千里和清眞詞於用字去上之間一守成式可知。人作詞之嚴矣萬紅友云名詞轉折跌蕩處多用去聲此語深得倚聲三昧蓋三仄之中入可作平上界乎仄之間去則獨異且其聲由低而高最宜緩唱凡牌名中應用高音者皆宜用此如堯章揚州慢過春風十里自胡馬窺江去後漸黃昏清角吹寒凡協韻後轉折處皆用去聲此首最爲明顯他如長亭怨慢樹若有情時望高城不見第一是早早歸來算空有并刀淡黃柳之看盡鵝黃嫩綠怕梨花落盡成秋色其領頭處無一不用去聲者無他以發調故也

入聲之叶三聲中原音韻蓑斐軒詞林韻釋既備列之矣但入作三聲僅有七部支微魚虞皆來蕭豪歌戈家麻尤侯諸部是也惟古人叶韻處則不外七部之例如晏幾道梁州令莫唱陽關曲曲字作邱雨切叶魚虞韻柳永女冠子樓臺滴似玉玉字作於句切又黃鶯兒煖律催幽谷谷字作公五切皆叶魚虞韻辛棄疾醜奴兒慢過者一霎霎字作始鮮切叶家麻韻張炎西子妝慢遙岑寸碧碧字作邦彼切叶支微韻又徵招換頭京洛染緇塵洛字須韻作郞到切叶蕭豪韻此與曲韻無所分別至如句中用入派作三聲處則大有不同蓋入聲叶韻處其派入

孫蜀丞

三聲本有定法某字作上某字作平某字作去一定不易僅宗高安蕘斐二家亦可勿叶至於句中入聲字嚴在代平其作上去本不多見詞家用仄聲處本合上去入三聲言之卽使不作去上直讀本聲亦無大礙故句中入聲字叶作三聲實無定法既可作平亦可作上去但須辨其陰陽而已如用十字其在平聲格固必須叶繩知切讀若池音苟在仄聲格作上作去可作本字入聲讀所謂詞中之仄本上去入三聲統用也故學者遇入作三聲時宜注意作平之際者卽此故也又詞有必須用入之處不得易用上去者如法曲獻仙音首二句虛閣籠寒小簾通月閣月宜入淒涼犯首句綠楊巷陌綠陌宜入夜飛鵲斜月遠墮餘輝兎葵燕麥月麥宜入霜葉飛換頭斷闋經歲慵賦瑞龍吟愔愔坊陌人家侵晨淺約宮黃吟箋賦筆闋陌約筆宜入憶舊遊末句千山未必無杜鵑必字宜入詞中類此頗多蓋入聲字重濁而斷詞中與上去間用有止如槁木之致今南曲中遇入聲字皆重讀而作斷腔最爲美聽以詞例曲理本相同雖譜法亡逸而程式尚存故當斷斷謹守之也戈氏詞韻於入聲字分爲五部雖失之太寬而分派三聲仍分列各部之下眉目既晰而所分平上去三聲亦按圖可索學者稱便利且派作三聲者皆有切音使人知有限度不能濫施自便尤有功於詞學矣

（三）韻　陳世宜曰塡詞之要惟律與韻而詞韻又與詩韻不同無論廣韻之二百六部今韻之一百六部皆多所倂合唐時別無詞韻之書宋朱希眞嘗擬應制詞韻張輯釋之馮取洽增之元陶宗儀欲爲改定今已久佚目亦無考嘯餘譜載有中州韻謂爲宋太祖時所編戈載謂爲周德清中原音韻所本然平上去通叶入聲分隸三聲實爲曲韻即其十九部之分（一曰東鍾曰江陽曰支思曰齊微曰魚模曰皆來曰眞文曰寒山曰桓歡曰先天曰蕭豪曰歌戈曰家麻曰車遮曰庚靑曰尤侯曰侵尋曰監咸曰廉纖）亦爲元曲所用厲鶚論詞絕句曰欲呼南渡諸公起韻本重雕菉斐軒注云曾見紹興二年刊菉斐軒詞林要韻一冊分東紅邦陽十九韻亦有上去入作平者秦敦復刊入詞學叢書跋中疑元明僞託又疑專爲北曲設觀十九韻之目及無入聲秦說誠帝故一言詞韻只得用音韻學家考古韻之法於宋詞求之然宋詞用韻亦多駁雜不獨林外之老鎖相協爲閩音也即范仲淹之外淚周邦彥之心雲爲毛先舒所譏者亦不一而足清初沈謙著詞韻未及刊行毛先舒爲之括畧流行甚廣且久統平上去三聲依今韻倂合爲十四部入聲分五部今列其目如次

一　東童韻　（平）一東二冬通用（仄）（上）一董二腫（去）一送二宋通用

江講韻（平）三江七陽通用（仄）（上）三講二十二養（去）三降二十三漾通用

支紙韻（平）四支五微八齊十灰半通用（仄）（上）四紙五尾八薺十賄半（去）四寘五未九泰半十一隊半通用

魚語韻（平）六魚七虞通用（仄）（上）六語七麌（去）六御七遇通用

佳蟹韻（平）九佳半十灰半通用（仄）（上）九蟹半十賄半（去）九泰半十卦半十一隊半通用

眞軫韻（平）十一眞十二文十三元半通用（仄）（上）十一軫十二吻十三阮半（去）十二震十三問十四願半通用

元阮韻（平）十三元半十四寒十五删一先通用（仄）（上）十三阮半十四旱十五潸十六銑（去）十四願半十五翰十六諫十七霰通用

蕭篠韻（平）二蕭三肴四豪通用（仄）（上）十七篠十八巧十九皓（去）十八嘯十九效二十號通用

歌哿韻（平）五歌獨用（仄）（上）二十哿（去）二十一箇通用）

孫蜀丞

佳馬韵（平）九佳半六麻通用（仄）（上）九蟹半二十一馬（去）十卦半二十二禡通用

庚梗韵（平）八庚九青十蒸通用（仄）（上）二十三梗二十四迥（去）二十四敬二十五徑通用

尤有韵（平）十一尤獨用（仄）（上）二十五有（去）二十六宥通用

侵寑韵（平）十二侵獨用（仄）（上）二十六寑（去）二十七沁通用

覃感韵（平）十三覃十四鹽十五咸通用（仄）（上）二十七感二十八琰二十九豏（去）二十八勘二十九豔三十陷通用

屋沃韵（入）一屋二沃通用

覺藥韵（入）三覺十藥通用

質陌韵（入）四質十一陌十二錫十三職十四緝通用

物月韵（入）五物六月七曷八黠九屑十六葉通用

合洽韵（入）十五合十七洽通用

平聲獨押上去通押入與三聲皆不相通此爲詞韻定則其有平上去通押如西江月少年心渡江雲采桑子慢換巢鸞鳳戚氏之類仍不與入混（換韻者不在此列）亦上不類詩下不墮曲之一事也毛先舒評沈氏詞韻謂博考舊詞以名手雅篇灼然無弊爲準而濫通取便者不足爲訓故戈載雖責其標目不明用陰氏分部界限不清而於其部居次第無以易也此外趙鑰曹亮武吳寧諸人均著詞韻與沈氏大同小異而前於沈氏者有胡文煥文會堂詞韻後乎沈氏者有李漁詞韻許昂霄詞韻考畧吳烺程名世學宋齋詞韻鄭春波綠漪亭詞韻或詩韻曲韻雜糅或古韻今韻牽混或以鄉音妄析或沿宋人誤處致來有韻而無韻之譏書亦流行不廣吳縣戈載因沈韻而考宋詞著詞林正韻改據集韵標目而師江戴古韻分部之式起第一部訖第十九部其勝於沈氏者在沈氏支紙韵之灰半賄半隊半即集韻之灰賄隊廢佳蟹韻之灰半賄半隊半即集韻之咍海代眞軫韻之元半阮半願半即集韻之魂痕混很慁恨部居較爲分明而皆駭怪夬均在第五部（泰半入三部半入五部佳卦半入五部半入十部乃廣韻集韻本未區分而宋詞應用各別只得以半註之）亦較據今韻者爲適戈氏以博考宋詞於沈韻時有訂正且增列入作三聲之字信乎後來者之加詳道咸以降戈

孫蜀丞

韻幾定一尊矣。

(四)修飾法　修飾詞法論者甚多而以張炎詞源最爲透闢今擇錄於下學者於此求之思過半矣

製曲

作慢詞看是甚題目先擇曲名然後命意命意既了思量頭如何起尾如何結方始選韻而後述曲最是過片不要斷了曲意須要承上接下如姜白石詞云曲曲屏山夜涼獨自甚情緒於過片則云西窗又吹暗雨則此曲之意脈不斷矣詞既成試思前後之意不相應或有重疊句意又恐字面麤疏卽爲修改改畢淨寫一本展之几案閒或貼之壁少頃再觀必有未穩處又須修改至來日再觀恐又有未盡善者如此改之又改方成無瑕之玉倘急于脫藁倦事修擇豈能無病不惟不能全美抑且未協音聲作詩者且猶旬鍛月鍊況於詞乎

句法

詞中句法要平妥精粹一曲之中安能句句高妙只要拍搭襯副得去於好發揮筆力處極要用工不可輕易放過讀之使人擊節可也如東坡楊花詞云似花還似非花也無人惜從教墜又云春色三分二分塵土一分流水如美成風流子云鳳閣繡幃深幾許聽得理絲簧如史邦卿春雨

云臨 岸新綠生時是落紅帶愁流處燈夜。自憐詩酒瘦難應接許多春色如吳夢窗登靈巖云連呼酒上琴臺去秋與雲平閏重九云簾半捲帶黃花人在小樓姜白石揚州慢云二十四橋仍在波心蕩冷月無聲此皆平易中有句法

字面

句法中有字面蓋詞中一箇生硬字用不得須是深加煆煉字字敲打得響歌誦妥溜方爲本色語如賀方回吳夢窗皆善於鍊字面多於溫庭筠李長吉詩中來字面亦詞中之起眼處不可不留意也

虛字

詞與詩不同詞之句語有二字三字四字至六字七八字者若堆疊實字讀且不通況付之雪兒乎合用虛字呼喚單字如正但甚任之類兩字如莫氏還又那堪之類三字如更能消最無端又却是之類此等虛字却要用之得其所若能盡用虛字句語自活必不質實觀者無掩卷之誚

清空

詞要清空不要質實清空則古雅峭拔質實則凝澀晦昧姜白石詞如野雲孤飛去留無迹夢窗

詞如七寶樓臺眩人眼目碎拆下來不成片段此清空質實之說夢窗聲聲慢云檀欒金碧婀娜蓬萊游雲不蘸芳洲前八字恐亦太澀如唐多令云何處合成愁離人心上秋縱芭蕉不雨也颼颼都道晚涼天氣好有明月怕登樓　前事夢中休花空烟水流燕辭歸客尚淹留垂柳不縈裙帶住謾長是繫行舟此詞疎快却不質實如是者集中尚有惜不多耳白石詞如疎影暗香揚州慢一　紅琵琶仙探春八歸淡黃柳不惟清空又且騷雅讀之使人神觀飛越

意趣

詞以意爲上不要蹈襲前人語意如東坡中秋水調歌云明月幾時有把酒問青天不知天上宮闕今夕是何年我欲乘風歸去又恐瓊樓玉宇高處不勝寒起舞弄清影何事在人間　轉朱簾開繡戶照無眠不應有恨何事長向別時圓人有悲歡離合月有陰晴圓缺此事古難全但願人長久千里共嬋娟夏夜洞仙歌云冰肌玉骨無清涼無汗水殿風來暗香滿繡簾開一點明月窺人人未寢欹枕釵橫鬢亂　起來攜素手庭戶無聲時見疎星度河漢試問夜如何夜已三更金波淡玉繩低轉但屈指西風幾時來又不道流年暗中偷換王荊公金陵桂枝香云登臨送目正故國晚秋天氣初肅千里澄江似練翠峰如簇征帆去棹斜陽裏背西風酒旗斜矗綵舟雲淡星

河鷺創畫圖難足　嘆往昔豪華競逐悵門外樓頭悲恨相續千古憑高對此謾嗟榮辱六朝舊事隨流水但寒烟衰草凝綠至今商女時時猶唱後庭遺曲姜白石暗香賦梅云舊時月色是幾番照我梅邊吹笛喚起玉人不管清寒與攀摘何遜而今漸老都忘却春風詞筆但怪得竹外疏花香冷入瑤席　江國正寂寂嘆寄與路遙夜雪初積翠尊易泣紅萼無言耿相憶長記曾携手處千樹壓西湖寒碧又片片吹盡也幾時見得疏影云苔枝綴玉有翠禽小小枝上同宿客裏相逢籬角黃昏無言自倚修竹昭君不慣胡沙遠但暗憶江南江北想珮環月夜歸來化作此花幽獨　猶記深宮舊事那人正睡裏飛近蛾綠莫似春風不管盈盈早與安排金屋還教一片隨波去又却怨玉龍哀曲等恁時再覓幽香已入小窗橫幅此數詞皆清空中有意趣無筆力者未易到

用事

詞用事最難要體認著題融化不澀如東坡永遇樂云燕子樓空佳人何在空鎖樓中燕用張建封事白石疏影云猶記深宮舊事那人正睡裏飛近蛾綠用壽陽事又云昭君不慣胡沙遠但暗憶江南江北想佩環月夜歸來化作此花幽獨用少陵詩此皆用事而不爲事所使

孫蜀丞

詠物

詩難於詠物詞爲尤難體認稍眞則拘而不暢模寫差遠則晦而不明要須收縱聯密用事合題一段意思全在結句斯爲絕妙如史邦卿東風第一枝詠春雪云巧剪蘭心偷黏草甲東風欲障新煖謾疑碧瓦難留信知暮寒較淺行天入鏡做弄出輕鬆纖軟料故園不捲重簾誤了乍來雙燕　青未了柳回白眼紅欲斷杏開素面舊游憶着山陰後盟遂妨上苑熏爐重熨便放慢春衫針線恐鳳鞋挑菜歸來萬一灞橋相見綺羅香詠春雨云做冷欺花將烟困柳千里偷催春暮盡日冥迷愁裏欲飛還住驚粉重蝶宿西園喜泥潤燕歸南浦最妨他佳約風流鈿車不到杜陵路沈沈江上望極還被春潮晚急難尋官渡隱約遙峯和淚謝娘眉嫵臨斷岸新綠生時是落紅帶愁流處記當日門掩梨花剪燈深夜語雙雙燕詠燕云過春社了度簾幙中間去年塵冷差池欲住試入舊巢相並還相雕梁藻井又軟語商量不定飄然快拂花稍翠尾分開紅影　芬徑芹泥雨潤愛貼地爭飛競誇輕俊紅樓歸晚看足柳昏花暝應自棲香正穩便忘了天涯若信愁損玉人日日畫闌獨凭白石暗香疏影詠梅云（前意趣門）齊天樂賦促織云庾郎先自吟愁賦淒淒更聞私語露溼銅鋪苔侵石井都是曾聽伊處哀音似訴正思婦無眠起尋機杼曲曲屏山夜涼獨自

甚情緒　西窗又吹暗雨爲誰頻斷續相和砧杵候館吟秋離宮弔月別有傷心無數豳詩謾與笑籬落呼燈世間兒女寫入琴絲一聲聲最苦此皆全章精粹所詠瞭然在目且不留滯於物至如劉改之沁園春詠指甲詠小脚二詞亦自工麗但不可與前作同日語耳

節序

昔人詠節序不惟不多附之謌喉者類是率俗不過爲應時納俗之聲耳所謂清明折桐花爛漫端午梅霖初歇七夕炎光謝若律以詞家調度則皆未然豈如美成解語花賦元夕云風銷焰蠟露浥烘爐花市光相射桂華流瓦纖雲散耿耿素娥欲下衣裳淡雅看楚女纖腰一把簫鼓喧人影參差滿路飄香麝　因念帝城放夜望千門如晝嬉笑游冶鈿車羅帕相逢處自有暗塵隨馬年光是也惟只見舊情衰謝清漏移飛蓋歸來從舞休歌罷史邦卿東風第一枝賦立春云草腳愁蘇花心夢醒鞭香拂散牛土舊歌空憶珠簾綵筆倦題繡戶黏雞貼燕想立斷東風來處暗惹起一掬相思亂若翠盤紅縷。今夜覓夢池秀句明日動探花芳緒寄聲酤酒人家預約俊游伴侶憐他梅柳怎忍潤天街酥雨待過了一月燈期日日醉扶歸去黃鍾喜遷鶯賦元夕云月波疑滴望玉壺天近了無塵隔翠眼圈花冰絲織練黃道寶光相有自憐詩酒瘦難應接許多春色最

孫蜀丞

無賴是隨香趁燭曾伴狂客　蹤跡謾記憶老了杜郎忍聽東風笛柳院燈疎梅廳雪在誰與細傾春碧舊情未定猶自學當年游歷怕萬一悞玉人夜寒窗際簾隙如此等妙詞頗多不獨措辭精粹又且見時序風物之盛人家宴樂之詞則純無歉者至如李易安永遇樂云不如向簾兒底下聽人笑語此詞亦自不惡加以俚詞歌於坐花醉月之際似乎繫缶韶外良可嘆也

賦情

簸弄風月陶寫性情詞婉於詩蓋聲出鶯吭燕舌間稍近乎情可也若鄰乎鄭衛與纏令何異也如陸雪溪瑞鶴仙云臉霞紅印枕睡來冠兒還是不整屏間麝煤冷但眉山壓翠淚珠彈粉堂深晝永燕交飛簾露井恨無人說與相思近日帶圍寬盡　重省殘燈朱幌淡月紗窗那時風景陽臺路遠雲雨夢便無準待歸來先指花梢教看却把心期細問問因循過了青春怎生意穩辛稼軒祝英臺近云寶釵分桃葉渡烟柳暗南浦怕上層樓十日九風雨斷腸片片飛紅都無人管憑誰勸啼鶯聲住　鬢邊覷試把花卜歸期纔簪又重數羅帳燈昏哽咽夢中語是他春帶愁來春歸何處却不解帶將愁去背景中帶情而存騷雅故其燕酣之樂別離之愁回文題葉之思峴首西州之淚一寓於詞若能屏去浮豔樂而不淫是亦漢魏樂府之遺意

離情

春草碧色春水綠波送君南浦傷如之何矧情至於離則哀怨必至苟能調感愴於融會中斯爲得矣白石琵琶仙云雙槳來時有人似舊曲桃根桃葉歌扇輕約飛花娥眉正愁絕春漸遠汀洲自綠更添了幾聲啼鴂十里揚州三生杜牧前事休說　又還是宮燭分烟奈愁裏匆匆換時節都把一襟芳思與空階榆莢千萬縷藏鴉細柳爲玉尊起舞囘雪想見西出陽關故人初别秦少游八六子云倚危亭恨知芳草萋萋剗盡還生念柳外青驄别後水邊紅袂分時愴然暗驚　無端天與娉婷夜月一簾幽夢春風十里柔情怎奈向歡娛漸隨流水素絃聲斷翠綃香減那堪片片飛花弄晚濛濛殘雨籠晴正銷凝黃鸝又啼數聲離情當如此作全在情景交鍊得言外意有如勸君更盡一杯酒西出陽關無故人乃爲絕唱

令曲

詞之難於令曲如詩之難於絕句不過十數句一句一字閑不得末句最當留意有有餘不盡之意始佳當以唐花間集中韋莊溫飛卿爲則又如馮延已賀方囘吳夢窗亦有妙處至若陳簡齋杏花疎影裏吹笛到天明之句眞是自然而然大抵前輩不留意於此有一兩曲膾炙人口餘多

孫蜀丞

鄰乎率近代詞人却有用工於此者倘以爲專門之學亦詞家之射鵰手

雜論

詞之語句太寬則容易太工則苦澀如起頭八字相對中間八字相對卻須用工着一字眼如詩眼若八字既工下句便合稍寬庶不窒塞約莫寬易又着一句工緻便覺精粹此詞中之關鍵也

詞不宜强和人韻若倡者之曲韻寬平庶可賡歌倘韻險又爲人所先則必牽强賡和句意安能融貫徒費苦思夫見有全章妥溜者東坡次章質夫楊花水龍吟韻機鋒相摩起句便合讓東坡出一頭地後片愈出愈奇眞是壓倒千古我輩倘遇險韻不若祖其元韻隨意換易或易韻答之

大詞之料可以斂爲小詞小詞之料不可展爲大詞若爲大詞必是一句之意引而爲兩三句或引他意入來捏合成章必無一唱三歎如少游水龍吟云小樓連苑橫空下窺繡轂雕鞍驟猶且不免爲東坡見誚

難莫難於壽詞倘盡言富貴則塵俗盡言功名則諛佞盡言神仙則迂闊虛誕當總此三者而爲之無俗忌之辭不失其壽可也松椿龜鶴有所不免卻要融化字面語意所奇

詞欲雅而正志之所之一爲情所役則失其雅正之音耆卿伯可不必論雖美成亦有所不免如

爲伊淚落如最苦夢魂今宵不到伊行如天便教人霎時得見何妨如又恐伊尋消問息瘦損容光如許多煩惱只爲當時一餉留情所謂淳厚日變成澆風也

孫蜀丞

第五章　唐五代兩宋名家詞

張惠言詞選序云自唐之詞人李白爲首其後韋應物王建韓翃白居易劉禹錫皇甫松司空圖韓偓竝有述造而溫庭筠最高其言深美閎約五代之際孟氏李氏君臣爲謔競作新調詞之雜流由此起矣至其工者往往絕倫亦如齊梁五言依託魏晉近古然也按太白之詞殊不可據韋王之流雖見新芽未成體格故論詞當始於大中以爲飛卿最高則其言是也

陸游花閒集跋云歷唐季五代詩愈卑而倚聲者輒簡古可愛蓋天寶以後詩人常恨文不逮大中以後詩衰而倚聲作使諸人以其所長格力施於所短則後世孰得而議筆墨馳騁則一能此不能彼未易以理推也四庫提要辨之曰此猶能舉七十斤者舉百斤則蹶舉五十斤則運掉自如有何不可理推乎按此較陸說爲近然亦想之言非實證也余謂詞勝於詩其端有二唐末之詩長者愈劣而唐人所歌者實惟絕句獨絕句獨工詞卽詩句實以散聲較之絕句尤易爲力一也唐末之詩爭尙豔麗施之絕句沈膇不揚長短句則正合分齊二也宋初之詞漸趨淡泊因緣既久慢詞遂生此亦相爲因果也

唐五代之詞有花閒集尊前集南唐二主詞馮延巳陽春集四種惟尊前雖是舊選然已爲明人所

亂若以花間合之南唐二集則可得其全矣而花間爲五代人所選又爲詞總集之始尤可貴也

花間集十卷采十八家詞

唐二家

溫庭筠（六十六首）

皇甫松（十一首）

前蜀八家

韋莊（四十七首）

牛嶠（三十三首）

牛希濟（十一首）

薛昭蘊（十九首）

毛文錫（三十一首）

魏承斑（十五首）

尹鶚（六首）

李珣（三十一首）
後蜀五家
歐陽炯（十七首）
顧敻（五十五首）
鹿虔扆（六首）
閻選（八首）
毛熙震（三首）
後唐一
和凝（三首）
南唐一家
張泌（二十七首）
荆南一家
孫光憲（六十一首）

花間集十卷爲趙崇祚所選崇祚蜀人故廣采蜀詞吳瞿安曰花間輯錄重在蜀人並世哲匠頗多遺佚夫五代之際政令文物殊無足觀惟茲長短之言實爲古今之冠大抵意婉詞直首讓韋莊忠厚纏綿惟有延巳其餘諸子亦各自可傳雖境有哀樂而詞無高下也又曰蜀自王建戊辰改元武成至後主衍咸康乙酉亡歷十有八年後蜀自孟知祥甲午改元明德至後主昶廣政甲子亡（人和按當作甲）乙丑歷三十年（人和按當云三十三年）此選成於廣政三年是時孟氏立國僅有七載故此集所采大抵前蜀人爲多而韋莊牛嶠毛文錫且爲唐進士也五代之際如沸如羹天宇崩頹彝敎陵廢深識之士浮沈其間懼忠言之觸禍託俳語以自晦吾知十國遺黎必多感歎悲傷之作特甄錄無人乃至湮沒後人與諷獨有趙錄遂謂聲歌之製獨盛於蜀滋可惜矣

今論唐五代詞但舉四家爲表率焉

一　溫庭筠

溫庭筠本名岐字飛卿唐太原人彥博裔孫也貌不揚工爲詞章造語艷麗與李商隱齊名號溫李才思敏捷入試日凡八叉手而八韻成大中初應進士苦心硯席初至京師人士翕然推重然薄於

孫蜀丞

行不修邊幅能逐絃吹之音爲側豔之詞公卿家無賴子弟裴誠令狐滈等相與蒱飲酣醉終日好爲人作文有司廉視甚謹由是累年不第徐商鎮襄陽往依之署爲巡官咸通中失意歸江東路由廣陵時令狐綯方鎮淮南庭筠怨其居中時不爲助力既至與新進少年狂遊狎邪久不刺謁又乞索於揚子院醉而犯夜爲虞候所擊敗面折齒訴於綯綯爲劾吏吏具道其狎邪醜迹乃兩釋之而污行聞于京師庭筠自至長安遍見言爲吏誣染初宣宗愛唱菩薩蠻令狐綯假庭筠手撰又四闋以進戒勿泄而遽言於人且曰中書堂內坐將軍以譏其無學也又綯嘗以舊事訪於庭筠對曰事出南華非僻書也或冀相公燮理之暇時宜覽古綯怒奏庭筠有才無行卒不登第時宣宗好微行庭筠遇於逆旅不識龍顏傲慢無禮其狂放皆此類也徐商執政頗右庭筠欲白用會商罷楊收疾之貶爲方城尉再遷隋縣尉庭筠善鼓琴吹笛云有絲即彈有孔即吹不必柯亭爨桐也周德華嘗唱柳枝如劉禹錫之春江一曲柳千條賀知章之碧玉裁成一樹高楊巨源之江邊楊柳麴塵絲而不取溫庭筠裴誠溫頗有愧色終抑鬱以死子憲以進士擢第弟庭皓咸通中爲徐州從事節度使崔彥曾爲龐勛所殺庭皓亦被害庭筠着有乾𦠆子握蘭集金荃集漢南眞稿今僅存詩集顧嗣立謂曾見宋本金荃詞未可盡信然則究迹溫詞不得不以花間所選爲宗矣

飛卿之詞意指艱深辭語靡麗驟讀之似不得其端倪細繹之亦可以尋其旨趣故張臯文以深美閎約評之其言允已觀其爲體大都托詞房帷夫人倫之道造端乎夫婦男女之情可以喻大言近而指遠者善言也其遺詞造句光怪陸離固不出晚唐詩體之界域然情有所蓄不能自言故隱約其詞其情正自可悲而詩無達詁詞亦宜然細心尋繹則仁知各有所見必欲執一端以求之斯爲狹矣今錄溫詞二首

菩薩蠻

蘂黃無限當山額宿妝隱笑紗窗隔相見牡丹時暫來還別離 翠釵金作股釵上雙蝶舞心事竟誰知月明花滿枝

夜來皓月纔當午重簾悄悄無人語深處麝烟長臥時留薄粧 當年還矜惜往事那堪憶花落月明殘錦衾知曉寒

二 韋莊

韋莊字端己杜陵人唐臣見素之後也曾祖少微宣宗中書舍人莊疎曠不拘小節幼能詩以豔語見長應舉時遇黃巢犯闕著秦婦吟云內庫燒錦繡灰天街踏盡公卿骨人稱爲秦婦吟秀才其後作家

戒不許垂秦婦吟障子乾寧元年登進士第爲判官晉秩左補闕王建爲西川節度副使昭宗命莊與李洵宣諭西川遂留蜀同馮涓並掌書記文不加點而語多稱情時有縣令擾民者莊爲建草牒曰正當凋瘵之秋好安凋瘵勿使瘡痍之後復作瘡痍一時以爲口實尋擢起居舍人天復間建遣莊入貢亦修好於梁王全忠談言微中頗得全忠心隨使押牙王殷報聘昭宗既遇弒全忠遣告哀使司馬卿宣諭蜀土興元節度使王宗綰馳驛上白建頗內懷興復莊以兵者大事不可倉卒而行乃爲建答宗綰書曰吾蒙主上恩有年矣衣襟犇上宸翰如新墨詔之中淚痕猶在犬馬尚能報主而況人之臣子乎自去年三月東遷連貢二十表而絕無一使之報天地阻隔叫呼何及聞上至轂水臣僚及官僚千餘人皆爲汴州所害至洛 果遭弒逆自聞此詔五內糜潰方枕戈待旦思爲主上報讎今使來不知以何宣告 且令宗綰以此意論之卿乃惶懼 而返明年建立行臺於蜀承制封拜以莊爲安撫副使未幾梁篡唐改元莊與諸將佐詣建勸進曰大王雖忠於唐唐已亡矣此所論天與不取也於是帥吏民哭三日擁建即皇帝位進左散騎常侍判中書門下事凡開國制度號令刑政禮樂皆由莊所定頃之梁復通好建推建爲兄莊得書笑曰此神堯驕李密之意也其機敏多此類累官

至門下侍郎吏部尚書同平章事武成三年卒於花林坊葬白沙之陽是歲莊日誦杜甫白沙翠竹江村暮相送柴門月色新之詩吟諷不輟人以爲詩讖焉謚曰文靖有集二十卷箋表一卷蜀程記一卷又限峽程記一卷又有浣花集五卷乃莊弟藹所編藹序曰余家之兄莊自庚子亂離前凡著歌詩文章數十通屬兵火迭興簡編俱墜唯餘口誦者所存無幾爾後流離漂泛寓目緣情子期懷舊之辭王粲傷時之製或離羣軫慮或反袂興悲四愁九愁之文一詠一觴之作迄於癸亥歲又綴僅千餘篇庚申夏自中諫下闕辛酉春應聘爲西蜀奏記明年浣花溪尋得杜工部舊址雖蕪沒已久而柱砥猶存因命芟夷結茅爲一室蓋欲思其人而成其處非敢廣其基構耳藹便因閒日錄兄之藁草中或默記於吟詠者次爲下闕目之曰浣花集亦杜陵所居之義也餘今之所製則俟爲別錄用繼於右時癸亥年六月九日藹集

陳廷焯論韋詞曰似直而紆似達而鬱僅此八字囊括無遺端己人品未高然其生遭離亂老死蜀中其情亦至可哀讀其詞者當寬諒之世以溫韋竝稱蓋溫詞似滯而實活譬如萬花爲春非若雕瓊蹙繡全無生氣也韋詞似淺而實深低徊要眇曲折旁通譬如高立山巔無間遠邇非若入室近

觀而遠不察也二者雖異實相成也溫則悲愴身世故文多隱蔽韋則感傷家國故義可推尋旨趣略異其實一也今錄韋詞二首

謁金門

春雨足染就一溪新綠柳外飛來雙羽玉弄晴相對浴　樓卷翠簾高軸倚徧闌干幾曲雲淡水平烟樹簇寸心千里目

女冠子

四月十七正是去年今日別君時忍淚佯低面含羞半斂眉　不知魂已斷空有夢相隨除却天邊月沒人知

三　馮延己

馮延己字正中一名延嗣廣陵人父令頵事南唐烈祖爲吏部尚書致仕嘗爲歙州鹽鐵院判官刺史滑言病篤或言已死人情頗詾詾延己年十四入問疾出以言命謝將吏外賴以安及長以文雅稱白衣見烈祖起家授祕書郎元宗以吳王爲元帥用延己掌書記與陳覺善因覺以附宋齊丘同府位高者悉以計出之於是無居己右者元宗亦頗悟其非端士而不能去延己負其材藝狎侮朝

士嘗詣孫忌（馬令書作孫晟）曰君有何所解而爲丞郎忌憤然答曰僕山東書生鴻筆藻麗十生不及君詼諧歌酒百生不及君諂媚詐累劫不及君然上所以寘君於王邸者欲君以道義規益豈遣君爲聲色狗馬之友也僕固無所解君之所解者適足以敗國家耳延已慚不得對給事中常夢錫屢言延已小人不可使在王左右烈祖感其言將斥之會晏駕元宗立延已喜形於色未聽政屢入白事元宗方哀慕厭之謂曰書記自有常職餘各有司存何爲不憚煩也乃少止保大初拜諫議大夫翰林學士遷戶部侍郎翰林學士承旨又進中書侍郎四年同平章事集賢殿大學士罷爲太子少傅頃之拜撫州節度使以母憂去鎮起復冠軍大將軍召爲太弟太保領潤州節俄以左僕射同平章事延已數居柄任揣元宗不能察其奸遂肆爲大言謂已之才略經營天下有餘而人主躬覽庶務大臣備位安足致理元宗果謂然悉委以政凡事奏可而已延已初以文藝進實無他長紀綱頹弛吏胥用事軍旅一切以委邊帥無所可否愈欲以大言蓋衆而惑人主至譏笑烈祖戢兵以爲齷齪無大略嘗曰安陸之役喪兵數千輟食咨嗟者旬日此田舍翁安能成天下事今上暴師數萬於外宴樂擊鞠未嘗少輟此眞英雄主也九年湖南平而朗州劉言叛勢張甚元宗亦知用兵之難謂延已與孫忌曰湖湘之役楚人求息肩吾之出師不得已耳今若授劉言旄節使和其民吾亦得休養衡

孫蜀丞

湘之民國其庶幾乎忌卽欲奉行延己方以克楚爲功乃以本朝出偏師平一國寓縣震動今一旦三分棄其二傷威毁重非所以示天下且諸將行奏功矣持不下又不欲緣軍興取資于國以損其功遣使于長沙調兵賦苛征暴斂重失民心言遂取長沙盡據故楚地周人亦伺釁而動朝論籍籍延己力求去而元宗待之如初及周師大入盡失江北地始罷延己猶爲太子少傅數月復相會疾改太子太傅建隆元年五月乙丑卒年五十八（馬令書作五十七）謚忠肅延己工詩雖貴且老不廢如宮瓦數行曉日龍旗百尺春風識者謂有元和詞人氣格尤喜爲樂府詞元宗嘗因曲宴內殿從容謂曰吹皺一池春水何干卿事延己對曰安得如陛下小樓吹徹玉笙寒之句時喪敗不支國幾亡稽首稱臣于敵奉其正朔以苟歲月而君臣相謔乃如此延己晚稍自厲爲平恕蕭儼嘗延斥其罪及爲大理卿斷軍使李甲妻獄失入坐死議者皆以爲當死延己獨揚言曰儼爲正卿誤殺一婦人卽當以死君等今議殺正卿他日孰任其咎乃建議儼素有直聲今所坐已更可赦宥宜加弘貸儼遂免人士尤稱之

正中之詞似其爲人排斥異己自信不疑憂讒畏譏忠深意苦香車繫在誰家樹排斥之語也不辭鏡裏朱顏瘦自信之辭也千言萬語黃鸝憂讒之喻也淚眼倚樓頻獨語意苦之言也故其詞微而

悽婉淡而能腴不同溫韋之穠麗亦異後主之悲放故爲宋人所宗允得詞家之正者矣今錄馮詞二首

南鄉子

細雨溼流光芳草年年與恨長烟鎖鳳樓無限事茫茫鸞鏡鴛衾兩斷腸　魂夢任悠揚睡起楊花滿繡牀薄倖不來門半掩斜陽負你殘春淚幾行

芳草渡

梧桐落蓼花秋秋初冷雨纔收蕭條風物正堪愁人去後多少恨在心頭　燕鴻遠羌笛怨渺渺澄江一片山如黛月如鉤笙歌散魂夢斷倚高樓

四李後主煜

南唐後主李煜字重光元宗第六子初名重嘉母曰光穆皇后鍾氏從嘉廣顙豐頰駢齒一目重瞳子性寬恕威令不素著篤信佛法文獻太子惡其有奇表從嘉避禍惟覃思經籍淮上兵起爲神武軍都虞候沿淮巡撫使累遷諸衛大將軍諸道副元帥歷封安定郡公鄭王文獻太子卒徙吳王以尚書令知政事居東宮周世宗怒不割地帥衆將渡江征建康見白氣貫空使覘之乃從嘉與衆獵

孫蜀丞

於野歎曰彼有人焉未可圖也遂止元宗以五子皆卒又聞此事遂於建隆二年立從嘉爲太子元宗南巡太子留金陵監國以嚴續殷崇義輔之張洎主牋奏六月元宗殂七月二十九日太子嗣位於金陵更名煜居喪哀毁幾不勝赦境內尊鍾后曰聖尊后以后父名太章也立妃周氏爲國后以右僕射嚴續爲司空平章事遣中書侍郎馮延魯如京師奉表陳襲位太祖賜詔答之自是始降詔秋九月太祖遣鞍轡庫使梁義來弔祭並賜絹三千匹冬十月太祖遣樞密承旨王文（一作王仁贍）來賀襲位初元宗雖臣於周惟去帝號他猶用王者禮至是國主始易紫袍見使者使退如初服十二月置龍翔軍以教水戰建隆三年春三月遣馮延魯入貢京師夏六月遣客省使翟如璧入貢京師太祖放降卒千人南還冬十一月遣水部郎中顧彝入貢京師乾德元年春正月太祖遣使來賜羊馬槖駝三月太祖出師平荆湖國主遣使犒軍秋七月太祖詔國主遣還顯德以來中朝將士在江南者及令揚州民遷江南者還其故土十二月國主表乞罷詔書不名之禮不從二年九月立子仲寓（一作寓）爲清源郡公仲宣（一作仲儀）宣城郡公十月仲宣卒國后周氏已寢疾哀傷增革遂亦卒十一月太祖遣作坊副使魏丕來弔祭且使覩其意趣後主邀丕登昇元閣賦詩有朝宗海浪拱星辰之句以

風動之三年春二月遣人入貢京師夏五月司空平章事嚴續罷爲鎮海軍節度使秋九月聖尊后鍾氏殂冬十月太祖遣染院使李緒圖來弔祭四年秋八月國主遣龔愼儀持書使南漢約與俱事宋九月愼義至番禺被執開寶元年春三月以樞密使右僕射殷崇義（後以諱改姓湯名悅）爲左僕射同平章事境內旱太祖賜米麥十萬石冬十一月立國后周氏二年三月以游簡言爲左僕射兼門下侍郎同平章事五月簡言卒是歲殷崇義罷爲潤州節度使同平章事四年冬十月國主聞太祖滅南漢屯兵於漢陽大懼遣太尉中書令鄭王從善朝貢稱江南國主請罷詔書不名從之有商人來告中朝造戰艦數千艘在荊南請密往焚之國主懼不敢從五年春正月國主下令貶損儀制以避宋初金陵殿闕皆設鴟吻元宗雖臣於周猶如故後主立渴宋使至則去之使還復設至是遂去不復用降諸弟封王者皆爲公閏月癸已宋命進奉使楚國公從善爲泰寧軍節度使留京師賜第汴陽坊示欲召國主入朝也國主遣戶部尚書馮延魯謝從善爵命延魯至宋疾病不能朝而歸國上常怏怏以國蹙爲憂日與臣下酣飲愁思悲歌不已六年夏太祖遣翰林院學士盧多遜來國主聞太祖欲興師上表願受爵命不許冬十月內史舍人潘佑上書切諫佑素與戶部侍郎李平厚國主以爲事皆由平始先以平屬吏遣使收佑佑自殺平縊死獄中皆徙其家外郡甲戌歲（即開寶七年）秋國主上

孫蜀丞

表求從善歸國不許太祖遣閤門使梁迥（一作迴，下同）來使從容言曰天子今冬行柴燎之禮國主宜往助祭國主不答九月復遣知制誥李穆爲國信使持詔來曰朕將以仲冬有事圜丘思與卿同閱犧牲且諭以將出師宜早入朝之意國主辭以疾且曰臣事大朝冀全宗祀不意如是今有死而已時太祖已遣潁州團練使曹翰率師先出江陵宣徽南院使曹彬侍衛馬軍都虞候李漢瓊賀州刺史田欽祚率舟師繼發及是又命山南東道節度使潘美侍衛步軍都虞候劉遇東上閤門使梁迥率師水陸並進與國信使李穆同日行冬十月國主築城聚糧大爲守備閏十月曹彬拔池州江南自周世宗後不復用兵僅二十年老將已死主兵者皆新進少年以功名自負輒抗宋師聞兵興踴躍言利害者日有十數及遇輒敗北中外奪氣國主於是下令戒嚴遣徐鉉周惟簡奉表乞緩師不答乃去開寶紀年稱甲戌歲宋師進攻蕪湖及雄遠軍吳越王錢俶亦大舉兵遣將犯常潤國主貽書諷責俶表其書于宋宋師次采石磯作浮橋成初池州有樊若水（後奉宋太宗命改名知古子仲詞）者屢舉進士不第因謀歸宋乃祝髮爲僧廬於采石山鑿石爲竅及建石浮屠月明繫繩於浮屠乘小舟載繩其中維南岸疾棹抵北岸凡十數往還得其江之廣狹因詣汴上書言江南可取狀請造浮梁以濟師太祖然之遣使往荆湖造黄黑龍船數千艘又以大艦載竹絙自荆渚而下擢若水右贊善大夫平南之策多所參預或請誅其父母妻子後主不敢但覊置池州若水又自陳母妻在江南太祖命後主護送後主雖憤終不敢違厚贈而遣之及宋師南下以若水爲先導既克池州以若水領州事若水請試造浮橋乃先試於石牌口移至采石三日橋成不差尺寸潘美因率步兵渡江如履平地後主聞宋作浮梁語張洎洎對曰載籍以來長江無爲梁之事後主曰吾亦以爲兒戲耳至是乃驚宋師至金陵每歲大江春夏暴漲謂之黄花水及宋師至水皆縮小國人異之國主以軍旅委皇甫繼勳機事委陳喬張洎又以徐元瑀刁衎爲内殿傳詔而遽書警奏至元瑀等輒屏不以聞王師屯城南十里閉門守陴國主猶不知也初烈祖有國凡民産二千以上出一卒號義軍分籍者又出一卒號生軍數置産亦出一卒號新擬軍客戶有三丁者出一卒號拔山軍元宗時許郡縣邨社競渡每歲重午日官閲試之勝者給綵帛銀椀皆籍姓名至是盡取爲卒號凌波軍民奴及贅壻號義勇軍以私財招聚無賴亡命號自在軍至是又大蒐境内自老弱外皆募爲卒號排門軍民間又有自相率拒敵以紙爲甲農器爲兵者號白甲軍凡十三等皆使捍禦然實皆不可用奔潰相踵乙亥歲即開寶八

孫蜀丞

年春二月壬戌朔宋師拔金陵關城三月吳越攻常州權知州事禹萬誠以城降夏六月宋師及吳越圍潤州留後劉澄以城降吳越遂會宋師圍金陵洪州節度使朱令贇帥勝兵十五萬赴難旌旗戰艦甚盛編木爲栰長百餘丈大艦容千人贇所乘艦尤大擁甲士建大將旗鼓將斷采石浮橋至皖口與宋師遇傾火油焚北船適北風反焰自焚朱軍大潰令贇被執外援既絕金陵益危蹙宋師百道攻城晝夜不休城中斗米萬錢人病死者相枕藉國主遣徐鉉乞緩師以一邦之命鉉見太祖反復論辨不已太祖怒曰不須多言江南亦有何罪但天下一家臥榻之側豈容他人鼾睡邪冬十一月二十七日城陷曹彬整軍成列至宮門國主帥司空知左右內史事殷崇義等肉袒出降先是宮中預積薪後主誓言若社稷失守當攜血肉以赴火既見彬彬諭以歸朝俸賜有限費用至廣當厚自齎裝既歸有司之籍則無及矣又曹彬潘美共登舟召後主降茶船前設一獨木板道後主登舟徘徊不能進彬命左右翼登既一啜謂李鄖辦裝詰旦會此同赴京來曉如期至始美甚惑之彬曰觀煜神色懦夫女子之不若豈能自引决哉舟遂獨木板尚不能進畏死甚也焉能取死彬遺五百人爲搬致輜重登舟後主既失國殊無心尚家計所齎特鮮矣開寶九年正月四日辛未後主至汴乙亥授右千牛衛上將軍封違命太宗即位加特進改封隴西公太平興國三年七月七日殂（徐鉉墓誌作七月八日）

年四十二後主蓋以是日生贈太師追封吳王葬洛陽北邙山後主天資純孝事元宗盡子道居喪哀毀杖而後起嗣位之初屬保大軍興之後國削勢弱帑庾空竭專以愛民爲急蠲賦息役以裕民力尊事中原不憚卑屈境內賴以少安者十有五年憲司章疏有繩糾過訐皆寢不下論決死刑多從末減有司固爭乃得少正猶垂泣而後許之嘗獵於青山還如大理寺親錄繫囚有一大辟孕婦在獄過產二子因得減死中書侍郎韓熙載給事中蕭儼並奏獄訟有司之事囹圄非車駕所宜幸請罰內庫錢三百萬以資國用雖不聽亦不怒殂問至江南父老有巷哭者然酷好浮屠崇塔廟度僧尼不可勝算罷朝輒造佛屋易服膜拜亦喜文學故頗廢政事長圍既合內外隔絕城中人惶怖欲死後主方幸淨居室聽沙門講楞嚴圓覺經用鄱陽隱士周惟簡爲文館詩易侍講學士延入後苑講易否卦賜惟簡金紫羣臣皆知國亡在旦暮而張洎猶謂北師已老將遁後主甘其言益自安命戶部員外郎伍喬于圍城中放進士孫確等三十八人及第其施爲大抵類此故雖仁愛足感遺民而卒不能保社稷云

論後主詞者分爲二期以爲卽位之後流連聲樂洎乎入宋鬱鬱寡歡南北異處哀樂異境故其詩前則靡麗後則悲惋自表言之其說是矣後主本性直率與人以誠所撰之詞亦循天眞不假修飾

孫蜀丞

徒以悲哀之詞論後主尚未能盡後主之全也詞原于詩三百篇及離騷皆以美人芳草寄託遙深漢興賦體遂使六義附庸蔚爲大國東京以至魏晉凝成詩體舊旨尚存齊梁而後彌失其本溫韋之詞猶風騷也詞之正也後主之詞猶漢賦魏晉之詩也詞之變也溫韋善用比興後主則多用賦體溫韋不踰界域後主則開拓詞境故後主爲詞中之功臣亦詞中之罪人也究述唐五代詞者當於此措意焉今錄後主詞二首

一斛珠

曉妝初過沈檀輕注些兒個向人微露丁香顆一曲清歌暫引櫻桃破　羅袖裛殘殷色可杯深旋被香醪涴繡牀斜凭嬌無那爛嚼紅茸笑向檀郎唾

清平樂

別來春半觸目愁腸斷砌下落梅如雪亂拂了一身還滿　雁來音信無憑路遙歸夢難成離恨恰如春草更行更遠還生

北宋之詞當分四期初期襲南部諸賢餘緒從事令曲渾厚不足清雅有餘至于郎中二山精華竭矣二期開創慢詞屯田之力也雅俗兼備文質份份三期派別紛複各出心裁蓋體製游移尚無準

的口非屯田心欲自立東坡淮海其著者也四期有周邦彥者集大成而爲宗匠慢詞之有周邦彥猶古詩之有曹植近體詩之有杜甫也今依此例述以七家

一　張先

張先字子野烏程人天聖八年進士（勞鉞張𢍰湖州府志並謂康定進士今從齊東野語）知吳江縣仕至都官郎中宋有兩張先皆字子野一則樞密副使遜之孫與歐陽修同在洛陽幕府其後文忠爲作墓誌銘稱其志守端方臨事敢決者一卽此能詞別號張三影也先善爲詩及樂府至老不衰居錢塘蘇軾作倅時先年已八十餘視聽尙精强家猶畜聲妓軾贈以詩云詩人老去鶯鶯在公子歸來燕燕忙用當家故事以戲之也先和云愁似鰥魚知夜永嬾同蝴蝶爲春忙極爲軾所賞俗間多喜傳詠先之樂府遂掩其詩聲嘗用三影字皆佳世謂張三影年八十九卒葬弁山多寶寺

宋初襲五代之餘風多爲小詞如寇準范仲淹司馬光歐陽修之流皆有述作郎中之詞情懷纏綿聲韻悠揚五代規矩尙未全失陳廷焯謂其詞爲古今一大轉移似乎言過其實然觀其詞祇見其細不見其大祇見其精不見其博無怪當時尊耆卿而薄子野也蓋詞至於此不能不變陳氏之言亦未可盡非也今錄先詞二首

菩薩蠻

哀箏一弄湘江曲聲聲寫盡湘波綠纖指十三絃細將幽恨傳　當筵秋水慢玉柱斜飛雁彈到斷腸時春山眉黛低

醉垂鞭

雙蝶繡羅裙東池宴初相見朱粉不深勻閒花淡淡春　細看諸處好人人道柳腰身昨日亂山昏來時衣上雲

二　晏幾道

晏幾道字叔原號小山臨川人殊幼子嘗監潁昌許田鎮黃庭堅小山詞序曰晏叔原磊隗權奇疏於顧忌文章翰墨自立規摹常欲軒輊人而不受世之輕重諸公雖稱愛之而又以小謹望之遂陸沈於下位平生潛心六藝玩思百家持論甚高未嘗以沽世余嘗怪而問焉曰我槃跚勃窣猶獲罪於諸公憤而吐之是唾人面也乃獨嬉弄於樂府之餘而寓以詩人之句法清壯頓挫能動搖人心士大夫傳之以爲有臨淄之風耳罕能味其言也余嘗論叔原固人英也其癡亦自絕人愛叔原者皆愠而問其目曰仕宦連蹇而不能一傍貴人之門是一癡也論文自有體不肯一作新進士語此

孫・丞

又一癡也費貲千百萬家人寒飢而面有孺子之色此又一癡也人百負之而不恨己信人終不疑其欺已此又一癡也乃共以爲然雖若此至其樂府可謂狎邪之大雅豪士之鼓吹其合者高唐洛神之流其下者豈減桃葉團扇哉余少時閒作樂府以使酒玩世道人法秀獨罪余以筆墨勸淫於我法中當下犂舌之獄特未見叔原之作耳又序云（此序似非己作未著撰者之名）叔原往者浮沈酒中病世之歌詞不足以析酲解愠試續南部諸賢餘緒作五七字語期以自娛始時沈十二廉叔陳十君龍家有蓮鴻蘋雲品清謳娛客每得一解即以草授諸兒吾三人持酒聽之爲一笑樂而已而君龍疾廢臥家廉叔下世昔之狂篇醉句遂與兩家歌兒酒使俱流轉於人間云云

北宋令曲最精細者當推二晏小晏精力尤勝風度閑雅熨帖悅人在宋代自成一家而論者擬於温韋則又過矣何則小山但善叙情則比興之誼乖不明比興求深而轉淺矣此一事也五代麗語笨重且大故委曲陳言不嫌猥褻小山襲表忘裏爭奇鬬豔其高者可以爽心悅目其弊也入於淫邪此又一事也花間與二晏當於此判之然此時慢詞正行風氣已轉觀小山之詞益信温韋之風不能再作蓋運會使然非人力所能强也今錄小山二首

蝶戀花

夢入江南煙水路行盡江南不與離人遇睡裏消魂無說處覺來惆悵消魂誤　欲盡此情書尺素浮雁沈魚終了無憑據卻倚緩絃歌別緒斷腸移破秦箏柱

鷓鴣天

醉拍春衫惜舊香天將離恨惱疏狂年年陌上生秋草日日樓中到夕陽　雲渺渺水茫茫征人歸路許多長相思本是無憑語莫向花牋費淚行

三　賀鑄

賀鑄字方回衛州人自言唐諫議大夫知章之後且推本出王子慶忌以慶爲姓居越之湖澤所謂鏡湖者本慶湖也避漢安帝父清河王諱改爲賀氏慶湖亦轉者鏡當時不知何据故鑄自號慶湖遺老孝惠皇后之族孫也七尺眉目聳拔面鐵色喜劇談天下事可否不畧少假借雖貴要權傾一時少不中意極口詆無遺詞故人以爲近俠然博學强志工語言深婉麗密如此組織尤長於度曲掇拾前人所遺棄少加隱括皆爲新奇常言吾筆端驅使李商隱溫庭筠常奔命不暇諸公貴人多客致之方回有從與不從其所不欲見然不貶也程俱曰方回爲人蓋有不可解者方回少時俠氣蓋一座馳馬走狗飲酒如長鯨然遇空無有時俛首北窗下作牛毛小楷雌黄不去手反如寒苦一

書生方回儀觀甚偉如羽人劍客然戲爲長短句皆雍容妙麗極幽閒思怨之情方回慷慨感激其言理財治劇之方亹亹有緒似非無意於世者然遇軒裳角逐之會常如怯夫處女余以爲不可解者此也又曰方回豪爽精悍書無所不讀哆口竦眉目面鐵色與人語不少降色詞喜面刺人過遇貴勢不肯爲從諛然爲吏極謹細在筦庫常手自會計其於窐鏬漏逆姦欺無遺察治戎器堅利爲諸路第一爲巡檢日夜行所部歲裁一再過家盜不得發攝臨城令三日決滯獄數百邑人駭嘆監兩郡狡吏不得欺其私蓋仕無大小不苟要使人不能欺而用不極其才又曰觀其抗髒任氣若無顧忌者然臨仕進之會常如臨不測淵覰覰視不敢前竟疾走不顧其慮患乃如此與蹈汙除徼幸不爲明日計者殊也歷仕右班殿直監軍器庫門臨城酒稅磁州都作院徐州寶豐監和州管界巡檢鄂州寶泉監泗州太平州通判以承議郎致仕晚年退居吳下卒於常州

東山之詞融景入情深婉麗密蓋取徑於五代間有輕薄之作或集唐詩之句則囿於當時令曲之境也自其勝者言之可謂溫韋派之殿軍矣惟當時慢詞盛行東山亦復爲之往往精麗絕倫世知東山令曲學溫韋者甚多知其以唐五代之豔體運用於慢詞蓋寡前則因襲此則開創可以注意者也因令曲慢詞體質粗異以致東山一派未能久行然在北宋詞中亦獨立不群者也今錄東山

詞二首

踏莎行

楊柳回塘鴛鴦別浦綠萍漲斷蓮舟路斷無蜂蝶慕幽香紅衣脫盡芳心苦　返照迎潮行雲帶雨依依似與騷人語當年不肯嫁東風無端却被秋風誤

綠頭鴨

玉人家畫樓珠箔臨津託微風彩簫流怨斷腸馬上曾聞燕堂開豔妝叢裏調琴思認歌顰麝蠟烟濃玉蓮漏短更衣不待酒初醺繡屏掩枕鴛相就香氣漸暾暾回廊影疏鐘淡月幾許銷魂　翠釵分銀牋封淚舞鞵從此生塵任蘭舟載將離恨轉南浦背西曛記取明年薔薇謝後佳期應未誤行雲鳳城遠楚梅香嫩先寄一枝春青門外祇憑芳草尋訪郎君

四　柳永　永當與張子野並列今但明其派別不盡依時代之次也

柳永字耆卿崇安人初名變字景莊仁宗留意儒雅務本向道深斥浮豔虛華之文柳好為淫冶謳歌之曲傳播四方嘗有鶴冲天詞云忍把浮名換了淺斟低唱及臨軒放榜特落之曰且去淺斟低

唱何要浮名景祐元年方及第後改名永爲屯田員外郎有兄三復三接皆工文號柳氏三絕藝苑雌黃曰柳三變喜作小詞薄於操行當時有薦其才者上曰得非填詞柳三變乎曰然上曰且去填詞由是不得志日與儇子縱遊倡館酒樓間無復檢率自稱云奉聖旨填詞柳三變葉少蘊曰柳耆卿爲舉子時多游俠邪善爲歌辭教坊樂工每得新腔必求爲詞始行于世於是聲傳一時余仕丹徒嘗見一西夏歸朝官曰凡有井水處即能歌柳詞陳后山亦謂柳三變游東都南二巷作新樂府骫骳從俗天下詠之吳虎臣又謂柳三變好爲淫冶謳歌之曲傳播四方竝可知當時會社盛唱柳詞矣永死葬之處說者多異獨醒雜志云柳耆卿風流俊邁聞于一時既死葬于棗陽縣花山遠近之人每遇清明日多載酒肴飲於耆卿墓側謂之弔柳會方輿勝覽云耆卿死之日家無餘財羣妓合金葬之於南門外每春日上冢謂之弔柳七避暑錄話之永死旅殯潤州僧寺王和甫爲守時求其後不得乃爲出錢葬之花草粹編云柳七葬眞州仙人掌僕嘗有詩云殘月曉風仙掌路何人爲弔柳屯田傳聞歧互要以獨醒雜志方輿勝覽所載爲近是其身世至可哀也

論屯田慢曲當分聲詞二部關於聲者宋史樂志云宋初置教坊得江南樂已汰其坐部不用自後因舊曲創新聲轉加流麗故陳師道謂柳三變作新樂府葉得諧教坊樂工每得新腔必求永爲詞

始行于世李清照謂其變舊聲作新聲出樂章集大得聲稱於世也蓋當時新腔永爲之詞永與樂工來往亦必明其音律曲度轉易變化遂繁今觀樂章集中之曲調一部爲大曲摘遍一部爲別度新腔多爲他集所未有職是故也宋翔鳳曰慢詞當始耆卿蓋起宋仁宗朝中原息兵汴京繁庶歌臺舞席競賭新聲耆卿失意無俚流連坊曲遂盡收俚俗語言編入詞中以便人傳習一時動聽散播四方東坡少游輩繼起慢詞遂盛慢詞雖不盡始于仁宗之時然天下詠歌詞體成立不可謂非屯田之功也蓋當時令曲雅言仕宦之所流連慢詞俚語樂伎之所歌詠雅俗分流朝野異尚士大夫鄙慢曲而不爲柳三變投衆人之所好終以會社所被範圍易廣雖以朝廷之勢莫能止也關於詞者藝苑雌黃云柳之樂章人多稱之然大概非羈旅窮愁之詞則閨門淫媟之語若以歐陽永叔蘇子瞻黃魯直張子野秦少游輩較之萬萬相遼彼其所以傳名者直以言多近俗俗子易悅故也此文士之言不盡可據溯唐代長短句興雅俗共賞然多寫男女之情懷託房帷以比興蓋秦樓楚舘侑酒嘌唱綺懷豔語易入人心屯田慢詞亦猶是也然羈旅悲懷多用直筆似與溫韋比興異趣其實令曲易於含蓄慢詞宜於鋪排故令曲取其內收慢詞取其馳騁也且詞隨音轉不能强同易綺豔爲俚俗變比興爲敷陳此蓋體勢使然若執彼而論此所謂知其一而不知其二也東坡淮海

之流取其曼音易其詞藻蓋欲混合雅俗文士一統不排斥屯田不足以張其軍其實山谷琴趣俚語寔多雅如少游時時間作徒以攻伐屯田爲能是蠹生于木而反食其木矣屯田多節序之詞蓋代會社之所尚也其身世可哀天眞畢露俚褻之語徇俗太過誠所不免然笨重且大亦人之所未不敢言也至其佳者寫景則宛在目前有如圖畫寫情則縱横開合酣暢淋漓氣象渾淪似直而曲淺薄之輩動加詆訾多見其不自量也今錄柳詞二闋

定風波

自春來慘綠愁紅芳心是事可可日上花梢鶯穿柳帶猶壓香衾臥暖酥消膩雲嚲終日厭厭倦梳裹無那恨薄情一去音讀無箇　早知恁麼悔當初不把雕鞍鎖向雞窗只與蠻牋象管拘束教吟課鎮相隨莫拋躲針線慵一作閒拈伴伊坐和我免使年少光陰虛過

安公子

遠岸收殘雨雨殘稍覺江天暮拾翠汀洲人寂靜立雙雙鷗鷺望幾點漁燈掩映蒹葭浦停畫橈兩兩舟人語道去程今夜遙指前村煙樹　遊宦成羈旅短檣吟倚閒凝竚萬水千山迷遠近

想鄉關何處自別後風亭月榭孤歡聚剛斷腸惹得離情苦聽杜宇聲聲勸人不如歸去

五　蘇軾

蘇軾字子瞻眉州眉山人生十年父洵游學四方母程氏親授以書聞古今成敗輒能語其要程氏讀東漢范滂傳慨然太息軾請曰軾若爲滂母許之否乎程氏曰汝能爲滂吾顧不能爲滂母邪比冠博通經史屬文日數千言好賈誼陸贄書既而讀莊子歎曰吾昔有見口未能言今見是書得吾心矣嘉祐二年試禮部方時文磔裂詭異之弊勝主司歐陽修思有以救之得軾刑賞忠厚論驚喜欲擢冠多士猶疑其客曾鞏所爲但寘第二復以春秋對義居第一殿試中乙科後以書見脩脩語梅聖俞曰吾當避此人出一頭地聞者始譁不厭久乃信服丁母憂五年調福昌主簿歐陽修以才識兼茂薦之秘閣試六論舊不起草以故文多不工軾始具草文義粲然復對制策入三等自宋初以來制策入三等惟吳育與軾而已除大理評事簽書鳳翔府判官英宗召試二論復入三等直史館熙寧二年王安石執政四年安石欲變科舉興學校軾上議爭之安石不悅命權開封府推官將困之以事軾決斷精敏聲聞益遠安石創行新法軾論其不便安石怒使御史謝景溫論奏其過窮治無所得軾遂請外通判杭州徙知密州徐州湖州軾上表以謝又以事不便民者不敢言以詩託

諷庶有補於國御史李定舒亶何正言摭其表語並媒蘖所爲詩以爲訕謗逮赴臺獄欲寘之死鍛鍊久之不決神宗獨憐之以黃州團練副使安置軾與田父野老相從溪山間築室於東坡自號東坡居士神宗數有意復用輒爲當路者沮之神宗嘗語宰相王珪蔡確曰國史至重可命蘇軾成之珪有難色神宗曰軾不可姑用曾鞏鞏進太祖總論神宗意不允遂手札移軾汝州有曰蘇軾黜居思咎閲歲滋深人材實難不忍終棄軾未至汝上書自言饑寒有田在常願得居之朝奏入夕報可至常神宗崩哲宗立復朝奉郎知登州召爲禮部郎中遷起居舍人軾起於憂患不欲驟履要地辭於宰相蔡確確曰公徊翔久矣朝中無出公右者軾曰昔林希同在館中年且長確曰希固當先公邪卒不許元祐元年遷中書舍人尋除翰林學士二年兼侍讀每進讀至治亂興衰邪正得失之際未嘗不反覆開導覬有所啟悟哲宗雖恭默不言輒首肯之軾嘗宿禁中召入對便殿宣仁后問曰卿前年爲何官曰臣爲常州團練副使曰今爲何官曰臣今待罪翰林學士曰何以遽至此曰遭遇太皇太后皇帝陛下曰非也曰豈大臣論薦乎曰亦非也軾驚曰臣雖無狀不敢自他途以進曰此先帝意也先帝每誦卿文章必嘆曰奇才奇才但未及進用卿耳軾不覺哭失聲宣仁后與哲宗亦泣已而命坐賜茶徹御前金蓮燭送歸院三年權知禮部貢舉四年以論事爲當軸者所恨軾恐不

見容請外放拜龍圖閣學士知杭州二十年間再蒞杭有德於民家有畫像飲食必祝又生作祠以報六年召爲吏部尚書未至以弟轍除右丞改翰林承旨復以讒請外乃以龍圖閣學士出知潁州紹聖初御史論軾掌内外制日所作詞命以爲譏斥先朝遂以本官知英州尋降一官未至貶寧遠軍節度副使惠州安置居三年泊然無所帶芥人無賢愚皆得其歡心又貶瓊州別駕居昌化昌化故儋耳地非人所居藥餌皆無初僦官屋以居有司猶謂不可軾遂買地築室儋人運甓畚土以助之獨與幼子過著書以爲樂時時從其父老游若將終身徽宗立移廉州改舒州團練副使徙永州更三大赦還提舉玉局觀復朝奉郎建中靖國元年卒于常州年六十六軾嘗自謂作文如行雲流水初無定質但常行於所當行止於所不可不止雖嬉笑怒罵之辭皆可書而誦之其體渾涵光芒雄視百代有文章以來蓋亦鮮矣文人如黃庭堅晁補之秦觀張耒陳師道舉世未之識軾待之如朋儕未嘗以師資自予也高宗即位贈資政殿學士以其文寘左右讀之終日忘倦謂爲文章之宗親製集贊賜其曾孫嶠遂崇贈太師謚文忠軾父洵弟轍三子邁迨過俱善爲文

近日論東坡詞頗爲紛雜褒貶任聲抑揚失實竊嘗尋繹宋人之所言如晁无咎云東坡居士詞人多謂不諧音律然橫放傑出自是曲子內縛不住者陳無已云子瞻以詩爲詞如教坊雷大使之舞

雖極天下之工要非本色王直方云東坡嘗以所作小詞示无咎文潛曰何如少游二人皆對云少游詩似詞先生詞似詩陸游云世言東坡不能歌故所作樂府辭多不協晁以道謂紹聖初與東坡別於汴上東坡酒酣自歌古陽關則公非不能歌但豪放不喜裁剪以就聲律耳試取東坡諸詞歌之曲終覺天風海雨逼人又墨客揮犀云子瞻嘗自言平生有三不如人謂著棋吃酒唱曲也然三者亦何用如人子瞻之詞雖工而不入腔正以不能唱曲耳吹劍錄云東坡在玉堂日有幕士善歌因問我詞何如柳七對曰柳詞只合十七八女郎執紅牙板歌楊柳岸曉風殘月學士詞須關西大漢銅琵琶鐵綽板唱大江東去東坡爲之絕倒即此數說可以論定矣緣詞譜既亡論詞者但求立意深遠組織工整所謂律者不過陰陽四聲因已非古人之所論律也若論唐宋之詞則當先聲音而後形色東坡非不明樂律者也所撰之詞亦非不能吟咏也惟弦歌之際艱辛費力此已落下乘矣詞之爲體聲音形色相關若舍聲音而單言形色則與不能歌之詩文無異亦何取於詞也坡詞中如卜算子水龍吟諸作皆措意幽遠運筆空虛確爲神妙若念奴嬌大江東去則豪放不羈實因其不喜剪裁以就聲律遂能若至此故東坡在當時固爲別派若從詞體立論尤不能以東坡爲正宗也今錄軾詞二闋

念奴嬌　赤壁懷古

大江東去浪淘盡千古風流人物故壘西邊人道是三國周郎赤壁亂石穿空驚濤拍岸捲起千堆雪江山如畫一時多少豪傑　遙想公瑾當年小喬初嫁了雄姿英發羽扇綸巾談笑處檣艫灰飛煙滅故國神遊多情應笑我早生華髮人生如寄一尊還酹江月

賀新郎

乳燕飛華屋悄無人槐陰轉午晚涼新浴手弄生綃白團扇扇手一時似玉漸困倚孤眠清熟簾外誰來推繡戶枉教人夢斷瑤臺曲又卻是風敲竹　石榴半吐紅巾蹙待浮花浪蕊都盡伴君幽獨穠豔一枝細看取芳心千重似束又恐被秋風驚綠若待得君來向此花前對酒不忍觸共粉淚兩簌簌

六　秦觀

秦觀字少游一字太虛揚州高郵人少豪雋慷慨溢於文詞舉進士不中强志盛氣好大而見奇讀兵家書與己意合見蘇軾於徐爲賦黃樓軾以爲屈宋才又介其詩於王安石安石亦謂清新似鮑謝軾勉以應舉爲親養始登第調定海主簿蔡州教授元祐初軾以賢良方正薦於朝除太學博士

校正秘書省書籍遷正字復兼國史院編修官上日有硯墨器幣之賜紹聖初坐黨籍出通判杭州以御史劉拯論其增損實錄貶監處州酒稅使者承風望旨候伺過失既而無所得則以謁告寫佛書爲罪削秩徙郴州繼編管橫州又徙雷州徽宗立復宣德郎放還至藤州出游華光亭爲客道夢中長短句索水欲飲水至笑視之而卒先自作挽詞其語哀甚讀者悲傷之年五十三觀長於議論文麗而思深及死軾聞之歎曰少游不幸死道路哀哉世豈復有斯人乎弟覿字少章覯字少儀皆能文

淮海居士詞意苦思深清新俊逸其語淡非薄也其氣醇非弱也譬如盼倩淑姿無假於鉛黛芙蓉初出自然而悅人當致意者約有三端蘇門之中如黃山谷晁无咎張文潛皆善爲詞體格亦近於東坡樂府少游最尊東坡倚聲獨不效之豪放婉約蹊徑不同蓋詞之爲體聲宜協律文宜從雅東坡雖文章悉備然所撰之詞實爲變體少游不從殆以此歟此一事也自柳屯田爲新樂府天下歌之蓋以其聲音靡曼委婉動聽詞語通俗易入人心也少游之詞七俗不可解者僅三四闋其餘則雅俗咸宜加之聲調流美故其詞盛行于淮楚之間與屯田分其勢矣此二事也慢詞既興屯田以淺俚徇俗東山以豔麗取姿長公以豪放逞性家有規矩人握靈珠蓋體質游移尚無定準未可以

甲而範乙也少游既出接以美成南宋論詞遂尙婉雅則詞體定於一尊始于少游矣此三事也故少游之詞所關匪細文人操其權衡體質知所風尙其功甚鉅過亦隨之觀於南宋之初稍能發揮性其餘諸家莫不舍己以從人矣今錄秦詞二首

千秋歲

水邊沙外城郭春寒退花影亂鶯聲碎飄零疏酒盞離別寬衣帶人不見碧雲暮合空相對

憶昔西池會鵷鷺同飛蓋攜手處今誰在日邊清夢斷鏡裏朱顏改春去也飛紅萬點愁如海

夢揚州

晚雲收正柳塘烟雨初休燕子未歸惻惻輕寒如秋小闌干外東風軟透繡幃花密香稠江南遠人何處鷓鴣啼破春愁　長記曾陪燕游酬妙舞清歌麗錦纏頭殢酒困花十載因誰淹留醉鞭拂面歸來晚望翠樓簾捲金鈎佳會阻離情正亂頻夢揚州

七　周邦彥

周邦彥字美成錢塘人疎雋少檢不爲州里推重而博涉百家之書元豐初游京師獻汴都賦萬餘言神宗異之命侍臣讀於邇英閣召赴政事堂自太學諸生一命爲正居五歲不還益盡力於辭章

出教授廬州知溧水縣還爲國子主簿哲宗召對使誦前賦除秘書省正字歷校書郎考功員外郎衛尉宗正少卿兼議禮局檢討以直龍圖閣知河中府徽宗欲使畢禮書復留之踰年乃知隆（宋史誤龍）德府徙明州入拜秘書監進徽猷閣待制提舉大晟府未幾知順昌府徙處州卒年六十六贈宣奉大夫邦彥好音樂能自度曲製樂府長短句詞韻清蔚傳於世

自柳屯田爲新樂府天下歌之東坡少游承嗣其風慢詞遂盛美成提舉大晟府盡聲律之變化有三犯四犯之曲其音益靡靡矣其所爲詞有屯田之大而汰其淫豔有東坡之豪而變爲高渾有東山之美而節其濃澹有淮海之雅而加以頓挫使人一唱而三歎涵咏而難窮屯田但徇世俗美成詞則爲朝野之所尊自此之後有所宗主矣故陳藏一話腴稱邦彥以樂府獨步學士貴人市儈伎女皆知其詞爲可愛毛幵樵隱筆錄謂紹興初都下盛行清眞詠柳蘭陵王慢西樓南瓦皆歌之夢窗惜黃花慢序云吳江夜泊惜別邦又趙簿攜伎侑尊連歌數闋皆清眞詞玉田國香序云沈梅嬌杭妓也忽于京部見之把酒相勞苦猶能歌周清眞意難忘臺城路二曲又意難忘序云中吳車氏號秀卿樂部中之翹楚者歌美成曲得其音旨余每聽輒愛歎不能已因賦此以贈云云碧山醉落魄亦有數聲春調清眞曲之句猗歟盛矣至于宋代刻本之多和之者衆古今詞人未之有也曹一

壺淸眞詞注及楊守齋圖法美成詞皆已失傳爲可惜耳今錄周詞二闋

蘭陵王　柳

柳陰直煙裏絲絲弄碧隋隄上曾見幾番拂水飄緜送行色登臨望故國誰識京華倦客長亭路年去歲來應折柔條過千尺　閒尋舊蹤跡又酒趁哀絃燈照離席梨花榆火催寒食愁一箭風快半篙波暖回頭迢遞便數驛望人在天北　悽惻恨堆積漸別浦縈迴津堠岑寂斜陽冉冉春無極念月榭攜手露橋聞笛沈思前事似夢裏淚暗滴

意難忘

衣染鶯黃愛停歌駐拍勸酒持觴低鬟蟬影動私語口脂香蓮露滴竹風涼拚劇飲淋浪夜漸深籠燈就月子細端相　知音見說無雙解移宮換羽未怕周郎長顰知有恨貪耍不成妝些個事惱人腸試說與何妨又恐伊尋消問息瘦減容光

南宋詞人最多黃花菴中興以來絕妙詞選草窗絕妙好詞二書所錄可以覘其概矣自中原失陷高宗南渡有恢復之力而偸安旦夕文士激于愛國之情發爲蒼涼悲壯之句天定其數國祚遂移禾黍生哀轉爲沈鬱初末二期詞狀雖異其旨則同其間或斂抑雄心而以淸空取勝者或以國事

雖爲而徜徉山水者或謟媚權貴而牽率人事者或追和前人而以詞自遣者言其變態何止一端今亦選錄七家亦可以粗知其情狀矣

一　辛棄疾

辛棄疾字幼安齊之歷城人少師蔡伯堅與黨懷英同學號辛黨始筮仕決以蓍懷英遇坎因留事金棄疾得離遂決意南歸金主亮死中原豪傑並起耿京聚兵山東稱天平節度使節制山東河北忠義軍馬棄疾爲掌書記卽勸京決策南向僧義端者喜談兵棄疾間與之游及在京軍中義端亦聚衆千餘說下之使隸京義端一夕竊印以逃京大怒欲殺棄疾棄疾曰匄我三日期不獲就死未晚僧以虛實奔告金帥急追獲之義端曰我識君眞相乃青兕也力能殺人幸勿殺我棄疾斬其首歸報京益壯之紹興三十二年京令棄疾奉表歸宋高宗召見嘉納之授承務郞天平節度掌書記併以節使印告召京會張安國邵進已殺京降金棄疾還至海州與衆謀曰我緣主帥來歸朝不期事變何以復命乃約統制王世隆及忠義人馬金福等徑趣金營安國方與金將酣飲卽衆中縛之以歸金將追之不及獻俘行在斬安國於市仍授前官改差江陰簽判棄疾時年二十三乾道四年通判建康府六年孝宗召對延和殿時虞允文當國帝銳意恢復棄疾因論南北形勢及三國晉漢

人才持論勁直不爲迎合作九議幷應問三篇美芹十論獻于朝言逆順的理消長之勢技之長短地之要害甚備以講和方定議不行遷司農寺主簿出知滁州州罹兵燼井邑凋殘棄疾寬征薄賦招流散敎民兵議屯田乃剏奠枕樓繁雄館辟江東安撫司參議官留守葉衡雅重之衡入相力薦棄疾慷慨有大畧召見遷倉部郎官提點江西刑獄平劇盜有功加祕閣脩撰調京西轉判官差知江陵府兼湖北安撫遷知隆興府兼江西安撫以大理少卿召出爲湖北轉運副使改湖南尋知潭州兼湖南安撫盜連起湖湘棄疾悉討平之遂奏弭盜之術詔奬諭之又奏置湖南飛虎軍軍成雄鎭一方爲江上諸軍之冠加右文殿修撰以江西拯饑功進一秩以言者落職久之主管沖祐觀紹熙二年起福建提點刑獄召見遷大理少卿加集英殿修撰知福州兼福建安撫使臺臣王藺劾其用錢如泥沙殺人如草芥遂於慶元元年落職四年復主管沖佑觀久之起知紹興府兼浙東安撫使嗣寧宗召見言鹽法加寶謨閣待制提舉佑神觀奉朝請尋差知龍江府賜金帶坐事降朝散大夫提舉沖佑觀差知紹興府兩浙東路安撫使辭免進寶文閣待制又進陵圖閣知江陵府令赴行在奏事試兵部侍郎辭免進樞密都承旨未受命而卒賜對衣金帶守龍圖閣待制致仕特贈四官棄疾豪爽尚氣節識拔英俊所交多海內知名士嘗跋紹興間詔書曰使此詔出於紹興之前可以

無事讐之大恥使此詔行於隆興之後可以卒不世之大功今此詔與讐敵俱存也悲夫人服其警切帥長沙時士人或怨考試官濫取第十七名春秋卷棄疾察之信然索帘榜春秋卷兩易之啟名則趙鼎也棄疾怒曰佐國元勳忠簡一人胡爲又一趙鼎擲之地次閱禮記卷棄疾曰觀其議論必豪傑士也此不可失啟之乃趙方也嘗謂人生在勤當以力田爲先北方之人養生之具不求於人是以無甚富甚貧之家南方多末作以病農而兼並之患興貧富斯不侔矣故以稼名軒爲大理卿時同僚吳交如死無棺斂棄疾歎曰身爲列卿而貧若此是廉介之士也既厚賻之復言于執政詔賜銀絹棄疾嘗同朱熹遊武夷山賦九曲櫂歌熹書克己復禮夙興夜寐題其二齋室熹歿僞學禁方嚴門生故舊至無送葬者棄疾爲文往哭之曰所不朽者垂萬世名孰謂公死凜凜猶生有稼軒集行世紹定六年贈光祿大夫咸淳間史館校勘謝枋得過棄疾墓旁僧舍有疾聲大呼于堂上若鳴其不平自昏暮至三鼓不絶聲枋得秉燭作文旦且祭之文成而聲始息德祐初枋得請于朝加贈少師謚忠敏

宋史韓侂胄傳侂胄連遣方信孺使北請和而金人欲縛送首議用兵之臣侂胄大怒和議遂輟起辛棄疾爲樞密都承旨會棄疾死乃以殿前都指揮使趙淳爲江淮制置使復銳意用兵云云蓋棄

疾素主恢復朝野所知和議裂後故佗胄起用之也詞品謂棄疾中年被劾凡十六章自況淒楚此棄疾家國身世之感也故其悲歌慷慨抑鬱無聊之氣一寄之於其詞龍騰虎擲之姿邁往凌雲之概別開天地橫絕古今經史詩詞運用無迹可謂霸才其旖旎之詞時有剛氣則又燕趙佳人之本性也世以蘇辛竝稱又以清陳其年善學稼軒其實東坡之詞上下低昂不離畛域有力而不見其力故深奧沈鬱稼軒兼用縱橫之筆其高處足冠羣流然往往鋒穎太露是其短也迦陵則全用縱橫之筆其力量之大殆欲突過稼軒然馳驟吶喊一發無餘則近於粗豪矣三家之詞自有區別不可混爲一談也今錄稼軒詞二闋

賀販郎　別茂嘉十二弟

綠樹聽鵜鴂更那堪鷓鴣聲住杜鵑聲切啼到春歸無尋處苦恨芳菲都歇算未抵人間離別馬上琵琶關塞黑更長門翠輦辭金闕看燕燕送歸妾　將軍百戰身名裂向河梁回頭萬里故人長絕易水蕭蕭西風冷滿座衣冠似雪正壯士悲歌未徹啼鳥還知如許恨料不啼清淚長啼血誰共我醉明月

鷓鴣天　鵝湖歸病起作

枕簟溪堂冷欲秋斷雲依水晚來收紅蓮相倚渾如醉白鳥無言定自愁　書咄咄且休休

一丘一壑也風流不知筋力衰多少但覺新來懶上樓

二　姜夔

姜夔字堯章饒州鄱陽人父噩紹興庚午擢進士第以新喻丞知漢陽縣夔從父宦遊流落古沔恬淡寡欲不樂時趨氣貌若不勝衣服好客未嘗一日倦一時如辛棄疾楊萬樓鑰范成大王炎周文璞皆愛其才爲之延譽既而客游湘江以詩謁千巖蕭氏蕭以爲能攜至吳興因以其兄之子妻之遂家武康所居近白石洞天故自號白石道人紹興中秦檜當國隱箬坑之丁山參政張燾屢薦不起高宗賜宸翰建御書閣以者守　初居吳興寓張仲遠家十年友誼甚篤仲遠憫其困躓欲爲輸貲拜爵辭不願又欲割膏腴之田贍之而仲遠亦旋歿矣時待來西湖館水磨方氏嘗載雪訪范石湖命青衣小紅徵新聲夔爲製暗香疏影兩曲音節清婉石湖以小紅贈之甚夕大雪過垂虹賦詩曰自作新詞韻最嬌小紅低唱我吹簫曲終過盡松陵路回首烟波十四橋其瀟灑如此夔精于樂律慨中興以來雅樂淪墜士大夫莫爲倡議修復寧宗慶元丁己上書論樂大旨謂紹興大樂用大晟所造八音未盡諧而均調多不合非所以格神人召和氣也宜詔求知音之士考正太常之器取所

孫人和

詞選

孫人和

唐五代

溫庭筠　本名岐字飛卿太原人長於詩賦與李商隱齊名號溫李累舉不第大中末爲方城尉遷隋縣尉著有乾𦠆子握蘭金荃等書王國維輯金荃詞最完備

黃昇曰飛卿詞極流麗宜爲花間集之冠

王士禎曰溫李齊名然溫實不及李李不作詞而溫爲花間鼻祖豈亦同能不如獨勝之意耶

張惠言曰唐之詞人溫庭筠最高其言深美閎約

周濟曰飛卿醞釀最深故其言不怒不懾備剛柔之氣鍼縷之密南宋人始露痕迹花間極有渾厚氣象如飛卿則神理超越不復可以迹象求矣然細繹之正字字有脈絡

劉熙載曰溫飛卿詞精妙絕人然類不出綺怨

陳廷焯曰飛卿詞全祖離騷所以獨絕千古菩薩蠻更漏子諸闋已臻絕詣後來無能爲繼所謂沈鬱者意在筆先神餘言外寫怨夫思婦之懷寓孽子孤臣之感凡交情之冷淡身世之飄

零皆可於一草一木發之而發之又必若隱若現欲露不露反復纏綿終不許一語道破匪獨體格之高亦見性情之厚飛卿詞如懶起畫蛾眉弄粧梳洗遲無限傷心溢於言表又春夢正關情鏡中蟬鬢輕淒涼哀怨眞有欲言難言之苦又花落子規啼綠窗殘夢迷又鸞鏡與花枝此情誰得知皆含深意此種詞第自寫性情不求勝人已成絕響後人刻意爭奇愈趨愈下安得一二豪傑之士與之挽回風氣哉　唐代詞人自以飛卿爲冠　千古得騷之妙者惟陳王之詩飛卿之詞爲能得其神不襲其貌　飛卿詞大半託詞房帷極其婉雅而規模自覺宏遠周秦蘇辛姜史輩雖姿態百變亦不能越其範圍本源所在不容以形迹勝也

吳衡照曰飛卿菩薩蠻云江柳如烟雁飛殘月天更漏子銀燭背繡簾垂夢長君不知酒泉子云月孤明風又起杏花稀作小令不似此著色取致便覺寡味

王國維曰張皋文謂飛卿之詞深美閎約余謂此四字唯馮正中足以當之劉融齋謂飛卿詞精妙絕人差近之耳

菩薩蠻

小山重疊金明滅。鬢雲欲度香腮雪。懶起畫蛾眉弄妝、梳洗遲　照花前後鏡。花面交

孫人和

相映。新帖繡羅襦。帖一作貼又作着繡一作綺雙雙金鷓鴣。

調

詞譜菩薩蠻唐敎坊曲名宋樂志弟子舞隊名尊前集注中呂宮宋史樂志亦中呂宮正音譜注正宮唐蘇顎杜陽雜編云大中初女蠻國入貢危髻金冠纓絡被體號菩薩蠻隊當時倡優遂製菩薩蠻曲文亦往往聲其詞孫光憲北夢瑣言云唐宣宗唱菩薩蠻詞令孤綯命溫庭筠新撰進之碧鷄漫志云今花間集溫詞十四首是也按溫詞有小山重疊金明滅句名重疊金南唐李煜詞名子夜歌一名菩薩鬘韓淲詞有新聲休寫花間意句名花間意又有風前覓得梅花句名梅花句有山城望斷花溪碧句名花溪碧有晚雲烘日南枝北句名晚雲烘日人和按鬘字乃明人所妄改詞譜言之未晰又考朱彧萍洲可談卷二云樂府有菩薩蠻不知何物在廣中見呼蕃婦爲菩薩蠻因識之此與杜陽雜編所載不同當以蘇說爲正也

律　雙疊四十四字前後段各四句兩仄韻兩平韻仄平相間此詞七字句第一字與第三字五字句第一字皆平仄通用不拘也

注　小山屏山也短衣曰襦若今之短襖也

評　張惠言曰此感士不遇也篇法仿彿長門賦而用節節逆叙此章從夢曉後領起懶起二字含後亦情事照花四句離騷初服之意　許昂霄曰照花二句承上梳妝言之　譚獻曰懶起畫蛾眉句是初步

更漏子 尊前集題李王作今從花間

柳絲。長春雨細。花外漏聲迢遞。驚塞雁一作寒雁起城烏一作寒烏畫屏金鷓鴣。香霧薄。透簾幕一作重幕。惆悵謝家池閣。紅燭背。繡簾垂。簾一作帷夢長君不知長一作殘

調　詞譜更漏子尊前集注大石調又屬商調

律　雙疊四十六字體格甚多今就此體論之前段六句細遞兩仄韻鳥鴣換兩平韻後段六句薄幕閣再換三仄韻垂知三換兩平韻其柳雨漏塞畫霧透謝燭夢十字可以用平絲春花驚金簾惆池紅君十字可以用仄又首二句四五句十與十一句皆爲對句

注　謝家池閣唐人往往用之張泌詩別夢依依到謝家小廊迴合曲欄斜與此意同疑唐

代相傳必有故實今難質言或即因康樂池塘之夢而生也

評　張惠言曰驚塞雁三句言歡戚不同興下夢長君不知也

韋莊　字端己杜陵人疎曠不拘小節幼能詩以豔語見長應舉時遇黃巢犯闕著秦婦吟云內庫燒爲綿繡灰天街踏盡公卿骨人稱爲秦婦吟秀才乾寧元年登進士第爲判官晉秩左補闕時王建爲西川節度副使昭宗命莊與李洵宣諭兩川遂留蜀掌書記尋召爲起居舍人建表留之昭宣帝四年丁卯四月朱溫篡唐莊乃上表勸建稱帝建乃於九月即位進莊左散騎常侍判中書門下事累官至門下侍郎吏部尚書同平章事武成三年卒於花林坊葬白沙之陽是歲莊日誦杜甫白沙翠竹江村暮相送柴門月色新之詩吟諷不輟人以爲詩讖爲謚文靖有集二十卷箋表一卷蜀程記一卷又有浣花集五卷乃莊弟藹所編以所居即杜氏草堂舊址故名王國有輯本浣花詞一卷

陳廷焯曰韋端己詞似直而紆似達而鬱最爲詞中勝境

菩薩蠻

紅樓別夜堪惆悵。香燈半捲流蘇帳。殘月出門時。美人和淚辭。　琵琶金翠。羽絃上

黃鶯語。勸我早歸家緣窗人似花

調　見溫庭筠詞

律　見前

注　流蘇垂飾也

評　張惠言曰此詞蓋留蜀後寄意之作一章言奉使之志本欲速歸
譚獻曰亦塡詞中古詩十九首卽讀十九首心眼讀之　王國維曰絃上黃鶯語端己語
也其詞品似之

又

人人盡說江南好遊人只合江南老春水碧於天畫船聽雨眠　鑪邊人似月皓腕凝雙雪一作霜雪
未老莫還鄉還鄉須斷腸

注　漢書司馬相如傳相如令卓文君當盧注郭璞曰盧酒盧師古曰賣酒之處累土爲盧
以居酒瓮四邊隆起其一面高形如鍛盧故名盧耳而俗之學者皆謂當盧爲對溫酒火盧
失其義矣人和按史記盧作鑪詞鑪邊云云卽用文君當鑪事也

孫人和

評　吳开優古堂詩話春庭筠樂府春水碧於天畫船聽雨眠皮日休松林集詩云漢水碧於天荆南廊然秀豫章取以作演雅云江南野水碧於天中有白鷗閒似我人和按春水二語韋莊詞溫作也又能改齋漫錄卷入所載與此全同　張惠言曰此章述蜀人勸留之辭卽下章云滿樓紅袖招也江南卽指蜀中原沸亂故曰還鄉須斷腸　譚獻曰强顔作愉快語怕斷腸腸亦斷矣

又

如今却憶江南樂。當時年少春衫薄。騎馬倚斜橋。滿樓紅袖招。　翠屏金屈曲。醉入花叢宿。此度見花枝白頭誓不歸

注　屈曲疑卽屈戌亦曰屈戌亦曰屈膝輟耕錄今人家窗戶設鉸具或鐵或銅名曰環紐卽古金鋪之遺意北方謂之屈戌其稱甚古梁簡文帝烏棲曲織成屏風金屈膝李商隱魏侯第北樓堂郢叔言別詩鎖香金屈戌又按南史王微傳微兄遠位先祿勳時人謂遠如屏風屈曲從俗能蔽風露此詞屈曲但謂屏風曲曲而已無深意也

評　張惠言曰上云未老莫還鄉猶冀老而還鄉也其後朱溫篡成中原愈亂遂决勸進之

志故曰如今却憶江南樂又曰白頭誓不歸則此詞之作其在相蜀時乎　譚獻曰如今
却憶江南樂是半面語後半闋意不盡而語盡却憶此度四字度人金針

又

洛陽城裏春光好　洛陽才子他鄉老。柳暗魏王堤。此時心轉迷。　桃花春水綠。水上
鴛鴦浴。凝恨對斜暉斜一作殘。憶君君不知

注　魏王堤洛水堤也白居易三月三日祓禊洛濱詩序曰宴於舟中由斗亭歷魏堤抵津
橋詩曰蹋破魏王堤又白有魏王堤七絶一首末句云柳條無力魏王堤

評　張惠言曰此章致思唐之意　譚獻曰洛陽才子他鄉去至此始揭出又曰項莊舞
劍怨而不怒之意　陳廷焯曰端己菩薩蠻云未老莫還鄉須斷腸又云凝恨對斜暉憶
君君不知皆留蜀後思君之辭時中原鼎沸欲歸不能端己人品未爲高然其情亦可哀矣
又曰端己菩薩蠻四章惓惓故國之思而意婉詞直一變飛卿面目然消息正自相通余嘗
謂後主之視飛卿合而離者也端己之視飛卿脫而合者也

南唐嗣主李璟　初名景通烈祖長子封齊王以癸卯嗣位戊午改稱國主去年號奉周正朔在

孫人和

位十九年遷南都薨改元三保大中興交泰宋人編次璟詞與後主詞合稱南唐二主詞以劉繼增南唐二主詞證本爲最佳

主詞箋證本爲最佳

山花子 或題後主作

菡萏香銷翠葉殘。西風愁起綠波間。綠一作碧 還與韶光共顦顇。韶或作容又作寒鄭文焯謂當作容光 不堪看。

細雨夢回雞塞遠 一作清漏永 小樓吹徹玉笙寒 多少淚珠何限恨。何一作無此句又作簌簌淚珠多少恨鄭文焯謂較有意致 倚闌干 倚一作寄

調　詞譜山花子卽浣溪沙之別體不過多三字兩結句移其韻於結句耳此所以有添字攤破之名然在花間集和凝時已名山花子人和按後世又名南唐浣溪沙

律　雙疊四十八字前段四句三平韻後段四句兩平韻細雨二句對其菡共細夢小淚六字可平西愁還韶顦吹多七字可平惟當注意者共顦二字可用仄平或平仄不當用仄仄或平平也

注　菡萏荷華雞塞卽雞鹿塞見漢書匈奴傳　馬令南唐書王感化傳感化善謳歌聲韻悠揚清振林木繫樂部爲歌板色元宗嗣位宴樂擊鞠不輟嘗乘醉命感化奏水調詞感化惟歌南朝天子愛風流一句如是者數四元宗輒悟覆杯歎曰使孫陳二主得此一句不當有銜璧之辱也感化由是有寵嘗元宗嘗作浣溪沙二闋手寫賜感化後主卽位感化以其詞札上之後主感動賞賜感化甚優

評　二主集舊注馮延巳作謁金門云風乍起吹皺一池春水干卿何事對曰未若陛下小樓吹徹玉笙寒也人和按古祭詩話載謁金門爲成幼文所撰是也非延巳作　舊注又曰荆公問山谷云江南詞何處最好山谷以一江春水向東流爲荆公云未若細雨夢回雞塞遠小樓吹徹玉笙寒人和按此本苕溪漁隱叢話五十九引雪浪齋日記惟原文誤作李後主此改易爲江南詞耳　王世貞曰細雨夢回雞塞遠小樓吹徹玉笙寒青鳥不傳雲外信丁香空結雨中愁非律詩俊語乎然是天成一段詞也著詩不得又曰花間猶傷促碎至李主父子而妙矣風乍起吹皺一池春水關卿何事未若陛下小樓吹徹玉笙寒此語不可聞鄰國然是詞林本色佳話　王闓運曰選聲配色恰是詞語　陳廷焯曰南唐中

宗山花子云還與韶光共憔悴不堪看沈之至鬱之至淒然欲絕後主雖善言卒不能出其右也　黃蓼園曰細雨二句意興清幽結倚闌干三字亦有說不盡之意　王國維曰南唐中主詞菡萏香銷翠葉殘西風愁起綠波間大有衆芳蕪穢美人遲暮之感乃古今獨賞其細雨夢回雞塞遠小樓吹徹玉笙寒故知解人吳梅曰此詞之作任於沈鬱夫菡萏鎖翠愁起西風與韶光無涉也而在傷心人見之則夏景繁盛亦易摧殘與春光同此憔悴耳故一則曰不堪看一則曰何限恨其頓挫空靈處全在情景融洽不事雕琢淒然欲絕至細雨小樓二語爲西風愁起之點染語鍊詞雖工作一篇中之至勝處而世人競賞此二語亦可謂不善讀者矣

南唐後主李煜　字重光初名從嘉嗣主李璟第六子封吳王辛酉嗣位于金陵在位十有五年乙亥降于宋封違命侯太宗登極封隴西公太平興國三年薨追封吳王以王禮葬北邙山宋人編次煜詞與中主詞竟稱南唐二主詞以劉繼增南唐二主詞箋證本爲最佳

沈去矜曰後主疏于治國在詞中猶不失南面王覺張郎中宋尚書直衙官耳納蘭性德曰花間之詞如古玉器貴重而不適用宋詞適用而不貴重李後主兼有其美更饒煙水迷離之致

蘇時學曰古今之言詞者衆矣當以唐五代人爲最而唐五代人言詞者衆矣當以李後主爲最噫後主之詞亡國之音而千載以下讀者猶爲之盡然而悲有不知其涕之何從者其聲音之道入人者深誠有出語言之外者耶

陳廷焯曰後主詞思路悽惋詞場本色不及飛卿之厚至勝牛松卿輩

王國維曰溫飛卿之詞句秀也韋端己之詞骨秀也李重光之詞神秀也又曰詞人者不失其赤子之心者也故生於深宮之中長於婦人之手是後主爲人君所短處亦卽爲詞人所長處又曰客觀之詩人不可不多閱世閱世愈深則材料愈豐富愈變化水滸傳紅樓夢之作者是也主觀之詩人不必多閱世閱世愈淺則性情愈眞李後主是也又曰尼采謂一切文學余愛以血書者後主之詞眞所謂以血書者也宋道君皇帝燕山亭詞亦畧似之然道君不過自道身世之戚後主則儼有釋迦基督擔荷人類罪惡之意其大小固不同矣又曰馮正中與中後二主詞皆在花間範圍之外宜花間集中不登其隻字也又曰唐五代之詞有句而無篇有篇有句唯李後主降宋後之作而已

吳梅曰余嘗謂二主詞中主能哀而不傷後主則近於傷矣然其用賦體不用比興後人亦無

能學者也又曰後主詞當分二類當江南隆盛之際雖寄情聲色而筆意自成馨逸此爲一類至入宋後諸作又別爲一類其悲歡之情固不同而自寫襟抱不事寄託則一也今人學之無不拙劣矣

相見歡 集題烏夜啼

林花謝了春紅太匆匆無奈朝來寒雨晚來風（無奈一作常恨雨一作重）胭脂淚留人醉（一作相留醉）幾時重自是人生長恨水長東

調　詞譜相見歡唐教坊曲名煜詞有無言獨上西樓月如鉤句更名秋夜月如鉤句更名秋夜月又名上西樓又名西樓子康與之詞名憶眞妃張輯詞有唯有漁竿明月上瓜洲句因名月上瓜洲或名烏夜啼

律　雙疊三十六字前段紅匆風三平韻後段淚醉換兩仄韻重東仍叶前段之平韻無奈自是二句上六下三或上二下七或上四下五皆無不可總以一氣貫注爲是也林無胭留四字可仄百字可平

評　譚獻曰前半闋濡染大筆　王國維曰詞至李主而眼界始大感慨遂深遂變伶工之詞而爲士大夫之詞周介存置諸溫韋之下可謂顛倒黑白矣自是人生長恨水長東流水落花春去也天上人間金荃浣花能有此氣象耶

又

無言獨上西樓月如鉤寞寂梧桐深院鎖清秋　剪不斷理還亂是離愁別是一般滋味在心頭

律　一字凝以入作平餘見前

評　黃昇曰此詞最悽惋所謂亡國之音哀以思

虞美人

春花秋月何時了（月一作葉）往事知多少小樓作夜又東風（樓一作園東一作西）故國不堪回首月明中（回一作翅）雕闌玉砌依然在（依似一作應猶）只是朱顏改問君能有幾多愁（一作問君能有許多愁一作問君都有幾多愁一作不知都有幾多愁一作問君還有幾多愁）恰相一江春水向東流

箋　詞譜虞美人唐教坊曲名碧鷄漫志云虞美人舊曲三其一屬中呂調其一屬中呂宮

孫人和

近世又轉入黃鐘宮元高聖詞注南呂調樂府雅詞名虞美人令周紫芝詞有只恐怕寒難近玉壺氷句名玉壺冰張炎詞賦柳兒因名憶柳曲王行詞取李煜恰互一江春水向東流句名一江春水

律　雙疊五十六字前後段四換韻前段首二句仄韻末二句換平韻後段首二句又換仄韻末二句又換平韻推前後仄平韻不可混同一韻也兩結係九字句或兩字微讀或四字微讀或六字微讀以蟬聯不斷爲合格春秋雕能四字可仄往小昨故不玉只問恰一十字可平

注　默記李王歸朝後與金陵舊宮人書云此中日夕只以眼淚洗面又徐鉉歸朝爲左散騎常侍遷給事中太宗一日問曾見舊主否鉉對曰臣安敢私見上曰卿第見言朕令卿往遂逕往其居望門下馬但一老卒守門鉉言奉旨見太尉老卒往報鉉入立庭下久之老卒取舊椅相對鉉遙見謂卒曰但正衙一椅足矣頃間李王紗帽道服而出鉉方拜遽下堦引其手上鉉辭賓主禮王曰今日豈有此禮鉉引椅少偏乃敢坐後主相持大笑默不言忽長吁曰當時悔殺了潘佑李平鉉去有旨召對詢後主何言鉉不敢隱遂有秦王賜牽機藥之

事牽機藥者服之前卻數十囘頭足相就如牽機狀又後主在賜第七夕命故妓作樂聲聞於外太宗聞之大怒又傳小樓昨夜又東風一江春水向東流句併坐遂被禍　唐餘紀傳煜以七夕日生是日燕飲聲伎徹於禁中太宗銜其有故國不堪囘首之詞至是又惱其鉗暢乃命楚王元佐等攜觴就其第而助之歡酒闌煜中牽機毒藥而死　因樹屋書影南唐李後主以七月七日生亦以七月七日死吳越王俶以八月二十四日生亦以八月二十四日死兩主生死相同如此　姚叔祥曰二主以故國不堪囘首句及徐鉉所探語賜牽機藥死忠懿荷禮最優宜無他顧兩王皆以生辰死者蓋以銜忌未消各借生辰賜酒陰斃之耳

評

王楙曰李後主之意有所自白樂天詩曰欲識愁多少高於灩澦堆劉禹錫詩曰蜀江春水拍天流水流無限似儂愁得非祖此乎則知好處前人皆已道過後人但翻而用之耳　伊士珍曰紫竹愛綴詞一日手後主集其父元伯問曰後主詞中何處最佳答曰問君能有幾多愁恰似一江春水向東流　王世貞曰小樓昨夜又東風問君還有許多愁情語也　譚獻曰此詞終當以神品目之後主之詞足當太白詩篇高奇無匹　王闓運曰常語耳

以初見故往再學便濫矣朱顏本是山河因歸宋不敢言耳若直說山河改反又淺也結亦恰到好處　吳梅曰雕闌玉砌云云卽浪淘沙玉樓瑤殿空照秦淮之意也

浪淘沙

簾外雨潺潺春意闌珊（一作將闌）羅衾不耐五更寒（耐一作暖）夢裏不知身是客（是一作似）一餉貪歡獨自莫憑闌無限關山（一作江山）別時容易見時難流水落花歸去也（一作何處也一作春去也詞統注云花歸而人不歸寓感良深若作春去也便犯春意句）天上人間（上一作地）

詞　詞譜浪淘沙樂章集注歇指調蔣氏九宮譜目越調按唐書禮樂志歇指調乃林鐘律之商聲越調乃無射律之商聲也賀鑄詞名曲入宴李清照詞名賣花聲史達祖詞名過龍門馬鈺詞名煉丹砂按唐人浪淘沙本七言斷句至南唐李煜始製兩段令詞雖每段尚存七言詩兩句其實因舊曲名另創新聲也杜安世詞於前段起句減一字柳永詞於前後段起句各減一字均爲令詞句讀悉同卽宋祁杜安世仄韻詞稍變音節然前接第二句四字第三句七字其源亦出于李煜詞也至柳永周邦彥作慢詞與此截然不同蓋調長拍緩卽

古曼聲之意也詞律於令詞强爲分體於慢詞或爲類列者誤

律　雙疊五十四字前後段各五句四平韻簾春羅無容流天七字可仄二不字及夢一獨謂別落五字可平

注　潺潺流貌闌珊衰減也能改齋漫錄顏氏家訓曰別易會難古人所重江南餞送下泣言離北間風俗不屑此歧路言離歡笑分手李後主長短句蓋用此耳故云別時容易見時難又云別易會難無可柰然顏說又本文選答賈謐詩云分索則易携手實難人和按魏文帝燕歌行別日何易會日難則又在陸士衡答賈長淵詩之前　蔡絛曰後主歸朝後每懷江國且念嬪妾散落鬱鬱不自聊遂作此詞含思悽惋未幾下世

評　譚獻曰雄奇幽怨乃兼二難後起稼軒稍傖父矣　王闓運曰高妙超脫一往情深

馮延巳　一名延嗣字正中其先彭城人唐末徙家新安又徙廣陵事南唐元宗以吳王爲元帥用延巳掌書記保大初拜諫議大夫翰林學士遷戶部侍郎翰林學士承旨又進中書侍郎四年同平章事集賢殿大學士罷爲太子少傅頃之拜撫州節度使以母憂去鎮起復冠軍大將軍召爲太弟太保領潞州節度以左僕射同平章事後因事罷數月復相會疾改太子太傅健隆元年

孫人和

五月乙丑卒年五十八（一作五十七）謚忠肅廷已好爲大言排斥異己工詩雖貴且老不廢尤喜爲樂府詞有陽春錄一卷以四印齋校本爲佳

陳世修曰馮公樂府思深詞麗韵逸調新

陳廷焯曰馮正中詞極沈鬱之致窮頓挫之妙纏綿忠厚與溫韋相伯仲也

王國維曰馮正中詞雖不失五代風格而堂廡特大開北宋一代風氣與中後二主詞皆在花間範圍之外宜花間集中不登其隻字也　正中詞品若欲於其詞句中求之則和淚試嚴妝殆近之歟

鵲踏枝（前三首又見六一詞 末首又見珠玉詞）

誰道閒情拋擲久（誰一作莫 擲一作棄）每到春來惆悵還依舊日日花前常病酒（日日一作舊日）不辭鏡裏朱顏瘦（不一作敢）

河畔青蕪堤上柳。爲問新愁。何事年年有。獨立小樓風滿袖（樓一作橋）平林新月人歸後。

調　鵲踏枝卽蝶戀花詞譜蝶戀花唐敎坊曲本名鵲踏枝宋晏殊詞改今名樂章集註小石調趙令畤詞注商調太平樂府注雙調馮延己詞有楊柳風輕展盡黃金縷句名黃金縷趙令時詞有不卷珠簾人在深深院名卷珠簾司馬㮣詞有夜涼明月生南浦句名明月生南浦韓淲詞有細雨吹池沼句名細雨吹池沼賀鑄詞名鳳棲梧李石詞名一籮金衷元吉詞名魚水同歡沈會宗詞名轉調蝶戀花

律　雙疊六十字前後段各五句四仄韻此詞七字句第一字第三字皆平仄通用四字句及五字句第一字皆平仄通用

評　陳廷焯曰正中蝶戀花誰道閒情拋棄久每到春來惆悵還依舊日日花前常病酒不辭鏡裏朱顏瘦始終不渝其志亦可謂自信而不疑果毅而而自守矣

譚獻曰此闋敘事

梁起超曰稼軒摸魚兒起處從此脫胎文前有文如黃河伏流莫流其源

幾日行雲何處去忘了歸來（了一作却）不道春將暮百草千花寒食路香車繫在誰家樹淚眼倚樓頻

獨語雙燕來時（一作飛來）陌上相逢否撩亂春愁如柳絮（撩一作掩）悠悠夢裏無尋處（悠悠一作依依）

評　陳廷焯曰淚眼倚樓頻獨語雙燕來時陌上相逢否忠厚惻怛藹然動人

譚獻曰行雲百草千花香車雙燕必有所託依依夢裏無尋處呼應

王國維曰終日馳車走不見所問建詩人之憂世也百草千花寒食路香車繫在誰家樹似之

庭院深深深幾許（一作知幾許）楊柳堆煙簾幕無重數（重一作量）玉勒琱千遊冶處（玉一作金）樓高不見章臺路

雨橫風狂三月暮門掩黃昏無計留春住淚眼問花花不語亂紅飛過秋千去

注　張惠言曰李易安詞序云歐陽公作蝶戀花有庭院深深深幾許之句余酷愛之作庭院深深數闋其聲卽舊臨江仙也易安云歐公未遠其言必非無據陳廷焯曰惟詞綜獨云馮延巳作竹垞博極羣書必有所據且細味此闋與上筆墨的是一色歐公無此手筆人和按馮詞蹊徑頗與宋初之詞相近故多混入宋詞宋人亦不能辨識易安之言未可確信也

張宗橚曰南部新書記嚴惲詩盡日問花花不語爲誰零落爲誰開此闋結二語似本此

評　張惠言詞選列入歐陽修詞中注曰庭院深深閨中既以邃遠也樓高不見哲王又不寤也章臺遊冶小人之徑雨橫風狂政令暴急也亂紅飛去斥逐者非一人而已

陳廷焯曰淚眼問花花不語亂紅飛過秋千去詞意殊怨然怨之深亦厚之至蓋上猶望其離而復合此則絕望矣作詞解如此用筆一切叫囂纖冶之失自無從犯其筆端

六曲闌干偎碧樹。楊柳風輕。展盡黃金縷。誰把鈿箏移玉柱穿簾燕子雙飛（一作穿簾海燕驚飛去一作穿簾海燕雙飛去）滿眼游絲兼落絮紅杏開時一霎清明雨濃睡覺來鶯亂語（睡一作醉鶯亂語一作慵不語）驚殘好夢無尋處（一作驚回殘夢無尋處）

評　張惠言選正中蝶戀花三闋首六曲闌干偎碧樹次莫道閒情拋棄久次幾日行雲何處去而於幾日行雲何處去詞下注云三詞忠愛纏綿宛然騷辨之義延巳爲人專蔽嫉妒又敢爲大言此詞蓋以排間異己者其君之所以信而弗疑也

陳廷焯曰濃睡覺來鶯亂語驚殘好夢無尋處憂讒畏譏思深意苦

譚獻曰金碧山水一片空濛此正周氏所謂有寄託入無寄託出也滿眼游絲兼落絮是感

一霎清明雨是境濃睡覺來鶯亂語是人驚殘好夢無尋處是情

成幼文　江南人仕南唐官大理卿

謁金門（侯本陽春集注云蘭畹集誤作牛希濟）

風乍起吹皺一池春水閒引鴛鴦香徑裏（香一作花又作芳）手挼紅杏蕊　鬬鴨闌干獨倚（獨一作偏）碧玉搔頭斜墜（搔頭一作瓏璁）終日望君君不至舉頭聞鵲喜

調　詞譜謁金門唐教坊曲名元高拭詞注商調宋楊湜古今詞話因韋莊詞起句名空相憶張輯詞有無風花自落句名花自落又有樓外垂楊如此碧句名垂楊碧孝清臣句有楊花落句名楊花落李示名出塞韓淲詞有東風吹酒面句名東方吹酒面又有不怕醉記取吟邊滋味句名不怕醉又有人已醉溪北溪南春意擊鼓吹簫花落未句名醉花春又有春尚早春入湖山漸好另名春早湖山

律　雙疊四十五字別後段各四句四仄韻風吹春閒鴛挼闌搔終頭可仄乍一手杏鬬獨碧望舉鵲可平

注　陸游南唐書馮延巳傳元宗嘗因曲宴内殿從容謂曰吹皺一池春水河干卿事延巳對曰安得如陛下小樓吹徹玉笙寒之句時喪敗不支國幾亡稽首稱臣于敵奉其正朔以苟歲月而君臣相謔乃如此古今詩話江南成幼文爲大理卿詞曲絶妙嘗作謁金門云風乍起吹皺一池春水中主聞之因案獄稽滯召詰之且謂曰卿職在典刑一池春水又何干於卿幼文頓首與南唐書所載異詞綜亦定爲成幼文作人和按直齋書錄解題云陽春錄一卷南唐馮延巳撰世言風乍起爲延巳所作或云成幼文也今此集無有當是幼文作長沙本以寘此集中殆非也然則今行陽春集本並有此首者皆原於長沙本其實幼文作也說文捼推也一曰兩手相切摩也段玉裁校改捼作挼摧也衆手妥聲一曰兩手相切摩也賓退錄卷八馮延巳謁金門長短句膾炙人口其曰鬭鴨闌干獨倚人多疑不能鬭余按三國志孫權傳注引江表傳曰魏文帝遣使求鬭鴨羣臣奏宜勿與權曰彼在諒闇之中所求若此豈可與言禮哉具以與之陸遜傳建昌侯慮作鴨欄遜曰君侯宜勤覽經典用此何爲南史王僧達傳僧達爲太子舍人坐屬疾而往楊列橋觀鬭鴨爲有司所劾新唐書齊王祐傳祐喜養鬭鴨方未反狸齧鴨四十餘絶其頭去及敗牽連誅死者凡四十餘人則古蓋有之

孫人和

評　賀裳曰無憑諳鵲語猶得暫心寬偓語也馮延及去偓不多時用其說曰終日望君君不至舉頭聞鵲喜雖竊其意而語加蘊藉

毛文錫　字平珪高陽人唐進士仕蜀爲翰林學士遷禮部尚書判樞密院事進文思殿大學士又拜司徒嗣貶茂州司馬蜀亡隨後主降唐未幾復事孟氏與歐陽炯等五人以小詞爲後蜀主所賞著有前蜀記事二卷茶譜一卷詞見花間王國維有輯本毛司徒詞一卷

紗窗恨

新春燕子還來至一雙飛壘巢泥溼時時墜（巢一作窠）涴人衣　後園裏看百花發香風拂繡戶金扉月照紗窗恨依依

調　詞譜紗窗恨唐教坊曲名毛文錫詞有月照紗窗恨依依句取以爲名

律　雙疊四十一字前段四句兩仄韻兩平韻仄平相間後段四句兩平韻但仄韻乃本詞平韻之仄不必用他韻也後園裏二句竝上三下四泥花香風可仄百拂繡可平

評　沈雄曰文錫詞火致勻淨不及熙震其所撰窗恨可歌也

尹鶚　成都人也仕蜀爲校書郎累官參卿工詩詞與李珣友善珣本波斯之種鶚性滑稽常作詩嘲之珣名爲頓損

張炎曰參卿詞以明淺動人以簡淨成句者也

臨江仙

一番荷芰生池沼檻前風送馨香昔年於此伴蕭娘相偎竚立牽惹叙衷腸　時逞笑容無限態還如菡萏爭芳別來虛遣思悠颺慵窺往事金鎖小蘭房

調　詞譜臨江仙唐教坊曲名花庵詞選云唐詞多緣題所賦臨江仙之言水仙亦其一也宋柳永詞注仙呂調元高拭詞注南呂調李煜詞名謝新恩賀鑄詞有人歸落鴈後句名鴈後歸韓淲詞有羅帳畫屏新夢悄句名畫屏春李清照詞有庭院深深深幾許句名庭院深深

律　臨江仙體例甚雜今但就本詞論之别體不適用也此詞五十八字前後段各五句每段三平韻一芰檻昔竚逞限菡別往可平番池風於相牽時容還虛慵香可仄思字讀去聲

注　唐人泛稱女子曰蕭娘

評　沈雄曰尹鶚杏園芳第二句教人見了關情末句何時休遣夢相縈逐開柳屯田俳調再檢臨江仙云西窗鄉夢等閒成逡巡覺後特地恨難平又昔年於此伴蕭娘相偎竚立牽惹叙衷腸流遞於後令作者不能爲懷豈必曰花間樽前句皆婉麗也

李珣一作洵字德潤梓州人其先實波斯産王衍昭儀李舜絃兄也爲蜀秀才蜀亡不仕有瓊瑤集多感慨之音詞見花間尊前二集

王國維曰王灼碧雞漫志屢稱　瓊瑤集其所舉倒排甘州河滿子長命女喝馱子四首均花間集與尊前集所未載則南宋之初蜀中尚有此書未識佚於何時也唐五代人詞有專集者南唐二主詞陽春集均宋人所編飛卿金荃詞則係贗本金荃詞一卷雖見顧嗣立溫飛卿詩集跋謂有宋本未知可信否和凝紅葉稿之名則係竹坨杜撰紅藥編五卷見於宋志者乃制誥之文非詞集亦非紅葉稿也惟珣瓊瑤集見於宋人所記當爲詞人專集之始矣

西溪子

馬上見時如夢認得臉波相送柳堤長無限意夕陽裡醉把金鞭欲墜歸去想嬌嬈暗魂銷

詞　詞譜西溪子唐教坊曲名

律　單調三十五字夢送仄韻意裏墜換仄韻嬈銷換平韻馬見認臉限夕醉可平歸可仄

牛嶠　字松卿一字延峯隴西人也唐相僧孺之後博學有文以歌詩著名乾符五年登進士第歷官遺補闕校書郎王建以節度使鎮西川辟爲判官及開國拜給事中卒有集三十卷歌詩三卷自言竊慕李賀長歌舉筆輒效之尤善製小詞詞見花間王國維有輯本

定西番

紫塞月明千里金甲冷戍樓寒夢長安　鄉思望中天闊漏殘星亦殘畫角數聲嗚烟雪漫漫

調　定西番唐敎坊曲名

律　雙疊三十五字前後段各四句每段兩平韻千鄉天可仄望數可平

注　秦築長城土色皆紫漢塞亦然一日雁門草皆紫色故名紫塞戍樓蓋古代邊地駐軍所築以望遠者

魏承班　承班父宏父爲王建養子賜姓名王宗弼封齊王承班爲駙馬都尉官至太尉

元好問曰魏承班詞俱爲言情之作大旨明淨不更苦心刻意以競勝者

菩薩蠻

羅裾薄薄秋波染眉間畫得山兩點相見綺筵時深情暗共知　翠翹雲鬢動斂態彈金鳳宴罷入蘭房邀人解珮璫

調　見前溫庭筠詞律同

評　沈雄曰魏承班詞較南唐諸公更淡而近更寬而盡盡人喜效爲之愚按價見綺筵時深情暗共知難話此時心梁燕雙來去亦爲弄姿無限只是一腔摹出至好天涼月盡傷心爲是玉郎長不見少年何事負初心淚滴縷金雙衽有故意求盡之病

歐陽烱　益州人事王衍爲中書舍人宣和畫譜貫休傳云大學士後事孟昶累官翰林學士進門下侍郎同平章事歸宋爲右散騎常侍俄充翰林學士轉左散騎常侍王國維曰歐陽烱一作歐陽炳蘇易簡續翰林志下謂學士放誕則有王著歐陽炳又云炳以僞蜀順化旋召入院嘗不巾不韤見客於玉堂之上尤善長笛太祖嘗置酒令奏數弄後以右(按當作左)貂終於西洛又作歐陽迥學士年表歐陽迥以左(按當作右)散騎常侍拜開寶四年六月以本官分司西京罷則與炳自爲一

人恐㷉字不誤炳與迵因避太宗嫌名而追改也人和按十國春秋分迵㷉爲二人大誤詞見花間王國維有輯本

儒林公議僞蜀歐陽㷉嘗應命作宮詞淫靡甚至韓偓江南李坦時爲近臣私以豔藻之詞聞於主聽蓋將亡之兆也君臣之間其禮先亡矣

蓉城集歐陽㷉即首敘花間集者每言愁苦之意易好懽愉之語難工其詞大抵婉約輕和不欲强作愁思者也

南鄉子

岸遠沙平日斜歸路晚霞明孔雀自憐金翠尾臨水認得行人驚不起

調　詞譜南鄉子唐教坊曲名此詞有單調雙調單調者始自美陽炯詞馮延己李珣俱本此添字雙調者始自馮延已調太和正音譜注越調歐陽修本此減字王之道黃機趙長卿俱本此添字也

律　單調二十七字五句兩平韻三仄韻孔自可平

洞口誰家木蘭船繫木蘭花紅袖女郎相引去遊南浦笑倚春風相對語

孫人和

律　此與岸遠沙平詞同惟第四句增一紅可仄女可平仍與前同

路入南中桄榔葉暗蓼花紅兩岸人家微雨後收紅豆樹底纖纖擡素手（樹一作葉）

注　桄榔喬木產於南方大者四五圍高五六丈葉爲羽狀開綠色小花

翡翠鵁鶄白蘋香裏小沙汀島上陰陰秋雨色蘆花樸簌隻漁船何處宿

注　翡大於燕小於烏腰身通黑唯胸前背上翼後有赤毛翠通身青黃唯六翮上毛長寸餘其飛即羽鳴翠翠因以名焉或云赤雄曰翡青雌曰翠也鵁鶄水鳥大如鳧高脚長喙頭有紅毛冠翠鬣青脛甚有文彩水際平地曰汀

評　周密曰李珣歐陽炯輩俱蜀人各製南鄉子數首以誌風土亦竹枝體也

顧敻

顧敻前蜀時以小臣給事內庭會禿鶖鳥翔摩訶池上敻作詩刺之禍幾不測久之擢刺史已而復仕孟蜀累官至太尉王國維有輯本顧太尉詞

堯山堂外紀顧敻爲內道小臣作亡命山澤賦有到處不生草句一時傳笑小詞特工

荷葉盃

歌發誰家筵上寥亮別恨正悠悠蘭缸背帳月當樓愁摩愁愁摩愁（摩一作麽）

調　詞譜荷葉盃唐教坊曲名此調有單調雙調單調者而溫庭筠顧敻二體雙調者只韋莊一體俱見花間集

律　單調二十六字六句兩仄韻三平韻一疊韻歎誰筵寥蘭可仄別背可平末句當疊上一句

醉公子

岸柳垂金線雨晴鶯百囀家住綠陽邊往來多少年　馬嘶芳草遠高樓簾半捲斂袖翠蛾攢相逢爾許難

調　詞譜醉公子唐教坊曲名薛昭蘊顧敻詞俱四換頭一名四換頭此調有兩體四十字者昉自唐人一百六字者昉自宋人

律　雙疊四十字前後段各四句每段兩仄韻兩平叶韻平仄以遵守此詞爲宜

鹿虔扆

虔扆不知何地人初讀書古祠見畫壁有周公輔成王圖期以此見志事孟蜀累官至

孫人和

檢校太尉與歐陽炯韓琮閻選毛文錫等並以小詞供奉內庭時人忌之者號曰五鬼蜀亡虔扆不仕故詞多感慨之音詞見花間王國維有輯本

臨江仙

金鏁重門荒苑靜綺窗愁對秋空翠華一去寂無蹤玉樓歌吹聲斷己隨風　煙月不知人事改夜闌還照深宮藕花相向野塘中暗傷亡國清露泣香紅

調　見前尹顎詞律同

注　羽華天子之旗

評　倪雲林曰鹿公高節偶爾寄情倚聲而曲折盡變有無限感慨淋漓處譚獻曰哀悼感憤

毛熙震　蜀人官秘書監王國維有輯本毛秘書詞

齊東野語曰熙震集止二十餘調中多新警而不爲儇薄

浣沙溪

晚起紅房醉欲銷綠鬟雲散裊金翹雪香花語不勝嬌　好是向人柔弱處玉纖時急繡裙腰春

心牽惹轉無僇

調　詠譜浣溪沙唐敎坊曲名張泌詞有露濃香泛小庭花句名小庭花賀鑄名減字浣溪沙韓淲詞有芍藥酴醾滿院春句名滿院春有東風拂檻露猶寒句名東風寒有一曲西風醉木犀句名醉木犀有霜後黃花菊自開句名霜菊黃有廣寒曾折最高枝句名廣寒枝有春風初試薄羅衫句名試香羅有清和風裏綠陰初句名清和風有一番春事怨啼鵑句名怨啼鵑

律　雙疊四十二字前段三句三平韻後段三句兩平韻每句第一第三字平仄通用後段首二句當對此不對者偶爲之也

評　沈雄曰毛秘監象梳欹鬢月生雲玉纖時急繡裙腰曉花微斂輕呵展裊釵金燕軟不止以濃豔見長也其後庭花云傷心一片如珪月閑鎖宮闕清平樂云正是消魂時節東風滿院花氣南歌子云嬌羞愛問曲中名楊柳杏花時節幾多情試問今人羞筆能出一頭地否

孫光憲　字孟文貴平人（北夢瑣言作富春人）家世業農至光憲獨讀書好學唐時爲陵州判官有聲高季興

孫人和

奄有荆土招致四方之士用梁震薦入掌書記從誨立會梁震乞休悉以政事委光憲累官荆南節度副使朝儀郎檢校秘書少監試御史中丞賜金魚袋繼沖時光憲勸獻宋三州之地宋太祖嘉其功授光憲黄州刺史賜賚加等在郡亦稱治乾德末卒光憲博物稽古嗜經籍聚書所凡數千卷或自鈔寫孜校讎老而不廢自號葆光子所著有荆臺橘齋集筆傭集鞏湖編北夢瑣言竄書等又撰續通歷紀事頗失實太平興國初詔毁之詞見花間王國維有輯本

陳廷焯曰孫孟文詞氣骨甚遒措語亦警練然不及[illegible]韋亦在此坐少閑婉之致思帝卿

如何遣情情更多永日水晶簾下斂羞蛾品一作堂一作倘六幅羅裙窣地微行曳碧波看盡滿池疏雨打團荷

調　詞譜思帝卿唐教坊曲名

律　單調三十六字七句五平韻永六窣曳看可平羅微可仄

注　窣微曳貌

謁金門

留不得留得也應無益白紵春衫如雪色春一作青揚州去日　輕別離甘拋擲拋一作棄江上滿帆風疾却

羨綵鴛三十六孤鸞還一隻

調　見前成幼文詞

律　此詞換頭作三字兩句餘悉同成幼文詞平仄通用亦可參酌成詞

注　謝氏詩源霍光園中鑿大池植五色睡蓮養鴛鴦三十六對望之爛若雲錦

北宋

冠準　自平仲華州下邽人太平興國中進淳化五年參知政事眞宗朝累官尙書右僕射集賢殿大學士同中書門下平章事封萊國公乾興初貶雷州司戶徙衡州司馬卒仁宗時贈中書令謚忠愍有巴東集

踏莎行

春色將闌鶯聲漸老紅英落盡青梅小畫堂人靜雨濛濛屏山半掩餘香裊　密約沈沈離情杳杳菱花塵滿慵將照倚樓無語欲魂銷一作銷魂長空黯淡連芳草

調　詞譜踏莎行金詞注中呂調曹冠詞名喜朝天趙長卿詞名柳長春鳴鶴餘音詞名踏雪行曾覿陳亮詞添字者名轉調踏莎行

律　雙疊五十八字前後段同各五句三仄韻兩段首二句皆當對偶此詞前後段四字句者各二句其第一句首一字平仄通用第二句一三皆平仄通用至于七字句一三皆通用不拘也

注　文選琴賦注芈在芈罷謂之闌詩顏如舜英傳英猶華也屏山屏風也菱花鏡也說文新附慵懶也

評　黃蓼園曰春色二句年漸老也梅小職卑也屏山香裊香氣徒鬱結也密約二句比啟納之心也菱花喻心難照也至末句則總言離愁者多也文情鬱勃意致沈深

范仲淹　字希文其先邠人後徙吳縣大中祥符八年進士仕至樞密副使參知政事以資政殿學士爲陝西四路宣撫使知邠州徙鄧州荆南杭州青州卒贈兵部尙書謚文正彊村叢書有范文正公詩餘一卷

漁家傲　或有秋思二字題

塞下秋來風景異衡陽雁去無留意四面邊聲連角起千嶂裏長煙落日孤城閉
濁酒一杯家萬里燕然未勒歸無計羌管悠悠霜滿地人不寐將軍白髮征夫淚

調 詞譜明蔣氏九宮譜目漁家傲入中呂引子

律 雙疊六十二字前後段各五句仄韻塞下景雁四嶂落日濁一未勒滿不白可平秋來衡無邊長煙燕羌悠（上）人將可仄

注 庾信詩沂學衡陽雁秋風俱渡河集韻去聲四十一漾云嶂山之高險者文選班孟堅封燕然山銘注范曄後漢書曰齊殤王子都鄉侯暢來弔國憂竇憲遣客刺殺暢發覺憲懼誅自求擊匈奴以贖死會南單于請兵北伐乃拜憲車騎將軍以執金吾耿秉爲副大破單於遂登燕然山刻長勒功紀漢威德令班固作銘

評 東軒筆錄范希文守邊日作漁傲數首皆以塞上秋來風景異爲起句述邊鎮之苦歐陽公常呼爲窮塞主之詞　沈際飛曰燕然句悲憤鬱勃　彭孫遹曰將軍白髮征夫淚蒼涼悲壯慷慨生哀　譚獻曰沈雄似張巡五言

張先　字子野烏程人天聖八年進士（勞鉞張羅湖州府志並謂康定進士今從齊東野語）知吳江縣仕都官郎中致仕年八十

九卒葬弁山多寶寺以彊村叢書本張子野詞爲佳

李端叔曰子野詞才不足而情有餘

晁无咎曰子野與耆卿齊而時以子野不及耆卿然子野韻是耆卿所乏處

陳廷焯曰張子野詞古今一大轉移也前此則爲晏歐爲溫韋體段雖具聲色未開後此則爲秦柳爲蘇辛爲美成白石發揚蹈厲氣局一新而古意漸失子野適得其中有含蓄處亦有發越處但含蓄不似溫韋發越亦不似豪蘇膩柳規模雖隘氣格卻近古自子野後一千年來溫韋之風不作矣益令我思子野不置

靑門引

乍暖還輕冷風雨晚來方定庭軒寂寞近淸明殘花中酒又是去年病　樓頭畫角風吹醒入夜重門靜那堪更被明月隔牆送過秋千影

律　雙疊五十二字前段五句三仄後段四句三仄韻平仄應遵守此詞

評　黃蓼園曰幽隽角聲而曰風吹醒醒字極尖刻末句那堪送影眞是描神之筆極希微窅渺之致生查子或有詠等二字題

含羞整翠鬟得意頻相顧雁柱十三絃一一春鶯語　嬌雲容易飛夢斷知何處深院鎖黃昏陣陣芭蕉雨

調　生查子唐教坊曲名尊前集法雙調元高拭詞注南呂宮朱希眞詞有遙望楚雲深句名楚雲深韓淲詞有山意入春晴都是梅和柳句名梅和柳又有晴色入青山句名晴色入青山

律　雙疊四十字前後段各四句兩仄韻前段首五字平仄通用其餘如得雁柱一（上）易夢陣陣可平三嬌雲容深芭可仄

評　黃蓼園曰一一字從頻字生來春鶯語從得意字生來前寫得意時情懷無限旖旎次寫別後情懷無限悽苦胥於箏寓之

晏殊　字同叔臨川人七歲能屬文景德初以神童召試賜進士出身累擢知制誥翰林學士慶曆中拜集賢殿學士同中書門下平章事兼樞密院使出知永興軍徙河南以疾歸京師留侍經筵卒贈司空兼侍中謚元獻汲古閣本珠玉詞一卷

劉貢父曰元獻尤喜馮延已歌詞其所自作亦不減延已樂府

浣溪沙

一曲新詞酒一盃去年天氣舊亭臺（亭一作池）夕陽西下幾時回　無可奈何花落去似曾相識燕歸來小園香徑獨徘徊

調律茲見前毛熙震詞

注　白居易遊龍門有感詩一曲悲歌酒一尊　苕溪漁隱叢云晏元獻公赴杭州道過維揚憩大明寺瞑目徐行使侍史誦壁間詩詞戒其勿言爵里姓名終篇者無幾又俾別誦一詩云水調隋宮曲當年亦九成哀音已亡國廢治尚留名儀鳳終陳迹鳴蛙只廢聲淒涼不可問落日下蕪城徐問之江都尉王琪也召至同飲又同步至池上春晚已有落花晏云每得句書牆壁間或彌年未嘗强對且如無可奈何花落去至今未能對也王應聲曰似曾相識燕歸來自此辟置館職

評　沈際飛曰可奈何花落去律詩俊語也然自是天成一段詞著詩不得也　張宗橚曰元獻尚有示張寺丞王校勘七律一首元已清明假未開小園幽徑獨徘徊春寒不定斑斑雨宿醉難禁灧灧杯無可奈何花落去似曾相識燕歸來遊梁賦客多風味莫惜青錢萬選才三句與此詞只易一字細玩無可奈何一聯情致纏綿音調諧婉的是倚聲家語老作士律未免

軟弱矣

踏莎行

小徑紅稀芳郊綠遍高臺樹色陰陰見春風不解禁楊花濛濛亂撲行人面 翠葉藏鶯珠簾隔燕爐香靜逐游絲轉一場愁夢酒醒時斜陽卻照深深院

調律見前冠準詞

評 李調元曰晏殊珠玉詞極流麗能以翻用成語見長如垂楊只解惹春風何曾繫得行人住又東風不解禁楊花濛濛亂撲行人面等句是也翻覆用之各盡其致 沈際飛曰結深深妙着不得實字 張惠言曰此詞亦有所興其歐公蝶戀花之流乎 譚獻曰刺詞高臺樹色陰陰見正與斜陽相近 黃蓼園曰首三句言花稀葉盛喻君子少小人多也高臺指帝閽東風二句言小人如楊花輕薄易動搖君心也翠葉二句喻事多阻隔爐香句喻已心鬱紆也斜陽照深深院言不明之日難照此淵衷也

歐陽修 字永叔廬陵人天聖八年中進士甲科累擢知制誥翰林學士歷密副使參政事神宗朝遷兵部尚書以太子少師致仕卒贈太子太師謚文忠修中歲居潁日自以集古一千卷藏書

孫人和

一萬卷琴一張棋一局酒一壺公以一翁老於五物間稱六居士有六一調見詞見汲古閣六十家詞本有歐陽文忠公近體樂府三卷及醉翁琴趣外篇六卷見雙照樓景印本

名臣錄曰歐陽修知貢舉爲下第劉煇等所忌以醉蓬萊望江南誣之

直齋書錄解題曰歐陽公詞多有與花間陽春相混者亦有鄙褻之語廁其中當是仇人無名子所爲也

羅泌六一詞序曰公嘗致意於詩爲之本義溫柔寬厚所得深矣吟咏之餘溢爲詞章有平山集盛傳於世其淺近者多謂劉煇僞作

西清詩話曰歐陽詞之淺近者謂是劉煇僞作又元豐中崔公度跋馮正中陽春錄其間有入六一詞者今柳三變詞亦有雜入平山堂集者則浮豔者皆非公作也

吳禮部詩話曰近有醉翁琴趣外篇凡六卷二百餘首所謂鄙褻之語往往而是不止一二也前題東破居士序近八九語所云散落尊酒間盛爲人所愛尙猶小技其上有取焉者詞氣卑陋不類坡作益可以証詞之僞

曾慥曰歐公一代儒宗風流自命詞章幼眇世所矜式

羅大經曰歐公雖遊戲作小詞亦無愧唐人花間集

尤侗曰六一婉麗實妙於蘇

周濟曰永叔詞只如無意而著在和平中見

陳廷焯曰北宋詞沿五代之舊才力較工古意漸遠晏歐著名一時然並無甚強人意處即以豔體論亦非高境　晏歐詞雅近正中然貌合神離所失甚遠蓋正中意餘於詞體用兼備不當作豔詞讀若晏歐不過極力爲豔詞耳尙安足重　文忠思路甚雋而元獻較婉雅後人爲豔詞好作纖巧語者是又晏歐之罪人也

馮煦曰至文忠公始復古天下翕然師尊之風尙爲之一變卽以詞言其疏雋開子瞻深婉開少游

踏莎行（或有寄內二字題）

候館梅殘溪橋柳細草薰風暖搖征轡離愁漸遠漸無窮迢迢不斷如春水　寸寸柔腸盈盈粉淚樓高莫近危闌倚平蕪盡處是春山行人更在春山外

調律見前冠準詞

注　周禮地官遺人五十里有市市有候館鄭注候館樓可以觀望者也聘禮及郊又云及館注云館舍也遠郊之內有候館可以休止沐浴也說文人部候伺望也又食部云館客舍也魯語宿于重館注館候館文選江文通別賦閨中風暖陌上草薰注云薰香氣也

評　詞統云芳草更在斜陽外行人更在春山外兩句不厭百回讀　詞品云佛經云奇草芳花能逆風聞薰江淹別賦閨中風暖陌上草薰正用佛經語六一詞云草薰風暖搖征轡又用江淹語今草堂詞改薰作芳蓋未見文選者也又云歐陽公詞平蕪盡處是青山行人更在春山外石曼卿詩水盡天不盡人在天盡頭歐與石同時且爲文字友其偶同乎抑相取乎　李于鱗云春水寫愁春山騁望極切極婉　王世貞云平蕪盡處是春山行人更在春山外又柳江幸自遶郴山爲誰流下瀟湘去此淡語之有情者也　王士禎云平蕪盡處是春山行人更在春山外升庵以擬石曼卿水盡天不盡人在天盡頭未免河漢蓋意近而工拙懸殊不啻霄壤且此等入詞爲本色入詩即失古雅可與知者道耳　金人瑞云殘字細字寫早春如畫搖字不知是草不知是風不知是征轡却便覺有離愁在內離愁二句只是敘愁却已

叙出路程上三句只是叙路程却都叙出愁其法妙不可言樓高七字從客中忽然說到家裏半蕪十四字又反從家裡忽然說到客中抽思勝陽羨書生矣又云前半是自叙後半是代家裏叙章法極奇杜詩今夜鄜州月閨中只節看此便脫化出樓高句遙憐小兒女未解憶長安此便脫化出平蕪二句從一个人心理想出兩个人相思幻絕妙絕　黄蓼園曰清麗

柳永　宇耆卿初名三變字景莊崇安人景祐元年進士爲屯田員外郎以樂章擅名有兄三復三接皆工文號柳氏三絕永有樂章集以石蓬庵柳刻本爲最佳

古今詞話云樂章集中多增至二百餘調按宮商爲之又云眞州柳永少讀書時以無名氏眉峯碧詞題壁後悟作詞章法一妓向人道之永曰某於此亦頗變化多方也然遂成屯田蹊徑

藝苑雌黃云柳三變喜作小詞薄於操行當時有薦其才者上曰得非塡詞柳三變乎曰然上曰且去塡詞由是不得志日與懷千縱遊倡館酒樓間無復檢準自稱云奉聖旨塡詞柳三變

獨醒雜志云柳耆卿風流俊邁聞於一時既死葬於棗陽縣花山遠近之人每遇淸明日多

載酒肴飲於耆卿墓側謂之弔柳會

方輿勝覽云苑蜀公嘗曰仁宗四十一年太平鎭在翰苑十餘載不能出一語詠歌乃於耆卿詞見之仁宗嘗曰此人任從風前月下淺斟低唱豈可令仕宦遂流落不偶卒於襄陽死之日家無餘財群妓合金葬之于南門外每春日上冢謂之弔柳七

避暑錄話永初爲上元調何傳禁中少稱之後因秋晚張樂有使作醉蓬萊詞以獻語不稱旨後改名永（今作三變誤）終屯田員外郎死旅殯潤州僧寺王和甫爲守時求其後不得乃爲出錢葬之

黃昇云永爲屯田員外郎會太史奏老人星見時秋霽宴禁中仁宗命左右詞臣爲樂章內侍屬柳應制柳方冀進用作詞奏呈上見首有漸字色若不懌讀至宸遊鳳輦何處乃與御製眞宗挽詞暗合上慘然又讀至太液波翻曰何不言太液波澄投之于地自此不復擢用又云耆卿長于纖豔之詞然多近俚俗

能改齋漫錄云仁宗留意儒雅務本向道深斥浮豔虛華之文初進士柳三變好爲淫冶謳歌之曲傳播四方嘗有鶴冲天詞云忍把浮名換了淺斟低唱及臨軒放榜特落之曰且

去淺斟低唱何要浮名

葉夢得云此當與避暑錄話同列柳耆卿爲舉子時多遊狹邪善爲歌詞教坊樂工每得新腔必求永爲詞始行于世於是聲傳一時余仕丹徒嘗見一西夏歸朝官云凡有井水處卽能歌柳詞

却掃編云劉季高侍郎宣和間嘗飯于相國寺因談歌詞力詆柳耆卿旁若無人有老宦者聞之默然而起徐取紙筆跪于季高之前請曰子以柳詞爲不佳盍自爲一篇示我乎劉默然無以應而後知稠人廣衆中愼不可有所藏否也

劉潛夫云耆卿有教坊丁大使意

陳振孫云柳詞格不高而音律諧婉詞意妥帖承平氣象形容盡致尤工於羈旅行役

李端叔云耆卿詞鋪叙展衍備足無餘較之花間所集韻終不勝

孫敦立云耆卿詞雖極工然多雜以鄙語

陳無己云柳三變作樂府天下詠之

陳炎云柳詞亦自批風抹月中來風月二字在我發揮柳則爲風月所使耳項平齋云杜

詩柳詞皆無表德只是實説

王士　云柳七葬眞州仙人掌僕嘗有詩云殘月曉風仙掌路何人爲弔柳屯田

四庫提要云詞本管絃冶蕩之音永所作旖旎近情使人易入雖以俗爲病而好之者終不絶彭孫遹云柳七亦自有唐人妙境今人但從淺俚處求之遂使金荃蘭畹之音流入桂枝黃鶯之調此學柳之過也

宋徵璧云詞家之旨妙在離合語不離則調不變宕情不合則緒不聯貫柳永句句聯合意過久許筆猶未休此是其病

宋翔鳳云柳詞曲折委婉而中具揮淪之氣雖多俚語而高處足冠羣流倚聲家當尸而祝之如竹垞所錄皆精金粹玉以屯田一生精力在是不似東坡輩以餘力爲之也又云漫詞當始耆卿蓋起宋仁宗朝中原息兵汴京繁庶歌舞臺席競賭新聲耆卿失意無俚流連坊曲遂盡收俚俗語言編入詞中以便伎人傳習一時動聽散播四方東坡少游輩繼起慢詞遂盛

周濟云柳詞總以平敘見長或發端或結尾或換頭以一二語句勒提掇有千鈞之力又云

耆卿爲世訾謷久矣然其鋪敘委婉言近意遠森秀幽淡之趣在骨又云耆卿鎔情入景故淡遠

劉熙載云耆卿詞細密而妥溜明白而家常善於敘事有過前人惟綺羅香澤之態所在多有故覺風期未上耳

陳廷焯云耆卿詞善於鋪敘羈旅行役尤屬擅長然意境不高思路微左失溫韋忠厚之意詞人變古耆卿首作俑也

鄭文焯云屯田北宋專家其高渾處不減清眞長調尤能以沈雄之魄清勁之氣寫奇麗之情作揮綽之聲又云冥擇其一詞之命意所在確有層折如畫龍點睛其神觀飛越只在一二筆能見耆卿之骨始能通清眞之神

陳銳云詞源於詩而流爲曲如柳三變純乎其爲詞矣乎又云屯田不著筆墨如古樂府長調中大開大闔之筆周吳常用其法又云屯田詞在院本中如琵琶記美成詞如會眞記屯田詞在小說中如金瓶梅美成詞如紅樓夢

馮煦云耆卿詞曲處能直密處能疏奡處能平狀難狀之景達難達之情而出之以自然自

是北宋巨手然好爲俳體詞多媟黷有不僅如提要所言以俗爲病者

況周頤云柳屯田樂章集爲詞家正體之一爲金元已還樂語所自出

夜半樂

凍雲黯淡天氣扁舟一葉乘興離江渚度萬壑千巖越溪深處怒濤漸息樵風乍起更聞商旅相呼片帆高舉泛畫鷁翩翩過南浦　望中酒旆閃閃一簇烟村數行霜樹殘日下漁人鳴榔歸去敗荷零落衰楊掩映岸邊兩兩三三浣紗遊女避行客含羞笑相語　到此因念繡閣輕拋浪萍難駐歎後約丁寧竟何據慘懷空恨歲晚歸期阻凝淚眼杳杳神京路斷鴻聲遠長天暮

調　詞譜夜半樂唐教坊曲名柳永樂章集注中呂調蓋借舊曲名另倚新聲也碧鷄漫志唐史明皇自潞州還京師夜半舉兵誅韋后製夜半樂還京樂二曲今黃鐘宮有三臺夜半樂中呂調有慢有近拍有序

律　三段一百四十四字前段十句五仄韻中段九句四仄韻後段七句五仄韻此調僅有柳詞二首其句讀亦大同小異但無別首宋詞可校塡者當遵守之怒濤二句一簇二句似皆相偶對也

注　史記貨殖傳集解漢書音義曰扁舟特舟也　晉書顧愷之傳人問以會稽山川之狀愷之曰千巖競秀萬壑爭流草木蒙蘢若雲興霞蔚　椰當作桹潘岳西征賦纖經連白鳴根厲響李善注纖經連白網也連白以白羽連綴網經其上於水中二人對引之說文曰桹高木也以長木叩舷爲聲言曳纖經於前鳴長桹於後所以驚魚令入網也

評　許昂霄曰第一疊言道途所經第二疊言目中所見第三疊乃言去國離鄉之感

雨霖鈴

寒蟬淒切對長亭晚驟雨初歇都門帳飲無緒（帳一作暢）方留戀處蘭舟催發（一本無方字）執手相看淚眼竟無凝咽念去去千里烟波暮靄沈沈楚天闊　多情自古傷離別更那堪冷落清秋節今宵酒醒何處楊柳岸曉風殘月此去經年應是良辰好景虛設便縱有千種風情（縱一作總情一作流）更與何人說（更一作待）

調　詞譜雨霖鈴一名雨霖鈴慢唐教坊曲名明皇雜錄帝幸蜀初入斜谷霖雨彌日棧道中聞鈴聲采其聲爲雨霖鈴曲宋詞蓋借舊曲名另倚新聲也調見柳永樂章集屬雙調

律　雙疊一百三字前段十句五仄韻後段八句五仄韻第二第五兩句均爲上一下三句法

平仄當遵此作爲宜詞律載黃裳一首與此微異不足據也

注　漢書高帝紀上過沛張飲一日注張晏曰張帷帳也師古曰張音竹亮反疏廣傳上疏乞骸骨上許之公卿大夫故人邑子設祖道供張東都門外注蘇林曰長安東郭門也師古曰祀道餞行也張音竹亮反文選別賦注引漢書二處張字並作帳別賦云帳飲東都

評　李于鱗曰千里烟波惜別之情已騁千種風情相期之願又賒眞所謂善傳神者　王世貞曰今宵酒醒何處楊柳岸曉風殘月與秦少游酒醒處殘陽亂鴉同一景事而柳尤勝　沈際飛曰唐詞簾外曉鶯殘月至宋人讓唐詩而詞多不讓　珙園隨錄云開明光上座得法於報本元歸里嗜詞歌柳詞以云寂曰今宵酒醒何處楊柳岸曉風殘月　周濟曰清眞詞多從耆卿脫胎思力沈摯處往往出藍然耆卿秀淡幽豔是不可及後人撫其樂章訾爲俗筆眞瞽說也　謝枚如曰微妙則耐思而景中有情寒鴉數點流水遶孤村楊柳岸曉風殘月所以膾炙人口也　劉熙載曰詞有點染耆卿雨霖鈴念去去三句點出離別冷落今宵二句乃就上三句染之點染之間不得有他語相隔否則警句亦成死灰矣　江順詒曰按點與染分開說而引詞以證之閱者無不點首得畫家三昧亦得詞家三昧　黃蓼園曰

綿密

傾杯

鶩落霜洲（鶩一作木）雁橫烟渚分明畫出秋色暮雨乍歇檝夜泊宿葦村山驛何人月下臨風處起一聲羌笛離愁萬緒（一作離緒萬端）聞岸草切切蛩吟似織（一本不分段）爲憶芳容別後水遙山遠何計憑鱗翼想繡閣深沈（繡一作淵）爭知憔悴損天涯行客楚峽雲歸高唐（一作高陽）人散寂寞狂蹤跡望京國空目斷遠峯凝碧

調

詞譜傾盃樂唐教坊曲名樂府雜錄云傾盃樂宣宗喜吹蘆管自製此曲見宋史樂志者二十七宮調柳永樂章集注宮調七此詞樂章集屬林鍾商又注散水調按册府元龜唐改南呂商爲散水調卽水調俗名中管林鍾商也一名古傾盃亦名傾盃

律

雙疊一百四字前段十句四仄韻後段十一句五仄韻憶子疑爲句中之短韻柳集雖有數首與此微異故不注其通用惟鶩一切（上）別寂並以入作平也首二句當對

注　說文鶩舒鳧也舒鳧者飛行舒遲不畏人也實即今之家鴨家鴨曰鶩野鴨曰鳧

評　陳世宜曰屯田善於羈旅行役故此類之詞多同一機括然用筆則因調而殊此詞起落翻騰又與用直筆者異起兩句對偶卽所謂畫出秋色已隱寓別離之意淪落之苦暮雨三句於秋色之中寫泊舟之時泊舟之處何人句提起於無意中得聞笛聲惹起離愁譚獻以文賦語扶質以立幹評之最擅神韻悠揚之妙令人盪氣回腸清眞以後多得此法門也羌笛是引子原不足當萬緒故再說所聞草蛩之聲用似織二字以足其意換頭由景入情芳容別後之憶即上文離愁水遙山遠是葦村驛中感想鱗翼亦無計憑之則兩地相思此情難訴矣於是就對面繡閣深沈未必知征人之苦從杜詩遙憐小兒女未解憶長安而出律以屯田之八聲甘州下半想佳人高樓長望以下五句同一意境而此特渾涵特溫厚故譚獻謂其忠厚悱惻不愧大家也楚峽高陽宴遊之地今我已去則疏狂踪跡遂入於寂寞之中又轉到自身寫小檝夜泊時境遇對於京國前塵已不可復尋惟有於凝碧遠峰空勞目斷而已此在柳詞爲曲折委婉者所以屯田爲慢詞之開山人也

晏幾道　字叔原臨川人父殊有珠玉詞工於小令幾道承家學尤擅勝場嘗監潁昌許田稅

有小山詞二卷汲古刻一卷又有晏氏祠堂本與珠玉詞合刻增補遺若干首彊村叢考篇明鈔本以校汲古本再刻之

黃庭堅曰叔原樂府寓以詩人句法精壯頓挫能動搖人心合者高唐洛神之流下者亦不減桃葉團扇

晁補之曰叔原不蹈襲人語風度閒雅自成一家

陳振孫曰叔原詞在諸名勝中獨可追逼花間高處或過之

宋徵璧曰小山詞聰俊

劉體仁曰晏叔原熨貼悅人

周濟曰晏氏父子仍步溫韋小晏精方尤勝

周之琦曰道得紅羅亭上語後來惟有小山詞

陳廷焯曰詩三百篇大旨歸於無邪北宋晏小山工於言情出元獻文忠之右然不免思涉於邪有風人之旨而措詞婉妙則一時獨步

況周頤曰小晏神仙中人重以名父之貽貴師友相與沅瀣其獨造處豈凡夫所能見及

阮郎歸

天邊金掌露成霜雲隨雁字長綠杯紅袖趁重陽人情似故鄉　蘭佩紫菊簪黃殷勤理舊狂欲將沉醉換悲涼清歌莫斷腸

調　詞譜阮郎歸宋丁持正詞有碧桃春晝長名碧桃春李祁詞名醉桃源曹冠詞名宴桃源韓淲詞有濯纓一曲可流行名濯纓曲

律　雙疊四十七字前段四句四平韻後段五句四平韻後起二句對此詞七字句第一第三皆平仄通用五字句僅人情句人字可仄其餘亦皆一三通用也

注　史記武帝紀作柏梁銅柱承露仙人掌之屬集解蘇林曰仙人以手掌擎盤承甘露也索隱建章宮承露盤高三十丈丈七圍以銅爲之有仙人掌承露和玉屑飲之故張衡賦曰立修莖之仙掌承雲表之清露是也離騷紉秋蘭以爲佩輦下歲時記曰九月宮掖間爭插菊花民俗尤甚

評　況周頤曰綠杯二句意已厚矣殷勤理舊狂五字有三層意狂者一肚皮不合時宜發見於外者也狂已舊矣而理之其狂若有甚不得已者欲將沈醉換悲涼是上句注腳清歌莫斷

腸仍含不盡之意此詞沈著厚重得此結句便竟覺體空靈夢魂慣得無拘束又逐楊花過謝橋以是爲至烏足與論小山詞耶　陳世宜曰此在小山詞中爲最凝重深厚之作與其他豔詞不同考山谷小山詞序小山磊塊權奇疏於顧忌仕宦偃蹇而不能一傍貴人之門論文自有體不肯一作新進士語家賚千百萬家人寒飢而面有孺子之色是殆不隨人俯仰者其別有傷心可知此詞其自寫懷抱乎起兩句寫秋景天邊金掌本是高寒而金掌之露則已成霜矣秋雲本薄而其長乃隨雁字其短又可知矣悲涼之意已淋漓盡致綠杯句一轉本不縈情於綠杯紅袖而姑趁重陽令節一作歡娛滿腔幽怨而無何奈何一趁字盡之其所以然者以人情尚似故鄉也換頭二句跟前結來爲似故鄉之實殷勤理舊狂則趁字之心理欲將句再申言之沈醉爲綠杯紅袖之究竟悲涼則霜雲之境地然而清歌偶聽仍是斷腸下一莫字自爲解勸究不肯作決絕語其溫厚爲何如其欲吐仍茹爲何如耶小宴詞多聰俊語一覽即知其勝此則非好學深思不能知其妙處者

鷓鴣天

彩袖殷勤捧玉鍾當年拚却醉顏紅舞低楊柳樓心月歌盡桃花扇低風　從別後憶相逢幾回

魂夢與君同今宵賸把銀紅照猶恐相逢是夢中

調　詞譜樂章集注正平調太和正音譜注大石蔣氏九宮譜目入仙呂引子趙令畤詞名思越人李元膺詞名思佳客賀鑄詞有翦刻朝霞釘露盤句名翦朝霞韓淲詞有只唱驪歌一疊休句名驪歌一疊盧祖皋詞有人醉梅花臥未醒句名醉梅花

律　雙段五十五字前段四句三平韻後段五句三平韻彩袖歌盡猶恐三句皆一五平仄通用當年舞低幾同今宵四句皆一三平仄通用舞低與歌盡二句當對

評　晁无咎曰舞低楊柳樓心月歌盡桃花扇底風知此人必不生於三家村者　雪浪齋日記晏叔原工於小詞舞低楊柳樓心月歌盡桃花扇底風不愧六朝宮掖體无咎評樂章乃以爲元獻誤也　胡仔曰詞情婉麗　王楙曰晏叔原今宵賸把銀紅照猶恐相逢是夢中蓋出於老杜夜闌更秉燭相對如夢寐戴叔倫還作江南夢翻疑夢裏逢司空曙乍見翻疑夢相悲各問年之意　沈際飛曰末二句驚喜儼然　劉體仁曰夜闌更秉燭相對如夢寐叔原則云今宵剩把銀紅照猶恐相逢是夢中此詩與詞之分疆也　陳廷焯曰下半闋曲折深婉自有豔詞更不得不讓伊獨步　黃蓼園曰舞低二句比白香山笙歌陽院落燈

火下樓臺更覺濃至　陳世宜曰此詞殆爲別後重逢之作其又驚又喜之情至末句始露出而前半則將今昔之事融化爲一第一句今昔所同然詞意當屬現在第二句著當年二字則現在時之顏雖必其由醉而紅而自覺尚未至此故但以追溯之口氣出之已將末兩句之神吸取矣舞低兩句既工緻又韶秀且饒雍容華貴之氣殆與乃父之詩梨花院落溶溶月柳絮池塘淡淡風同一名貴語而由上之常年貫下似拚醉之故在此語雖實而氣則虛此學者所應知也換頭以下仍避實就虛欲說今日之樂先說別後之苦從別後憶相逢六字頗見迴環之妙筆幾囘魂夢與君同承上起下措語已妙絕無倫今宵一轉更非非想前也夢且疑眞今也眞轉疑夢賸把猶恐四字畧作曲折一若非燈可證竟與前夢無異者而筆特夭矯語特含蓄其聰明處固非笨人所能夢見其細膩處亦非粗人所能領會其蘊藉處更非凡夫所能企及陳廷焯曰曲折深婉自有豔詞更不得不讓伊獨步此正陳振孫所謂高處過花間者也至其造語鍊字之工則全從唐五代得來而此等七字句又決與香奩詩不同其界限在神味讀者宜細審之

思遠人

孫人和

紅葉黃花秋意晚千里念行客飛雲過盡（飛上一本有看字）歸鴻無信何處寄書得　淚彈不盡臨窗滴就硯旋研墨漸寫到別求此情深處紅箋爲無色

調　詞譜思遠人見小山樂府因詞有千里念行客句取其意以爲名

律　雙段五十一字前段五句兩仄韻後段五句三仄韻無別首宋詞可校萬樹謂旋字爲字皆去聲蓋據前段念寄二字而言之無他證也

評　陳世宜曰首句寫景以起興因感秋意遂念行客此屬閨體乃代閨中人立言者飛雲縹渺無憑況已過盡而雲邊歸雁又杳無消息雖欲寄書而不知其處矣然書雖無從寄而又不肯不寫故後段說寫書時情事因寄書無處於是彈淚淚彈不盡而臨窗滴處適有硯在乃就硯滴下用以研墨即墨即淚幽閨心事幽閨動作極旖旎極淒斷看其只不過從和淚濡墨四字化出而寫得深婉如許已令人叫絕矣下文再說寫書漸字極宛轉却激切寫到別來此情深處不獨墨中有淚即紙上亦存淚而不說箋色之紅因而淚淡轉覺紅箋之色因情深而無語似無理而事實上却有此想法眞體會入微神妙直到秋毫顚矣全此詞全用直筆樸語不加藻飾在小山詞中爲別一機杼實則花間中亦有質樸一法特彼多淺露而小山則加以變

化力求蘊藉故終不墮入惡趣也

賀鑄　字方囘衡州人元祐中通判泗州退居吳下喜校書丹黃不去手詩文皆高工長短句有慶湖遺老集又東山寓聲樂府侯文燦據汲古抄本刻入十家詞王鵬運亦據毛抄校刻又依王惠庵輯本加補鈔一卷常熟瞿氏藏殘宋本一卷彊村涉園並刻之彊村又刻鮑淥飲抄校本二卷吳昌綬輯補一卷王朱二本皆佳

張耒曰方囘樂府妙絕一世盛麗如遊金張之堂妖冶如攬嬙施之袪幽索如屈宋悲壯如蘇李

葉夢得曰方囘長於度曲深婉麗密如此組繡掇拾人所遺棄少加隱括皆爲新奇嘗言吾筆端驅使李商隱溫庭筠常奔命不暇

張炎曰賀方囘吳夢窗皆善於鍊字面多從溫庭筠李長吉詩中來

堯山堂外紀曰方囘少爲武弁以定力寺絕句見奇於舒王知名當世詩文咸高古可法不特工於長短句

劉體仁曰惟片言而居要乃一篇之警策詞有警句則全首俱動若賀方囘非不楚楚總

拾人牙慧何足此數

詞潔曰方回長調便有美成意殊勝晏張

周濟曰方回鎔景入情故穠麗

周之琦曰詞之有令唐五代尚已宋惟晏叔原最擅勝場賀方回差堪接武自茲以降專工慢詞不復措意令曲其作令曲亦與慢詞聲響無異大抵宋詞閒雅有餘跌宕不足長調則有清新綿邈之音小令則少抑揚抗墜之致蓋時代升降使然　又曰他日四明工琢句瓣香應自慶湖來

陳廷焯曰方回詞極沈鬱而筆勢卻又飛舞變化無端不可方物　又曰方回胸中眼中另有一種傷心說不出處全得力於楚騷而運以變化允推神品

石州慢

薄雨收寒（收一作初又作催）斜照弄晴春意空闊長亭柳色纔黃（色一作落）倚馬何人先折（一作遠客一枝先折）烟橫水漫（或作際）映帶幾點歸鴻（或作鴉）東風銷盡龍紗雪（一作平沙銷盡龍荒雪）猶記出關來（一作門時）恰而今時節（恰而一作卻如）將發

書樓芳酒紅淚淸歌頓成輕别（頓一作便）囘首經年（囘首一作已是）杳杳音塵都絶欲知方寸共有幾許淸愁芭蕉不展丁香結憔悴一天涯（憔悴一作望斷或作枉望斷天涯）兩厭厭風月

調　詞譜石州慢宋史樂志賀鑄詞有長亭柳色纔黄句名柳色黄謝懋詞名石州引

評　此調雙段一百二字前段十句四仄韻後段十一句五仄韻北宋僅此一首且亦只此一體南宋雖有作者然東山詞已異文迭見殘宋本又又缺此首作者以從東山爲較當惟前後段兩結句皆上一下四句法也

注　能改齋漫錄曰方囘眷一姝别久姝寄詩云獨倚危闌淚滿襟小園春色懶追尋深恩縱似丁香結難展芭蕉一寸心賀因賦此詞先敍分别時景色後用所寄詩語有芭蕉不展丁香結之句

後漢書班超傳贊坦步葱雪咫尺龍沙注葱嶺雪山白龍沙漠也　李商隱詩芭蕉不展丁香結同向春風各自愁

評　碧雞漫志曰賀方囘石州慢予見其稾望色收寒雲影弄晴改作薄雨收寒斜照弄晴又

冰垂玉筋向午滴瀝簷楹泥融消盡牆陰雪改作烟橫氷際映帶幾點歸鴻東風銷盡龍沙雪

青玉案

凌波不過橫塘路但目送芳塵去錦瑟華年誰與度（華年一作年華）月橋花院（橋一作臺或作樓院一作樹）瑣窗朱戶（瑣一作綺）只有春知處（只一作惟）　碧雲冉冉蘅皋暮（碧一作飛）綵筆新題斷腸句（新一作空）試問閒愁都幾許（試一作若都一作知或作添或作深或作今）一川烟草滿城風絮梅子黃時雨

調　詞譜漢張衡詩何以報之青玉案調名取此中原音韻注雙調太和正音譜注高平詞蔣氏九宮譜目入中呂引子韓淲詞有蘇公堤上西湖路句名西湖路（按因賀詞首句故又名橫塘路）

律　雙段六十七字前後段各六句共十仄韻第二句折腰凌華花朱閒烟風梅可仄不但錦月瑣只碧再（上）綵試一滿可平

注　中吳紀聞鑄有小築在姑蘇盤門之內十餘里地名橫塘方回往來其間　洛神賦凌波微步羅襪生塵　李商隱詩錦瑟無端五十絃一絃一柱思華年　江淹詩日暮碧雲合佳人

殊未來洛神賦爾乃税駕乎蘅皋李善文選注蘅杜蘅也皋澤也劉良曰蘅皋香草之澤也七修類稿卷三十曰秦少游死於藤州同時有賀鑄字方回嘗作靑玉案詞悼之山谷有詩云少游醉卧古藤下誰與愁眉唱一杯解道西南斷腸句祇今惟有賀方回人和按郎氏説會山谷詩旨故謂此詩衷悼少游其實非以

評　埤雅曰四五月間梅欲黃落則木潤土溽柱礎皆潤蒸鬱成雨謂之梅雨三月雨爲迎梅五月雨爲熟梅鶴林玉露曰詩家有以山喻愁者杜少陵云憂端如山來澒洞不可掇趙嘏云夕陽樓重疊未抵閒愁一倍多有以水喻愁者李質云請量東海水看取淺深愁李後主云問君能有多少愁恰似一江春水向東流少游云落紅萬點愁如海是也賀方回云試問閒愁都幾許一川烟草滿城風絮梅子黃時雨蓋以三者比愁之多也尤爲新奇兼興中有比意味更長　竹坡詩話曰賀方回嘗作靑玉案有梅子黃時雨之句人皆服其工士大夫謂之賀梅子郭功文有示取天騭一詩王荊公嘗爲書其尾云廟前古木藏訓狐豪氣英風亦何有方回晚倅姑孰與功文游甚歡方回寡髮功文指其髻謂曰此眞賀梅子方回乃將其鬚曰君可謂郭訓狐功文髯而鬍故有此謂　潘子眞曰寇萊公詩杜鵑啼處血成花梅子黃時雨如霧世推方

回所作梅子黃時雨爲絕唱蓋用萊公語也
沈際飛曰疊寫三句閒愁眞絕唱　詞潔曰方回青玉案詞工妙之至無跡可尋語句思路亦在目前而千萬人不能湊拍　劉熙載曰賀方回青玉案詞末句好處全在試問句呼起及與上二句並用耳或以方回有賀梅子之稱專賞此句誤矣且此句原本寇萊公梅子黃時雨如霧詩句然則何不目萊公爲寇梅子耶
黃蓼園曰所居橫塘斷無宓妃到然波光清幽亦常目送芳塵第孤寂自守無與爲歡惟有春風相慰藉而已後段言幽居腸斷不盡窮愁惟見烟草風絮梅雨如霧共此旦晚耳無非寫其境之鬱勃岑寂耳

浣溪沙

樓角初消一縷霞（初一作紅又作驚外紅綃一縷霞）淡黃楊柳帶棲鴉（帶一作暗）玉人和月摘梅花（摘一作折）笑撚粉香歸洞戶（洞一作繡）更垂簾幙護窗紗（更一作半幙一作障）東風寒似夜來些
調律並見前毛熙震詞注

注　說文撚城也一曰蹂也通俗文手捏曰撚　釋詁皆此也釋文謂語除聲也書傳多作些蓋卽相承之譌文廣韻九麻些少也寫邪切又三十八箇些楚語辭蘇箇切又十二霽些可也此辭也何也蘇計切據說文從此聲則蘇計切者古音也餘爲變音然賀詞與霞鴉等字叶韻則當讀寫邪切而訓少也又夢溪筆談云夔峽湘湖人凡禁呪句尾皆稱些如今釋子念娑婆訶三合聲

評　苕溪漁隱叢話云詞句欲全篇皆妙極爲難得如賀方回淡黃柳帶棲鴉之句寫景可謂造微入妙若其全篇則不逮矣　詞品云此詞句句綺麗字字清新當時賞之以爲花間蘭不及信然詞苑叢談云創句作驚外紅綃一縷霞本王子安滕王閣此子可云善盜

蘇軾　字子瞻號東坡居士眉山人嘉祐初登第累除中書舍人翰林學士歷端明殿學士禮部尚書紹聖初坐訕謗安置惠州徙昌化徽宗立赦還提舉玉局觀建中靖國元年卒于常州紹年六十六高宗卽位贈追太師謚文忠有東坡居士詞二卷錢遵王曾見宋刋汲古閣刋所得金陵刋本王鵬運景刋元延祐刋本名東坡樂府亦二卷朱孝臧編次編年東坡樂府三卷刋入彊村叢書又有傳抄本傳幹注坡詞十二卷

陳無己曰子瞻以詩爲詞如教坊雷大使之舞雖極天下之工要非本色晁无咎曰居士詞人多謂不諧音律然橫放傑出自是曲子中縛不住者王直方曰東坡嘗以所作小詞示無咎文潛曰何如少游二人皆對曰少游時似詞先生詞似詩

陸游曰世言東坡不能歌故所作樂府辭多不協

周煇曰居士詞豈無去國懷鄉之思殊覺哀而不傷

胡元任曰東坡詞皆絕去筆墨畦徑間直造古人不到處眞可使人一唱而三歎

墨客揮犀曰子瞻嘗自言平生有三不如人謂著棋吃酒唱曲也然三者亦何用如人子瞻之詞雖工而不入腔正以不能唱曲耳

胡致堂曰詞曲至東坡一洗綺羅香澤之態擺脫綢繆宛轉之度使人登高望遠舉首高歌而逸懷浩氣超乎塵垢之外於是花間爲皂隸耆卿爲輿臺

張炎曰東坡詞淸麗舒徐處高出人表周秦諸人所不能到

滹南詩話曰晁無咎云眉山公之詞短於情蓋不更此境耳陳後山曰宋玉不識巫山神女而能賦之豈待更而後知是直以公爲不及情也嗚呼風韻東坡而謂不及于情可乎彼

高人逸士正當如是其溢爲小辭而閒及於脂粉之間所謂滑稽玩戲聊復爾爾者也若乃纖豔淫媟入人骨髓如柳耆卿輩豈公之雅趣也哉又曰公雄文大手樂府乃其游戲顧豈與流俗爭勝哉蓋其天資不凡辭氣邁往故落筆皆絕塵耳

王灼曰長短句雖至本朝而盛然東坡先生非心醉於音律者偶爾作歌指出向上一路新天下耳目養弄筆者始知自振

吹劍錄曰東坡在玉堂日有幕士善歌因問我詞何如耆卿對曰屯田詞只合十七八女郎執紅牙板歌楊柳岸曉風殘月學士詞須關西大漢綽鐵板唱大江東去坡爲之絕倒

王士禎曰山谷云東坡書挾海上風濤之氣讀坡詞當作如是觀瑣瑣與柳七較錙銖無乃爲髯公所笑

許昂霄曰子瞻自評其文如萬斛泉源不擇地皆可出唯詞亦然

四庫提要曰詞自晚唐五代以來以清切婉麗爲宗至柳永而一變如詩家之有白居易至軾而又一變如詩家之有韓愈遂開南宋辛棄疾一派尋源溯流不能不謂之別格然謂之不工則不可故今日尚與花間一派並行而不能偏廢

周濟曰人賞東坡粗豪吾賞東坡韶秀韶秀是東坡佳處粗豪則病也又曰東坡每事俱不十分用力古文書畫皆爾詞亦爾又曰東坡天趣獨到處殆成絕詣而苦不經意

劉熙載曰東坡詞頗似老杜詩以其無意不可入無事不可言也若其豪放之致則時與太白爲近又曰東坡詞具神仙之姿方外白玉蟾諸家惜未詣此

陳廷焯曰寄慨無端別有天地太白之詩東坡之詞皆是異樣出色只是人不能學烏得議其非正聲又曰東坡寓意高遠運筆空靈措語忠厚其獨至處美成白石亦不能到

馮煦曰詞家之有南北宋以世言也曰秦柳曰姜張以人言也若東坡之於北宋稼軒之於南宋並獨樹一幟不域於世與他家絕殊世第以豪放目之非知蘇辛者也

王鵬運曰北宋人詞如逍遙之超逸宋子京之華貴歐陽文忠公之騷雅柳屯田之廣博小山之疏雋秦太虛之婉約張子野之流麗黃文節之雋上賀方回之醇肆皆可模擬得其彷彿惟蘇文忠之清雄敻乎軼塵絕迹令人無從步趨蓋霄壤相懸寧止才華而已其性情其學問其襟抱舉非恆流所能夢見詞家蘇辛並稱其實辛猶人境也蘇其殆仙乎

水龍吟　次韻章質夫楊花詞

似花還似非花也無人惜從教墜拋家（一作街）傍路思量卻是無情有思縈損柔腸困酣嬌眼欲開還閉夢隨風萬里尋郎去處又還被鶯呼起　不恨此花飛盡恨西園落紅難綴曉來雨過遺蹤何在一池萍碎春色三分二前塵土一分流水細看來不是楊花點點是離人淚

調　詞譜姜夔水龍門吟詞注無射商俗名越調曾覿詞結句有是豐年瑞句名豐年瑞呂渭勞詞名鼓笛慢史達祖詞名龍吟曲楊樵雲詞因秦觀詞起句更名小樓連苑方味道詞結句作莊椿歲名句莊椿歲

律　一百二十字前段十一句四仄韻後段十句四仄韻體格甚多但依蘇詞論之結拍在二種讀法細看來不是楊花（句）點點是（讀）離人淚（句）此一讀也細看來（讀）不是楊花點點（句）是離人淚（句）此又一讀也還人拋思無縈嬌隨飛遺何春塵看可仄也卻困欲不落曉一二一可平

注　章質夫名楶浦城人仕至知樞密院事楊花詞云燕忙鶯懶芳殘正隄上柳花飄墜輕飛亂舞點畫青林全無才思閑趁游絲靜臨深院日長門閉傍珠簾散漫垂垂欲下依前被風扶起蘭帳玉人睡覺怪春衣雪沾瓊綴繡牀漸滿香毬無數才圓卻碎時見蜂兒仰粘輕粉魚吞池

水望章臺路杳金鞍蕩有盈盈淚　自注舊說楊花入水爲浮萍驗之信然西溪叢話曰楊柳二種楊樹葉短柳樹葉長花初發時黃蕊子爲飛絮今絮中有小青子著水泥沙灘上卽生青芽乃柳之苗也東坡謂絮化爲浮萍誤矣

評　樂府指迷曰近世作詞者不曉音律乃故爲豪放不羈之語遂借東坡稼軒諸賢自諉諸賢之詞固豪放矣不放處未嘗不叶律也如東坡之哨遍楊花水龍吟稼軒之摸魚兒之類則知諸賢非不能也　詞源曰後段愈露愈奇眞是壓倒今古　曲洧舊聞曰章質夫楊花詞命意用事瀟灑可喜東坡和之若豪放不入律呂徐而視之聲韻諧婉反覺章詞有織繡工夫　詩人玉屑曰章質夫詠楊花詞東坡和之晁叔用以爲東坡如毛嬙西施淨洗却面與天下婦人鬭好質夫豈可比是則然矣余以爲質夫詞中所謂傍珠簾散漫垂垂欲下依前被風扶起亦可謂曲盡楊花妙處東坡所和雖高恐未能及詩人議論不公如此　艇齋詩話曰東坡和章質夫楊花詞云思量却是無情有思用老杜落絮游絲亦有情也夢隨風萬里尋郎去處依前被鶯呼起卽唐人詩云打起黃鶯兒莫教枝上啼啼時驚妾夢不得到遼西細看來不是楊花點點是離人淚卽唐人詩云時人有酒送張八惟我無酒送張八君看陌上梅花

紅盡是離人眼中血皆脫胎換骨　李于鱗曰如虢國夫人不施粉黛而一段天姿自是傾城　沈際飛曰隨風萬里尋郎攝楊花神魄又所讀他文字精靈尙在文字裏面而此老只見精靈不見文字　詞潔曰起句入魔非花矣而又似不成句也拋家傍路四字欠雅綴字趁韻不穩曉來以下眞是化工神品　劉熙載曰東坡水龍吟起句云似花還似非花此句可作全詞評語蓋不離不卽也　左庵詞話曰東坡詞春色三分二分塵土一分流水葉清臣詞三分春色二分愁悶一分風雨蒙亦有句云十分春色欣賞三分二分懊悔五分拋擲用意不同而同　王國維曰東坡水龍吟詠楊花和均而似原唱章質夫詞原唱而似和均才之不可強也如是

洞仙歌　余七歲時見眉山老尼姓朱忘其名年九十歲自言嘗隨其師入蜀主孟昶宮中一日大熱蜀主與花蕊夫人夜納涼摩訶池上作一詞朱具能記之今四十年朱已死久矣人無知此詞者但記其首兩句暇日尋味豈洞仙歌令乎乃爲足之云

冰肌玉骨自清涼無汗水殿風來暗香滿繡簾開一點明月窺人人未寢欹枕釵橫鬢亂　起來攜素手庭戶無聲時見疏星渡河漢試問夜如何夜已三更（一本三更上衍是字）金波淡玉繩

低轉但屈指西風幾時來又不道流年暗中偸換

詞　詞譜洞仙詞唐敎坊曲名此調有令詞有慢詞令詞自八十三字至九十三字慢詞自一百十八字至一百二十六字其令則康與之詞名洞仙歌令（按東坡詞序亦作洞仙歌令）潘牥詞名羽仙歌袁易詞名洞仙詞宋史樂志名洞中仙注林鍾商調又歇指調金詞注大石調其慢則柳永樂章集嘉景詞注般涉調乘興閒泛蘭舟詞注仙呂調佳景留心慣詞注中呂調

律　雙段八十三字前段六句三仄韻後段八句三仄韻冰欲庭時可仄玉鬟起可平玉繩之玉作平

注　蜀有二花蕊夫人鐵圍山叢談花蕊夫人蜀主建妾號小徐妃者也後隨王衍歸唐半途遇害及孟氏再有蜀傳至昶又有一花蕊夫人費氏作宮詞者是也後隨昶宋此當至花蕊夫人費氏　方輿紀要六十七摩訶池在成都府城內引胡氏曰池在今成都縣東南十二里

杜甫詩明朝有封事試問夜如何　漢書郊祀志曰天門十一月穆穆以金波師古曰言月光穆穆若金之波流也文選謝玄暉詩注引春秋元命包曰玉衡北兩星爲玉繩　易

緯秋分閶闔風至汴西方風

評

漫叟詩話云楊元素作本事曲記洞仙歌云云錢塘有老尼誦後主詩首章兩句後人爲足其意以塡其詞予嘗見一士人誦全篇云冰肌玉骨清無汗水殿風來暗香滿簾開明月獨窺人欹枕釵橫雲鬢亂起來瓊戶悄無聲時見疎星度河漢屈指西風幾時來只恐流年暗中換胡仔曰漫叟所載本事詩云錢塘老尼能誦後生詩首兩句與東坡洞仙歌序全然不同當以序爲正也陽春白雪云宜春潘明叔云蜀主與花蕊夫人避暑摩訶池上賦洞仙歌其詞不見於世東坡得老尼口誦兩句遂足之蜀師謝元明因摩訶池得古石刻遂見全篇詞曰冰肌玉骨自清涼無汗貝闕琳宮恨初遠玉闌干倚遍怯盡朝寒囘首處何必留連穆滿芙蓉開過也樓閣香融千片紅英波面洞房深深鎖莫放輕舟瑤臺去甘與塵寰路斷更莫遺流紅到人間怕一似當時誤他劉阮墨莊漫錄云東坡作長短句洞仙歌所謂冰肌玉骨自清涼無汗者公自叙云云近有李公彥李成詩話乃云楊元素作本事曲其說不同予友陳興祖德昭云頃見一詩話亦題云李季成作乃全載孟蜀主一詩云東坡少年遇老人喜洞仙歌又邂逅處景色暗相似故隱括稍協律以贈之也予以爲此說近之據此乃詩耳而東坡自序乃云是洞仙

歌令蓋公以此自叙自晦耳洞仙歌腔出近世五代及國初皆未之有也詞綜云蜀主孟昶夜起避暑摩訶池上作玉樓春云云按蘇子瞻洞仙歌本檃括此詞未免反有點金之憾張宗橚云玉樓春必檃括坡詞而託名蜀主者　留青日札云杜工部關山同一點岑嘉州嚴灘一點丹中月又赤驃馬歌草頭一點疾如飛又西看一點是關樓朱灣白鳥翔翠微詩淨中雲一點天月雲風也馬也樓也皆謂之一點甚寄　沈際飛云清越之音解煩滌苛

卜算子　黃州定惠院寓居作

長月挂疏桐漏斷人初靜（一作定）誰見幽人獨往來（誰一作時）縹緲孤鴻影　驚起却回頭有恨無人省揀盡寒枝不肯棲寂寞沙洲冷（一作楓落吳江冷）

調　詞譜元高拭卜算子詞注仙呂調蘇軾詞有缺月挂疏桐句名缺月挂疏桐秦湛詞有極目煙中百尺樓句名百尺樓僧皎詞有目斷楚天遙句名楚天遙無名氏詞有蹙破眉峰碧句名眉峯碧

律　雙段四十四字前後段同各四句共四仄韻缺挂漏縹却有揀寂可平誰驚可仄

注　古今詞話女紅餘志云惠州溫氏女超超年及笄不肯字人聞東坡至喜曰我婿也日徘

徊窗外聽公吟咏覺則亟去東坡知之乃曰吾將呼王郎與子爲姻及東坡渡海歸超超已卒葬于沙際公因作卜算子有揀盡寒枝不肯棲之句按詞爲詠雁當别有寄託何得以俗情傳會也梅墩詞話云超超既鐘情於公哀其能具隻眼知公之爲舉世無雙知公之堪爲吾婿是以不得親近寧死不願居人間世也即呼王郎爲姻彼且必死彼知有坡公也　能改齋漫錄云東坡謫居黃州作卜算子詞云云其托意蓋自有在讀者不能解張右史文潛繼貶黃州訪潘邠老嘗得其詳題詩以誌之云空江月明魚龍眠月中孤鴻影翩翩有人清吟立江邊葛巾藜杖眼窺天夜冷月墮秋蟲泣鴻影翹沙衣露溼仙人采詩作步虛玉皇歆之碧琳腴

評

　苕溪漁隱叢話云揀盡寒枝不肯棲之句或曰鴻雁未嘗棲宿樹枝唯在田野葦叢間此亦語病也此詞本咏夜景至換頭但只說鴻正如賀新郎詞乳燕飛華屋本咏夏景至換頭但只說榴花蓋其文章之妙語意到處即爲之不可限於繩墨也　野客叢書云東坡卜算子詞漁隱謂或云鴻雁未嘗棲宿樹枝唯在田葦間揀盡寒枝不肯棲此亦語病僕謂人讀書不多不可妄議前輩詩句觀隋李元操鳴雁行曰夕宿寒枝上朝飛空井傍坡語豈無自耶　滹南詩話云東坡雁詞云揀盡寒枝不肯棲以其不棲木故云爾蓋激詭之致詞人正貴如其此

而或者以爲語病是尙可與言哉近日張吉甫復以鴻漸于木爲辯而怪昔人之寡聞此益可笑易象之言不當援引爲證也其實雁何嘗棲木哉　黃山谷云語意高妙似非吃烟火食人語非胸中有數萬卷書筆下無一點塵俗氣孰能至此　耆舊續聞云揀盡寒枝不肯棲取興鳥擇木之意所以山谷謂之高妙　王士禛云坡孤鴻詞山谷以爲非吃煙火食人語良然鮦陽居士云缺月刺明微也漏斷暗時也幽人不得志也獨往來無助也驚鴻賢人不安也此與考槃相似云云村夫子强作解事令人欲嘔僕嘗戲謂坡公命宮磨蝎湖州詩案生前爲王珪舒亶輩所苦身後又硬受此差排耶

張惠言云此詞與考槃詩極相似　譚獻云以考槃爲比其言非河漢也此亦鄙人所謂作者未必然讀者何必不然　黃蓼園云此東坡自寫在黃州之寂寞耳初從人說起言如孤鴻之令落下專就鴻說語語雙關格奇而語雋斯爲超詣神品　謝枚如云鮦陽居士所釋字箋句解果誰語知之雖作者未必無此意而作者亦未必定有此意可神會而不可言傳斷章取義則是刻舟求劍則大非矣

秦觀　字少游一字太虛號淮海居士高郵人舉進士元祐初蘇軾以賢良方至薦餘祕書省正

字兼國史院編修官紹聖初坐黨籍削秩監處州酒稅徙郴州編管橫州又徙雷州放還至藤州卒有淮海詞一卷見六十家詞本又淮海居士長短句三卷有彊村叢書本又有王敬之刊本北平圖書館影印本葉恭綽影宋校本

蔡伯世曰子瞻辭勝乎情耆卿情勝乎詞辭情相稱者惟少游一人而已

葉夢得曰少游樂府語工而入律知樂者謂之作家蘇子瞻于四學中最善少游故他文未嘗不極口稱善豈特樂府然猶以氣格爲病故嘗戲云山抹微雲秦學士露花倒影柳屯田露花倒影柳永破陣樂語也

冷齋夜話曰東坡初未識少游少游聞其將過維揚作坡筆語題壁於一山寺中東坡果不能辨大驚及見孫莘老出少游數十篇讀之乃歎曰向書壁者定此郎也又曰少游既謫歸嘗於夢中作好事近有云醉臥古藤陰下杳不知南北果至藤州方醉起以玉盂汲泉笑逝而化

胡元任曰少游詞雖婉美然格力失之弱

李清照曰秦詞專主情致而少故實譬如貧家美女雖極研麗豐逸而終乏富貴態

蘇籀曰秦詞落盡畦畛天心月脅逸格超絕妙中之妙議者謂前無倫而後無繼

張炎曰秦少游詞體制淡雅氣骨不衰淸麗中不斷意脉咀嚼無滓久而知味釋覺範曰少游小詞奇麗詠歌之想見其神情在絳闕道山之間

張綖曰少游多婉約子瞻多豪放當以婉約爲主

王士禎曰少游能爲曼聲以合律寫景極悽惋動人然形容處殊無刻肌入骨之言去韋莊歐陽炯諸家尙隔一塵

彭孫遹曰詞家每以秦七黃九並稱其實黃不及秦甚遠猶高之視史劉之視辛雖名一時而優劣自不可掩

張惠言曰詞以比興爲上風神次之北宋人惟淮海無遺憾

樓儼曰淮海詞風骨自高如紅梅作花能以韻勝覺淸眞亦無此氣味也

四庫提要曰觀詩格不及蘇黃而詞則情韻兼勝在蘇黃之上流傳雖少要爲倚聲家一作手

董晉卿曰少游正以平易近人故用力者終不能到

周濟曰少游意在含蓄如花初胎最和婉醇正稍遜淸眞者辣耳

劉熙載曰少游詞有小晏之研其幽趣則過之又曰秦少游詞得花間尊前遺韻却能自得清新

陳廷焯曰秦少游自是作手近開美成導其先路遠祖溫韋取其神不襲其貌詞至是乃一變變而不失其正遂令議者不病其變而轉覺有不得不變者其詞亦最深厚最沈着

況周頤曰右米熙豐間詞學稱極勝蘇長公提倡風雅爲一代山斗黃山谷秦少游晁無咎皆長公之客也山谷無咎皆工倚聲體格於長公爲近唯少游自闢蹊徑卓然名家蓋其天分高故能抽祕騁研於尋常濡染之外而其所契合長公者獨深張文潛贈李德載詩有云秦文倩麗舒桃李所謂文固指一切文字而言若以其詞論直是初日芙蓉曉風楊柳倩麗之桃李猶當之有愧色焉王晦叔碧雞漫志云黃晁二家詞皆學坡公尋其七八而於少游獨稱其俊逸精妙與張子野並論不言其學坡公可謂知少游者矣

馮煦曰淮海小山古之傷心人也其淡語皆有味淺語皆有致又曰少游以絕塵之才早與勝流不可一世而一謫南荒遽喪靈寶故爲詞寄慨身世閒雅有情思酒邊花下一往而深而怨悱不亂悄乎得小雅之遺後主而後一人而已他人之詞詞才也少游詞心也得之於內

不可以傳雖子瞻之明儁耆卿之幽秀猶若有瞠乎後者況其下耶

望海潮　一本題作洛陽懷古

梅英疏淡氷澌溶洩東風暗換年華金谷俊遊銅駝巷陌新晴細履平沙長記誤隨車正絮翻蝶舞芳思交加柳下桃蹊亂分春色到人家　西園夜飲鳴笳有華燈礙月飛蓋妨花蘭芳未空行人漸老重來是事堪嗟（是一作事）　煙暝酒旗斜但倚樓極目時見棲鴉無奈歸心暗隨流水到天涯

調　柳永樂章集望海潮注仙呂調

律　雙段一百七字前段十一句五平韻後段十一句六平韻梅英二句金谷二句華燈礙月與飛蓋妨花又蘭苑二句皆相對偶暗字俊字未字皆當去聲蝶極作平飛字可仄

注　詩有女同車傳英猶華也　月令東風解凍　文選潘安仁金谷集作詩朝發晉京陽夕次金谷湄注晉京洛陽也又引酈元水經注曰金谷水出河南太白源東南流歷金谷謂之金谷水東南流經石崇故居何遜詩金谷賓遊盛靑門冠蓋多　晉書索靖字幼安敦煌人也有先識遠量知天下將亂指洛陽宮門銅駝嘆曰會見汝在荆棘中耳太平御

覽一百五十八引陸機洛陽記曰洛陽有銅駝街漢鑄銅駝二枚在宮南四會道相對俗語曰金馬門外集衆賢銅駝門外集少年唐太宗感舊賦狹彈銅駝之右連鑣金谷之前魏文帝與朝歌令吳質書從者鳴笳以啟路文學託乘於後車曹植公讌詩清夜遊西園飛蓋相追隨

評　周經曰兩兩相形以整見勁以兩到字爲眼點出換字精神　譚獻曰長記誤隨車句頓宕柳下桃蹊二句旋斷仍連後半若陳隋小賦縮本塡詞家不以唐人爲止境也　陳廷焯曰少游詞最深厚最沈着如柳下桃蹊亂分春色到人家思路幽絕令人不能思議

八六子　一本有春怨題

倚危亭恨如芳草萋萋剗盡還生念柳外青驄別後。水邊紅袂分時愴然暗驚無端天與娉婷夜月一簾幽夢春風十里柔情怎奈向歡娛漸隨流水素絃聲斷翠綃香減那堪片片飛花弄晚一作那可濛濛殘雨籠晴正銷凝黃鸝又啼數聲

調　八六子又名感黃鸝蓋因此詞末句得名也

律　雙段八十八字前段六句三平韻後段十句五平韻夜月二句對惟漸那二字可平餘當悉遵此詞

注　說文驄馬說青白雜毛也　怎奈向蓋當時方言奈向猶世說之寧馨吳諺之那哼奈寧那聲同說文⿱甹只聲也从只甹聲讀若馨是⿱甹只馨哼向聲亦相同乃是尾聲本無實誼寧馨猶言如此也宋人怎奈向者猶言怎麼到如此地步也自問自嘆之辭周邦彥大酺怎奈向蘭成顦顇衛玠清羸怎奈向與此正同各本或作怎奈何或作奈回首妄改不可從也

評　容齋四筆曰秦少游八六子詞云片片飛花弄晚濛濛殘雨籠晴正銷凝黃鸝又啼數聲語句清峭爲名流推激予家舊有建本蘭畹曲集載杜牧之一詞但記其末句云正銷魂梧桐又移翠陰秦公蓋效之似差不及也

渚山堂詞話曰少游八六子尾闋正銷凝黃鸝又啼數聲杜牧之一詞其末云正銷魂梧桐又移翠陰秦詞全用杜格然秦首句云倚危亭恨如芳草萋萋剗盡還生二語妙甚故非杜可及也

李于麟曰全篇句句寫個怨字句句未嘗露個恐字正合詩可以怨　詞潔曰周美詞愁如春後絮來相接與恨如芳草剗還生可謂極善形容　周濟曰草處神來之筆　黃蓼園曰纏綿悽惋

踏莎行　郴州旅舍

霧失樓。臺月迷津。渡桃源望斷無尋處。可堪孤館閉春寒。杜鵑聲裏斜春暮　驛寄梅花。魚傳尺素。砌成此恨無重數。郴江幸自遶郴山。爲誰流下瀟湘去

調律竝見前冠準詞

法　郴州宋屬荆湖南路今湖南郴縣　太平御覽九百七十引荆州記曰陸凱與范曄相善自江南寄梅花一枝詣長安與曄並贈詩曰折花逢驛使寄與隴頭人江南無所有聊贈一枝春　蔡邕飲馬長城窟行呼童烹鯉魚中有尺素書　方輿紀要八十二湘水在郴州東一里一名郴江源發黃岑山北流經此水清駛下流會耒水及白豹水入湘江韓文公謂郴山奇變其水清瀉是也又曹王寨山在郴州北三十里郴江口山勢壁立可以避兵又坦山在

郴州西三十里有萬花巖淵水自巖而出下流入郴水又靈壽山在郴州南二十里舊名萬歲山出靈壽木可爲杖唐天寶間改今名千秋水出焉流注城南東合于郴水又文明山在州城南一里上有塔又南四里曰香山城東一里曰東山張舜民曰郴州在百重山內練亭甫曰郴環山而爲州是也可證山遶郴州　江復遶郴山以入湘故少游云云水經湘水出零陵始安縣陽海山注云湘水逕黃陵亭西右合黃陵口其水上承大湖湖西流逕二妃廟南世謂黃陵廟也言大舜之陟方也二妃征溺于湘江神遊洞庭之淵出入瀟湘之浦瀟者水深清也

評　苕溪漁隱叢話前集卷五十引詩眼曰淮海小詞云杜鵑聲裏斜陽暮黃山谷云詞高絕但既云斜陽又云暮則重出也欲改斜陽作簾櫳余曰既言孤館閉春寒似無簾櫳公曰亭傳雖未必有簾櫳有亦無害余曰此詞本模寫牢騷之狀曰簾櫳恐損初意先生曰極難得好字當徐思之然余因此曉句法不當重疊　王直方詩話山谷惜此詞斜陽暮意重欲易之未得其字余謂此亦何害而病其重也李太白詩睠彼落日暮即斜陽暮也劉禹錫烏衣巷口夕陽斜杜工部山木蒼蒼落日曛皆此意別如韓文公紀夢詩中有一人壯非少

行鼓歌安置妥帖平不頗之類尤多豈可亦謂之重耶山谷當無此言　野客叢書卷二十日斜陽暮讀之於理無碍謝莊詩曰夕天際晚氣輕霞澄暮陰一聯之中三見晚意尤爲重疊梁元帝詞斜景落高舂既言斜景復言高舂豈不爲贅古人爲詩正不如是之泥觀當時米元章所書此詞是杜鵑聲裏斜陽曙非暮字也得非避廟諱而致爲暮乎

宋翔鳳樂府餘論說文莫日且冥也从日草中（今作暮者俗）是斜陽爲日斜時暮爲日入時言自日昃至暮杜鵑之聲亦云苦矣山谷未解暮字遂生轇轕　宋本附注釋天隱曰末二句從沅湘日夜東流去不爲愁人住少時變化來然邶之毖彼泉亦流於淇尸有此意秦公蓋出諸此苕溪漁隱叢話前集卷五十引冷齋夜話少游到郴州作長短句東坡絕愛其尾兩句自書於扇曰少游已矣雖萬人何贖　徐珂曰語意淒切亦自蘊藉霧失月迷總是被讒寫照　王國維人間詞話曰少游境最爲悽惋至可堪孤館閉春寒杜鵑聲裏斜陽暮則變而爲淒厲矣東坡賞其後二語猶爲皮相又曰風雨如晦雞鳴不已山峻高以蔽日兮下幽晦以多雨霰雪紛其無垠兮雲霏霏而承宇樹樹皆秋色山山盡落暉可堪孤館

閉春寒杜鵑聲裏斜陽暮氣象皆相似

周邦彥　字美成錢塘人元豐中獻汴都賦召爲太樂正徽宗朝提舉大晟府討論古音增引近慢曲或爲三犯四犯之調累官徽猷閣待制出知順昌府陟處州卒其於詞繼往開來集大成而稱宗匠一時獨步千古交推宋史稱其詞韻清蔚南宋刻本之可考者一嚴州本清眞詩餘一溧水本清眞詞一美成長短句一曹杓注清眞詞一圈法美成詞一陳元龍注片玉集汲古參合各本刻片玉詞二卷補遺一卷西冷詞萃因之鄭文焯校刻本亦因之王鵬運摹刻明抄元巾箱本清眞集二卷彊村涉園均重刊陳注片玉集十卷以鄭校本爲佳

陳郁曰美成自號清眞二百年來以樂府步貴人學士市儈妓女皆知美成詞爲可愛

摟鑰云清眞樂府播傳風流自命顧曲名堂不能自已

陳師道云美成牒奏雜著俱善惜爲詞掩

貴耳錄云美成以詞行當時皆稱時皆稱之不知美成文章大有可觀以惜詞掩其他文也

强煥云美成撫寫物態曲盡其妙

劉濳夫云美成頗偸古句

陳振孫云美成詞多用唐人詩隱括入律混然天成長調尤善鋪叙富豔精工詞人之甲乙也

張炎云美成詩渾厚和雅善於融化詩句

碧雞漫志云邦彥能得騷人意旨此其詞格之所以特高歟

沈伯時云作詞當以清眞爲主下字運意皆有法度往往自唐宋諸賢詩詞中來而不用經史中生硬字面此所以爲冠絕也

沈雄云徽廟時邦彥提舉大晟樂府每製一詞名流輒爲賡和東楚方千里樂安楊澤民全和之合爲三英集行世

彭孫遹云美成詞如十三女子玉豔珠鮮政未可以其軟媚而少之也

四庫提要云邦彥抄解聲律爲詞家之冠所製諸調非獨音之平仄宜遵即仄字中上去音亦不容相混所謂分刌節度深契微芒故千里和詞字字奉爲標準

賀裳云周清眞有柳欹花嚲之致沁人肌骨視淮海不特娣姒而已

詞潔云美成詞乍近之覺疎樸苦澀不甚悅口含咀之久則舌本生津又云詞家正宗則秦少游周美成然秦之去周不止三舍宋末諸家皆從美成出

劉永濟《詞論》

劉永濟（1887–1966），字弘度，號誦帚，晚年號知秋翁，室名易簡齋、微睇室、誦帚庵，湖南省新寧縣人。劉永濟先生幼承家學，愛好文學，後入北京清華留美預備學校。曾就學于近代著名詞人況周頤、朱祖謀門下，研習詞學。從20世紀20年代起，先後任教于東北大學、武漢大學，並長期擔任武漢大學文學院院長。劉永濟先生治學嚴謹，博通精微，在屈賦、《文心雕龍》、詩詞曲賦諸研究領域均卓有建樹，取得海內外學者所矚目的成就。著有《屈賦通箋》《文心雕龍校釋》《十四朝文學要略》《唐人絕句精華》《唐五代兩宋詞簡析》《微睇室說詞》《宋詞聲律探源大綱》《詞論》《宋代歌舞劇曲錄要》等。

《詞論》全書分上、下兩卷，分別是文體論與創作論。卷上通論分名誼、緣起、宮調、聲韻、風會五章，卷下作法分總術、取徑、賦情、體物、結構、聲采、餘論七章。《詞論》民國二十五年（1936）以《誦帚堪詞論》之名由國立武漢大學初版刊行，1981年《詞論》由上海古籍出版社出版，《宋詞聲律探源大綱・詞論》中華書局2007年出版，《詞論・宋詞聲律探源大綱》中華書局2010年出版，《詞論・宋詞聲律探源大綱・唐五代兩宋詞簡析・微睇室說詞》武漢大學出版社2013年出版。本書據武漢大學初版影印。

誦帚堪詞論

誦帚堪詞論目錄

國立武漢大學印

（國6二十五年印）

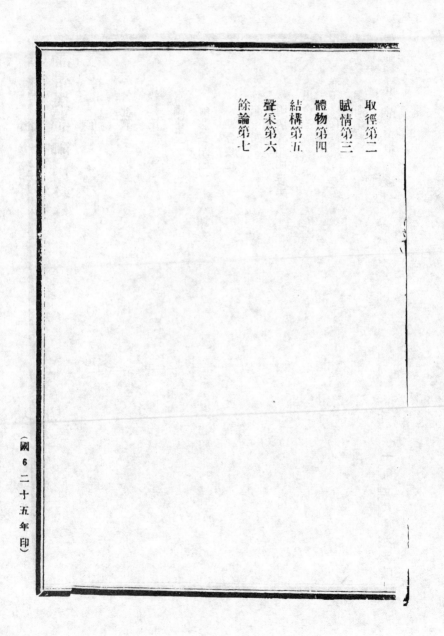

誦帚堪詞論

卷上　通論

新甯劉永濟述

名誼第一

詞者其始蓋眾製之通稱也專門一體未知所自昔賢於此亦多不詳援拾舊聞約有兩誼一者樂家有聲有詞古人緣詞製調後人倚聲填詞略聲舉詞故曰詞也

沈約宋書樂志吳歌雜曲始皆徒歌既而被之弦管又有因弦管金石造歌以被之

沈括夢溪筆談古樂府皆有聲有詞連屬書之如曰賀賀賀何何何之類皆和聲也今管絃中之纏聲亦其遺法唐人乃以詞填入曲中不復用和聲

按由上二則觀之倚聲之聲有二一者先有金石弦管之聲而後以詞填入之一者本有和聲後人填以實字也前者一切樂曲皆然後者即由歌詩而成填詞之法也

二者詞者音內而言外音屬宮調言指歌詞宮調內而難知歌詞外而易見簡內稱外故曰詞也

況周頤蕙風詞話意內言外詞家之恆言也韻會舉要引說文作音內言外當是所見宋本如是以訓詩詞之詞於誼殊優凡物在內者恆先在外者恆後詞必先有調而後以詞填之調即

音也亦有自度腔者先任意爲長短句後𦖋以律然律不外正宮側商等名則亦先有而在內者也凡人聞歌詞接於耳卽知其言至其調或宮或商則必審辨而始知是其在內之徵也唯其在內而難知故古云知音者希也

張惠言詞選序詞者蓋出於唐之詩人採樂府之音以製新律因係其詞故曰詞

按說文曰䛐意內而言外也从司言段玉裁曰有是意於內因有是言於外謂之䛐與辛部之辭其義迥別辭者說也从𤔔辛𤔔辛猶理辜謂文辭足以排難解紛也然則辭謂篇章也䛐者意內而言外从司言此謂摹繪物狀及發聲助語之文字也司者主也意主於內而言發於外故从司言陸機文賦曰辭呈材而效技意司契而爲匠此字上司下言者內外之意也段君以摹繪物狀及文賦語說司言之意與詞之義雖切況若从韵會釋作音內於義亦通

然則詞之爲體廣包聲律曲調而詞之立名局指字句篇章非始製之正名實約定而成俗槪可知矣是以有宋一朝異名殊衆其曰曲子曰樂府曰樂章曰琴趣曰笛譜者從其入樂而爲名也

按王灼碧鷄漫志曰蓋隋以來今之所謂曲子者漸興至唐稍盛今則繁聲淫奏殆不可數故歌變爲古樂府古樂府變爲今曲子其本一也陳振孫直齋書錄解題曰東山寓聲樂府

(國6二十五年印)

三卷賀鑄方回撰、以舊譜塡新詞而別爲名以易之、故曰寓聲。今考宋人詞集、以曲名者、則有王安石臨川、姜夔白石、史浩鄮峯諸家、以樂府名者、則有蘇軾東坡、楊萬里誠齋、康與之伯可、曹勛松隱、周必大平園、姚寬西溪、楊冠卿客亭、陳深寧極諸家、以樂章名者、則有柳永耆卿、劉一止行簡、洪适景伯諸家、以琴趣外篇名者、則有歐陽修永叔、黃庭堅山谷、晁无咎補之、晁端禮次膺、葉夢得石林、趙彥端介庵諸家、而周密草窗詞名蘋洲漁笛譜、張輯東澤詞名淸江漁譜、皆從入樂立名者也。

其曰樵歌、曰漁唱、曰浩歌者、從其可歌而爲名也。

按朱敦儒希真詞名樵歌、陳允平西麓詞名日湖漁唱、蔡枏堅老詞名浩歌、皆從可歌立名者也

其曰詩餘、曰長短句者、從其體製篇章而爲名也。

按宋人詞名詩餘者至多、而南宋人集前人詞名草堂詩餘、意謂詞體出於詩、爲詩之餘也至如秦觀少遊、辛棄疾稼軒、劉克莊後村諸家詞名長短句、亦謂詞體以長短雜言成之、皆從篇體立名者也

竊嘗推闡其誼蓋有可言者焉夫論文學之始者厥惟風謠風謠之興必資三事一曰歌辭二曰音樂三曰舞蹈歌辭以宣其情音樂以象其聲舞蹈以表其容三事緦和而後文之爲藝也始精其感人也始力泛觀往古衆製惟樂府爲能兼之而詞者樂府之正傳有其長而通其變者也故能發人情之祕奧通樂理之神微濟詩歌之絕運開戲曲之先河可謂兼包衆美者矣此一事也詩自五言倡於漢代七言成於魏世一句之中雜有單偶之辭氣脈疏蕩已較四言平整者爲優然而錯綜之妙變而未極塡詞遠承樂府雜言之體故能一調之中長短互節數句之內奇偶相生調各有宜雜而能理或整若雁陣或變若游龍或碎若明珠之走盤或暢若流泉之赴谷莫不因情以吐字準氣以位辭可謂極織綜之能事者矣此又一事也文學之美有色有聲聲成於平上去入而極於淸濁陰陽沈休文所謂宮羽相變低昂舛節者是也詞家於此尤爲揎揚既辨五聲復嚴上去一聲或舛則一句落腔一句或乖則全篇失調研律之工精入毫髮而一準天籟匪由力至亦可謂得音理之微妙者矣此又一事也文家遣辭雅言則違俗俗言則傷雅用之廊廟者不諧於里巷習於民衆者不貢於士大夫求其通上下之用兼雅俗之宜無施而不可者厥惟塡詞故能高者比隆於風雅下者吡美於歌謠經史之辭民俗之諺方里之音古今之語一入名手俱皆妙諦牢籠之廣包舉之大有

文字以來殆無與比者焉此又一事也總此四事詞之本體已足度越往製故雖分鑣詩賦而能奪幟文壇雖晚出後代而能炳曜千古非偶然也世有以周柳衍爲慢曲而後此體始廣蘇辛振以風力而後此體始尊者豈探源之論哉

緣起第二

溯詞體之緣起者多矣綜比而觀約有兩說探索遠源者謂詞者六代樂府之流變也北曲之捉搦企喻南歌之子夜懊儂以及梁隋君臣頌酒賡色之所作皆其濫觴也

朱弁曲洧舊聞詞起於唐人而六代已濫觴矣梁武帝有江南弄陳後主有玉樹後庭花隋煬帝有夜飲朝眠曲豈獨五代之主蜀之王衍孟昶南唐之李璟李煜吳越之錢俶以工小爲詞能文哉

楊慎詞品塡詞必溯六朝者亦昔人探河窮源之意如梁武帝江南弄云衆花雜色滿上林舒芳耀綵垂輕陰連手躞蹀舞春心舞春心臨歲腴中人望獨踟躕梁僧法雲三洲歌一解云三洲斷江口水從窈窕河旁流啼將別共來長相思二解云三洲斷江口水從窈窕河旁流歡將樂共來長相思梁臣徐勉迎客曲云絲管列舞曲陳含聲未奏待佳賓羅絲管陳武席斂袖嘿

府迎上客送客曲云袖繽紛聲委咽曲未終高駕別爵無算景已流空紆長袖客不留隋煬帝夜飲朝眠曲云憶睡時待來剛不來卸妝仍索作解帶更相催博山思結夢沉水未成灰憶起時投纖初報曉被惹香黛殘枕隱金釵裊笑動上林鳥除却司晨鳥王叡迎神歌云蓮草頭花柳葉裙蒲葵樹下舞鸞雲引領望江遙滴淚白蘋風起水生紋送神歌云棖棖山響答琵琶酒濕青莎肉飼鴉樹葉無聲神去後紙錢飛出木棉花此六代風華靡麗之語後來詞家之所本也。

王世貞藝苑卮言詞者樂府之變也昔人謂李太白菩薩蠻憶秦娥楊用修又傳其清平樂二首以爲調祖不知隋煬帝已又有望江南詞蓋六朝諸臣頌酒賡色務裁豔語默啓詞端實爲濫觴之始。

徐世溥悅安軒詩餘序樂府變爲吳趨越豔雜以捉搦企喻子夜讀曲之屬流爲詩餘詩餘流爲詞詞變爲曲而樂府盡亡。（中略）子夜懊儂諸辭亦後世之風也。顧其淫聲甚於鄭衛不可以入風然而不害其爲樂府。繇是始生詩餘則詩餘者接樂府通歌謠開詞曲合風雅之餘而爲言所兼豈不大哉乃其源始於吳聲小令。

（國6二十五年印）

毛奇齡西河詞話曰樂天花非花詩唐人醉公子詞長孫無忌新曲楊太真阿那曲自是詞格。他若回鶻石州阿鞞迴迴波樂鳥鹽角鷄濫堆水調歌頭諸名俱是樂府然其語有近詞者則亦可以詞名之。如隋帝望江南徐陵長相思亦何嘗是詞而句調可塡即爲塡詞由是推之則梁武江南弄諸樂以及鮑照梅花落陶弘景寒夜怨徐勉迎客送客王筠楚妃吟梁簡文春情隋煬帝夜飲朝眠曲皆謂之古詞何不可哉。

徐釚詞苑叢談凡例塡詞原本樂府自菩薩蠻以前追而溯之梁武帝江南弄沈約六憶詩皆詞之祖。

推求近因者謂詞乃唐人律絕之所嬗化也。竹枝楊枝之曲涼州伊州之歌以及伶官伎女旗亭畫壁之所唱皆其權輿也。

王灼碧鷄漫志唐時古意亦未全喪竹枝浪淘沙拋毬樂楊柳枝乃詩中絕句而定爲歌曲故李太白清平調詞三章皆絕句元白諸詩亦爲知音言協律作歌

又今黃鍾商有楊柳枝曲仍是七字四句詩與劉白及五代諸子所製並同但每句下各增三字一句此乃唐時和聲如竹枝漁父今皆有和聲也

又今涼州見於世者凡七宮曲黃鍾宮道調宮無射宮中呂宮南呂宮仙呂宮高宮不知西涼所獻何宮也然七宮曲其三是唐曲黃鍾道調高宮者是也

又伊州見於世者凡七商曲大石調高大石調雙調小石調歇指調林鍾商越調第不知天寶所製七商中何調耳

朱熹語類古樂府只是詩中間添却許多泛聲後來人怕失了那泛聲逐一添個實字遂成長短句今曲子便是。

胡仔苕溪漁隱叢話蔡寬夫詩話曰大抵唐人歌曲本不隨聲爲長短句多是五言或七言詩歌者取其辭與和聲相疊成音耳予家有古涼州伊州辭與今遍數悉同而皆絕句也豈非當時人之辭爲一時所稱者皆爲歌人竊取播之曲調乎。

宋翔鳳樂府餘論謂之詩餘者以詞起於唐人絕句如太白清平調即以被樂太白憶秦娥菩薩蠻皆詞之變格爲小令之權輿旗亭畫壁賭唱皆七言絕句後至十國遂競爲長短之句自一字兩字至七字以抑揚高下其聲而樂府之體一變則詞實詩之餘遂名曰詩餘

方成培香研居詞麈古者詩與樂合而後世詩與樂分古人緣詩而作樂後人倚調以塡詞古

今若是其不同而鍾律之理未嘗有異也自五言變爲近體樂府之學幾絕唐人所歌多五七言絕句必雜以散聲然後可比之管絃如陽關詩必三疊而後成音此自然之理後來遂譜其散聲以字句實之而長短句興焉故詞者所以濟近體之窮而上承樂府之變也

四庫全書總目詞曲類詞曲二體在文章技藝之間厥品頗卑作者弗貴特才華之士以綺語相高耳然三百篇變而古詩古詩變而近體近體變而詞詞變而曲層累而降莫知其然究厥淵源實亦樂府之餘音風人之末派其於文苑同屬附庸亦未可全斥爲俳優也

按綜觀上述各條當知三事一者詞句長短由塡實字入泛聲和聲散聲而成也二者詞調皆承教坊曲調而廣變之也三者唐人歌詩之法與後世唱詞之法相關至切也此皆從詞之成形及其與音樂之關係考之知其源出唐人絕句也至樂府餘論及四庫總目謂其出於近體而近體實兼包律詩與絕句而言今觀詞中如皇甫松怨回紇五言律也馮延巳瑞鷓鴣七言律也特不如絕句之多耳

至晉賢汪氏謂長短句法源出三代兩漢

汪森詞綜序有詩而長短句卽寓焉南風之詩五子之歌是已周之頌三十一篇長短句居十

八漢郊祀歌十九篇長短句居其五至短簫鐃歌十八篇篇皆長短句謂非詞之源乎

樂園丁氏稱煩促詞調合於三百五篇

丁澎樂園閒話詞者詩之餘也然則詞果合於詩乎曰按其調而知之也殷其靁在南山之陽此三五言調也魚麗之詩曰魚麗于罶鱨鯊此二四言調也還之詩曰遭我乎猺之間兮並驅從兩肩兮此六七言調也江汜之詩曰不我以不我以此疊句調也東山之詩曰我來自東零雨其濛鸛鳴於垤婦歎於室此換韻調也行露之詩曰厭浥行露其二章曰誰謂雀無角此換頭調也凡此煩促相宣短長互用以啓後人協律之原豈非三百篇實祖禰哉引見詞苑叢談

是皆好古之士欲推尊此體者之論也而輕之者或以風氣貶之或以體裁卑之

沈際飛草堂詩餘四集序說者曰周人制爲樂章漢世則有樂府宋之際有古樂府與漢人之樂府不可同日語也再變而爲隋唐五代之樂歌又變而爲宋元之長短句愈降愈下矣此以風氣貶詞者也或曰曰風曰雅曰頌三代之音也曰歌曰吟曰行曰操曰辭曰曲曰謠兩漢之音曰律曰排律曰絕句唐人之音詩至於唐而格備至於絕句而體窮宋不得不變而之詞元

不得不變而之曲此以體裁貶詞者也。

故沈天羽有體備情至之辨。

草堂詩餘四集序詞吸三唐以前之液孕勝國以後之胎斟量推按有爲古歌謠辭者焉有爲騷賦樂府者焉有爲五七言古者焉有爲近體歌行者焉有爲五七言律者焉有爲五七言絕者焉。而元人之曲則大都吞剝之故說者又曰通乎詞者言詩則真詩言曲則真曲斯爲平等觀歟。而又有似文者焉有似論者焉有似序記者焉有似箴頌者焉於戲文章殆莫備於是矣非體備也情至也情生文文生情何文非情而以參差不齊之句寫鬱勃難狀之情則尤至也中略夫李白之憶秦娥菩薩蠻王建之調笑令白居易之憶江南昔日以爲詩而非詞今日以爲詞而非詩讀者自作歧觀而作之者夫何歧乎。故詩餘之傳非傳詩也傳情也傳其縱古橫今體莫備於斯也

秦士奇倡凡詩皆餘之論

秦士奇草堂詩餘序自三百而後凡詩皆餘也卽謂騷賦爲詩之餘樂府爲騷賦之餘塡辭爲樂府之餘聲歌爲塡辭之餘遞屬而下至聲歌亦詩之餘轉屬而上亦詩而餘聲歌卽以聲歌

塡辭樂府謂凡餘皆詩可也

而玉茗既有詞非詩餘之言

湯顯祖玉茗堂選花間集序當開元盛日王之渙高適王昌齡詞句流播旗亭而李白菩薩蠻等詞亦被之歌曲逮及花間蘭畹香奩金筌作者日盛古詩之於樂府律詩之於詞分鑣並轡非有後先有謂詩降而以詞爲詩之餘者殆非通論

蕙風復申辨正詩餘之說

蕙風詞話詩餘之餘作羸餘之餘解唐人朝成一詩夕付管絃往往聲希節促則加入和聲凡和聲皆以實字塡之遂成爲詞詞之情文節奏並皆有餘於詩故曰詩餘世俗之說若以詞爲詩之賸義則誤解此餘字矣

述庵王氏則推本原始以爲出於人聲之自然音節

王昶國朝詞綜序汪氏晉賢敍竹垞太史詞綜謂詞長短句本於三百篇并漢之樂府其見卓矣而猶未盡也蓋詞實繼古詩而作詩本於樂樂本乎音音有清濁高下輕重抑揚之別乃爲五音十二律以著之非句有長短無以宣其氣而達其音故孔穎達詩正義謂風雅頌有一二

字爲句及至八九字爲句者所以和以入聲而每不協也。

竊其用意蓋欲尊詞故紛紛致詰於名實之間雖抑揚未免過當要亦沿波討源之論矣。雖然一體之興其來有漸發其因果亦復多端或沿體裁之因革或由品格之降升或有意於變古或無心而開今而世運之隆汙風俗之厚薄尤在在與之消長是以文家體製每變日新雖日消息甚微而蹤跡固在也。今卽詞論諸家之說固已探驪而得珠矣苟覈其實則猶有未盡者蓋唐之叔末國力已微上好煩聲下習游蕩感發爲詩漸成穠豔妖淫之作論其風尚殆與齊梁爲近故詞體初出卽以柔麗爲宗雖歐晏巨僚不能盡革此世運風俗之說也。

按詞體之興在中唐以後李太白菩薩蠻憶秦娥諸詞昔人推爲詞祖特以其辭雅旨高不與花間爲近謂非太白不能作然考當時風尚詩人所製但爲五七言詩樂家協律始雜以和聲增損之字故陽關曲清平調涼州伊州等曲皆爲五七言絕句也至有以菩薩蠻調名起於宣宗之世斷非李作者則昔人已以教坊先有曲調後世按調製詞駁之矣然調出教坊世異自多因革而詞調所始未可爲詞體所始之證則亦明甚詩家所爲長短句之詞體自當在中唐以後劉賓客集有春去也春過也二詞題曰和樂天春詞依憶江南曲拍爲句

可證按調聲之曲折爲句度之短長其風蓋昉於此時矣唐自中葉以後國力漸衰詩歌之體亦降惟長短句新起又與音樂相輔於是上而君相下而士庶競好聲伎製作漸多觀全唐詩話稱宣宗好唱菩薩蠻丞相令狐綯令温飛卿撰詞二十首以進可證也又晚唐人如杜牧之温飛卿韓致光諸人大氐流連聲伎縱志酒色以寄其抑鬱不偶之情故其所作亦多剪紅刻翠之句此詞體初掓之故有關於世運風俗者也

晚唐詩家歌行既取法齊梁律絶尤務爲婉麗於是比興之義不用之詩歌而用之詞曲胎息相承遂開小令宗風此又品格升降之說也

陳善捫蝨新話唐末詩體卑陋而小詞最爲奇絶今人盡力追之有不能及者予故嘗以唐花間集當爲長短句之宗

陸游花間集跋唐季五代詩愈卑而倚聲者簡古可愛蓋天寶以後詩人常恨文不逮大中以後詩衰而倚聲作使諸人以其所長格力施於所短則後世孰得議筆墨馳騁則一能此不能彼未易以理推也

按陳陸二說頗得詩詞品格升降之故蓋晚唐人歌行皆遜前人獨律體尚可觀而絶句尤

（義 6 二十五年印）

能以低徊要眇擅長與歌行之縱橫軼蕩者相遠而最宜於小令大氐詩歌自張王元白以明博深切相尚遂蹈顯露之失溫李承之不得不變而微婉而微婉者小令之所宜也此其一又張炎詞源謂賀方回吳夢窗之字面多從李長吉溫飛卿詩中來此語最能道出詩與詞之關係蓋昌谷之思空靈飛卿之情婉麗故二家遺辭亦要眇而閎美而要眇閎美者又詩餘之所宜也此其二夫微婉要眇之作皆以六義之比興爲之而比興之作多盛於衰微之世此雖晚唐詩家品格所沿變而亦世運使之然也然則世人但以樂家增損五七言律絕爲此體之成因者猶是形式之論矣

二說之外更有一事爲考藝事者之通則即詩體變新之原多由里巷風謠漸見採於辭人才士也昔仲洽流別謂西漢五七言詩多用於俳諧倡樂彥和文心論西京才士莫見五言合二氏之說觀之知後世五七言古詩其初蓋出於民間及其採入樂府奏之廟堂辭人才士漸喜擬作其體乃尊準此而推上而四言雅頌必後於十五國風下而唐人小令多沿於民謠國俗又可知矣

按劉賓客竹枝詞序曰歲正月余來建平里中兒聯歌竹枝吹短笛擊鼓以赴節歌者揚袂睢舞以曲多爲賢聆其音中黃鐘之羽卒章激訐如吳聲雖傖儜不可分而含思宛轉有淇

澳之艷昔屈原居沅湘間其民迎神詞多鄙陋乃爲作九歌到于今荊楚鼓舞之故余亦作竹枝詞九篇俾百世歌者颺之附于末後之聆巴渝知變風之自焉蓋竹枝本巴渝民謠夢得聞其聲調中黃鍾之羽娵其詞傖儜不可分喜其含思宛轉有淇澳之艷乃依其體作九篇其後作者遂衆又如紇那曲本北客之歌羅嗊曲爲妓劉采春所作唐時教坊曲調類此者正多今以詞中小令與崔令欽教坊紀曲目相較同者十之六七而宋史樂志亦云民間作新聲者甚衆是則塡詞雖以唐樂府爲近源而民謠又其星海矣

然則專就一端以溯詞源者雖得之而未能盡也

宮調第三

詞者宋之燕樂也燕樂者本乎風雅而流爲南北曲

方成培香研居詞麈至於詩餘則宋之燕樂所以悅耳目娛賓客而南北曲之所從出也本乎國風房中之樂濫觴於唐大盛於宋上自帝王朝廷下及士庶閭巷莫不各製新腔爭相酬和雖理學如朱子真西山德業如范文正司馬溫公皆不免染指焉何其盛也

鄭文焯詞源斠律序雅樂傳至左延年惟鹿鳴一篇詩小雅鹿鳴居其首燕禮工於堂上歌之

（國６二十五年印）

燕樂四均二十八調表

据沈括夢溪筆談及凌廷堪燕樂考原列

四均	北宋名	俗名	南宋名	古字	今字
七宮	黃鐘宮	正宮 即正黃鍾宮	同北宋	久	六
	大呂宮	高宮	同北宋	(マ)	下四
	夾鍾宮	中呂宮	同北宋	(一)	下一
	中呂宮	道宮 即道調宮	同北宋	ㄣ	上
	林鍾宮	南呂宮	同北宋	人	尺
	夷則宮	仙呂宮	同北宋	(フ)	下工
	無射宮	黃鍾宮	同北宋	(リ)	下凡
七	太簇商	大石調	黃鍾商	マ	四
	夾鍾商	高大石調	大呂商	一	下一
	中呂商	雙調	夾鍾商	ㄣ	上
	林鍾商	小石調	中呂商	人	尺
	南呂商	歇指調 即唐時水調	林鍾商	フ	工

(殺聲字譜: 古字、今字)

商	無射商	林鍾商即商調	夷則商	ㄋ	下尺
	黄鍾商	越調	無射商	ク	六
七角	姑洗角	大石角	無	リ	凡
	中呂角	高大石角	無	久	六
	林鍾角	雙角	無	マ	四
	南呂角	小石角	無	一	一
	應鍾角	歇指角	無	乙	下尺即勾
	黄鍾角	林鍾角即商角	無	人	尺
	太簇角	越角	無	フ	工
七羽	南呂羽	般涉調	黄鍾羽	フ	工
	無射羽	高般涉調	大呂羽	リ	下凡
	黄鍾羽	中呂調	夾鍾羽	久	六
	太簇羽	正平調一曰平調	中呂羽	マ	四
	姑洗羽	高平調即南呂調	林鍾羽	一	一
	中呂羽	仙呂調	夷則羽	ㄅ	上
	林鍾羽	黄鍾調即黄鍾羽一曰羽調	無射羽	人	尺

右表七宮七羽之俗名皆從商聲所用之律名如正宮即太簇爲商之宮也七商七角之俗名皆從變宮所用之律名如大石調即應鍾爲宮之商也

是爲燕樂之所自昉漢列於雅樂以其爲雅之遺也。至晉而鹿鳴無傳武帝作十二雅郊祀與燕饗合奏人鬼雜施而樂紀大隳。隋本龜茲始用胡伎鄭譯以意別雅俗二部。唐以先王之樂爲雅樂合胡部者爲燕樂而名用始分宋元相沿並不知燕樂之原於雅矣。中略夫器數變古人聲在今樂府之遺風雅攸託漢魏之歌謠隋唐之長短句南北宋之詞皆能與於微言以相風動可誦可弦其始蓋出入變風小雅之間而流濫於燕樂自元曲盛行而燕樂一變聲音之道寖衰故燕樂亡而議者率求之虛數虛器太常有設而不作者矣。

按方鄭二氏皆據儀禮燕禮之文以明燕樂之原甚大燕禮或歌風或歌雅故二氏分舉風雅爲言周禮磬師教縵樂燕樂之鍾磬鄭注燕樂房中之樂賈疏曰燕樂房中之樂者此即關雎二南也故方氏謂本乎國風房中之樂雖然推原塡詞之用固同乎燕禮至歌詞所用之器數已非燕樂之舊矣此本章所當述者也。其詳見後

其用有四均二十八調蓋出於龜茲琵琶非古人纍黍之譜也然自隋鄭譯以意附會名實混淆致古今樂律判然不可復通而唐宋燕樂遺法不明於世於是詞家所謂七宮十二調不知何物

張炎詞源十二律呂各有五音演而爲宮爲調律呂之名總八十四分月律而屬之今雅俗祇

一商　無射商一林鍾商…夷則商一…

行七宮十二調而角不預焉

又宮調應指譜

七宮

黃鍾宮リ仙呂宮フ正宮ム高宮マ南呂宮∧中呂宮一道宮ㄣ

十二調

大石調マ小石調∧般涉調フ歇指調フ越調ム仙呂調ㄣ中呂調ム正平調マ高平調一雙調ㄣ

黃鍾羽∧商調リ

殺聲住字犯調之譜不知何指矣。

沈括補筆談十二律配燕樂二十八調除無徵音外凡殺聲黃鍾宮今爲正宮用六字黃鍾商今爲越調用六字。黃鍾角今爲林鍾角。用尺字。黃鍾羽今爲中呂調用六字大呂宮今爲高宮用四字。大呂商大呂角大呂羽太簇宮今燕樂皆無太簇商今爲大石調用四字太簇角今爲越角用工字。太簇羽今爲正平調用四字。夾鍾宮今爲中呂宮用一字。夾鍾商今爲高大石調。用一字。夾鍾角夾鍾羽姑洗商今燕樂皆無。姑洗角今爲大石角。用凡字。姑洗羽今爲高平調。

(國6二十五年印)

用一字中呂宮今者道調宮用上字中呂商今爲雙調用上字中呂角今爲高大石角用六字中呂羽今爲仙呂調用上字蕤賓宮商角羽今燕樂皆無林鍾宮今爲南呂宮用尺字林鍾商今爲小石調用尺字林鍾角今爲雙角用四字林鍾羽今爲大呂調凌廷堪曰當作黃鍾調用尺字夷則宮今爲仙呂宮用工字夷則商角羽南呂宮今燕樂皆無南呂商今爲歇指調用工字南呂角今爲小石角用一字南呂羽今爲般涉調用工字無射宮今爲黃鍾宮用凡字無射商今爲林鍾商用凡字無射角今燕樂無無射羽今爲高般涉調用凡字應鍾宮應鍾商今燕樂皆無應鍾角今爲歇指角用尺字應鍾羽今燕樂無按沈存中原文有訛誤凌氏燕樂考原引之多所改正今從之

姜夔白石集淒涼犯序凡曲言犯者謂以宮犯商商犯宮之類如道調宮上字住雙調亦上字住所住字同故道調曲中犯雙調或於雙調曲中犯道調其他準此唐人樂書云犯有正旁偏側宮犯宮爲正宮犯商爲旁宮犯角爲偏宮犯羽爲側此說非也十二宮所住字各不同不容相犯十二宮特可犯商角羽耳按凌氏曰本七宮而云十二宮兼五中管言之也

姜白石集古今譜法張炎詞源同

黃合大下四太四下夾下一姑一仲上蕤句林尺夷下工南工無下凡應凡黃清六大清下五太清五夾清一五

張炎詞源管色應指字譜

夊六〃凡ｿ工人尺ㄅ上一一マ四ㄴ句ム合ㄎ九ㄢ小大ㄌ小大ㄇ小大㣺大住ㄌ小住〃掣ㄅ折

ㄦ大凡〃打　一上尺

按宋人詞集間注字譜卽此所紀與上所引古今字譜相同其大小諸字乃吹頭管者取聲高下之指法近世失傳其住掣拆等皆指舉指之深淺用氣之輕重也此宋人管色指法之僅存者蓋當時樂工所習用士大夫鄙夷之率置而不論故傳久益訛也

清儒淩次仲始考燕樂之源

按淩廷堪據隋書音樂志謂燕樂之源出於龜茲琵琶惟宮商角羽四均無徵聲一均分爲七調四均共二十八調（通稱則七宮亦稱調）唐宋以來雅俗之樂皆用之詞家所謂七宮十二調者宋人祇用宮商羽三均共七宮十四調又去二高調（高大石調高般涉調）也南渡以後七商七羽亦如七宮用黃太夾仲林夷無七律故王晦叔姜堯章周公謹諸家所稱詞調又異北宋然律呂雖異而殺聲字譜不殊則名異而實同也字譜者其初蓋龜茲樂譜遺法卽古樂之五聲二變

（國6　二十五年印）

也。來自異國。鄭譯以其言不雅馴。乃以五聲二變代之。而五聲二變又以黃太姑蕤林南應七律名代之。後人遂生眩惑。蓋律有定聲。無定字。譜可配聲。不可配律。今飾以律名。則失旋宮之用矣。殺聲者。白石所謂住字也。住字之用。樂工因之以知某曲當用某調奏之。如今言上字調六字調也。犯調者。一均七調各不相犯。惟異均同調者乃可相犯。白石所謂道調曲中犯雙調者。道調上字住。雙調亦上字住。異均而同調也。凌氏原書刊入粤雅堂叢書中。文繁不能具引。別製燕樂四均二十八調表以備參考。而錄其要於此。

近賢鄭叔問更斠詞源之律。

按鄭文焯詞源斠律。立說大體與淩氏相發明。而考訂樂色。可補淩氏之未備。論燕樂名用者。以此二書爲精詳矣。

一以明樂制變遷之關鍵。

淩廷堪與阮伯元書。隋以來之樂。以蘇祇婆琵琶爲根。琵琶四弦。一弦七調。故爲二十八調。唐宋以來之雅樂及燕樂宮調字譜。皆琵琶之遺聲也。然二十八調實止十四調。以七羽合於七宮。以七角合於七商。觀段安節樂府雜錄。商角同用。宮逐羽音。二語可知矣。北宋乾興以來通用者六宮十一調（按宋史樂志太宗所製曲乾興以來通用之凡新奏十七調總四十八曲蓋七宮闕高宮七商闕高大石調七羽闕高般涉調正平調七角不用凡六宮十一調合計十七宮調）而自明至今燕樂之宮調祇七商一均而已（按淩氏曰今俗所用之七宮乃古燕樂之七商故此云祇用七商一均）此古今言樂之最要關鍵（中略）夫今笛與古律中隔唐人燕樂一關此關不通而欲飛渡何其值也

一以通雅樂聲詩之郵傳，

鄭文焯詞源斠律序今詞源所錄於燕樂條理多所考見足與史志相發明間嘗稽譔以申淩說薙其繁複而演贊其未備能者從之審聲知音將由燕樂而進於雅歌詞而達於聲詩咸於是編導其淵源庶後之覽者無敢等諸方伎何自外於弦誦之士也夫

皆於詞學多所稗益誠盛業也。或曰（填詞）詩協律之事今已等於絕學則宮調之理雖明字譜之用雖著然欲於酒邊燈外擫笛高歌若宋賢之所爲亦不可得且詞自蘇辛而後不過詩之新體姜吳雖欲返本而後世終不能傳其法則今日而言宮調亦摶沙作飯而已。雖然有二義焉亦學者所當知也。器數雖異人聲具存歌詞之法不傳唱曲之事可考苟能由曲而溯詞因今以追古亦未見其不可階也此一義也。六宮十一調調各有情人心之哀樂應之則諧故感歎傷悲宜用南呂惆悵雄壯者宜用正宮是固天籟之發者然也此又一義也。

周德清中原音韻。大凡聲音各應於律呂分於六宮十一調。共計十七宮調。

仙呂宮清新綿邈。（或作綿）　南呂宮感歎傷悲

中呂宮高下閃賺　黃鍾宮富貴纏綿

正宮惆悵雄壯　道宮飄逸清幽

大石風流醞藉　小石旖旎嫵媚

高平條暢滉漾　般涉拾掇坑塹

歇指急併虛歇　商角悲傷婉轉

雙調健捷激裊　商調悽愴怨慕

角調嗚咽悠揚　宮調典雅沉重

越調陶寫冷笑

按德清之說雖為曲設。而宮調之理詞曲所同。此說亦見陶宗儀輟耕錄。蓋元人相傳舊說也。惟周書閒有訛字。如仙呂宮訛作仙呂調。條暢訛作條物。健捷訛作健棲。今悉依輟耕錄改正。至二氏所謂六宮十一調。即宋史樂志之十七宮調。但宮調角調。商角調不同。淩次仲

謂元人不深於燕樂見中呂仙呂黃鐘三調與六宮相複故去之妄易以宮調角調商角調耳是也

又按玉田詞源有宮調分屬十二月之說楊守齋作詞五要曰第二要擇律律不應則不美如十一月須用正宮元宵詞必用仙呂宮爲宜也。可見古人於宮調不苟用如此

然則宮調之說安可遏而廢之哉。

附調名緣起

曲調有名其來舊矣。自漢之朱鷺石留晉宋之懊儂子夜歷世增多至唐崔令欽著教坊記臚列曲名都凡三百二十有四兩宋以來詞體滋大調名尤繁論其緣起者大氐散見宋以來筆記詞話之中而王晦叔之碧雞漫志考核獨精。

四庫全書總目詞曲類二碧雞漫志一卷宋王灼撰灼有糖霜譜已著錄是編詳述曲調源流前七條爲總論述古初至唐宋聲歌遞變之由次列涼州伊州霓裳羽衣甘州胡渭州六么西河長命女楊柳枝喝䭾子蘭陵王虞美人安公子水調歌萬歲樂夜半樂河滿子淩波神荔枝香阿濫堆念奴嬌清平樂雨淋鈴菩薩蠻望江南麥秀兩岐文溆子後庭花鹽角兒

(國6二十五年印)

凡二十八條一一溯得名之緣起與其漸變宋詞之沿革蓋三百篇之餘音至漢而變爲樂
府至唐而變爲歌詩及其中葉詞以萌芽至宋而歌詩之法漸絕詞乃大盛其時士大夫多
嫻音律往往自製新聲漸增舊譜故一調或至數體一體或有數名正其宮調以著倚聲所
自始其餘晚出雜曲則不暇一一詳也

餘如楊升庵之詞品都元敬之南濠詩話毛奇齡之西河詞話雖有考證皆不免掇拾古語以
牽合詞調而毛稚黃之塡詞名解又從而附會之多有未足徵信者萬氏詞律間有考證亦未
明言其故今就諸家所記綜合觀之調名緣起約有數端有因樂府舊曲而名者如柳枝出於
折楊柳江南好出於望江南采桑子出於楊下采桑是也有用前人詩賦爲名者如蝶戀花用
梁元帝翻階蛺蝶戀花情滿庭芳用吳融滿庭芳草易黃昏惜餘春取太白賦語青玉案取平
子詩句是也有取本詞字句爲名者如如夢令因唐莊宗詞句有如夢如夢殘月落花烟重也
魚游春水因古詞句有鶯囀上林魚游春水也而念奴嬌以東坡詞而改名大江東去臨江仙
以方回詞而改名雁後歸則又文人好奇之習也有以作者本事而名者如憶餘杭因潘閬憶
西湖而作也菊花新因陳源念菊夫人而作也醉翁操因東坡追思六一翁而作也他如以地

名者有甘州子伊州令梁州令靑門引氐州第一等以物名者有蘇幕遮菩薩蠻尉遲杯等以古事名者有阮郎歸惜分釵華胥引高陽臺等以時序名者有秋霽夏初臨湘春夜月春從天上來等以音節名者有聲聲慢字字雙三字令一七令等別有偷聲減字攤破促拍摘遍哨遍之名引近令慢爲指過腔轉調犯調之目而犯調又有倒犯側犯尾犯花犯三犯四犯八犯之分皆從宮調而別者也又有合二調爲一調者如江月晃重山合西江月小重山而成也江城梅花引合江城子梅花引而成也有一調犯數調而未明言犯者如六醜共犯六調而成也有同名而所入之宮調異者如虞美人片玉集入正宮尊前集又入中呂調菩薩蠻尊前集入中呂宮片玉集又入正平調木蘭花尊前集入大石調樂章集又入林鍾商傾盃樂樂章集入仙呂宮白石集又入大石調此則其異在聲而不在詞也有名同而字句多少大異者如長相思本三十六字小令又有百字長調三臺本二十四字小令又有百七十一字長調有調異而別名偶同者如相見歡錦堂春俱別名烏夜啼浪淘沙謝池春俱別名賣花聲是也又有本係一調或爲兩唱家增減字句或爲詞家改用韻脚後人視爲異體且立異名者如釵頭鳳本摘紅英但尾疊少三字惜分釵亦本摘紅英但改用平韻尾疊兩字而名乃異是也凡此種種頗亦

（國6二十五年印）

約雜糅而董之亦詞家之業但與填詞之工拙無關學者苟能依名家所作製詞自無失調之譏矣

聲韻第四

自永明四聲之說倡而文藝之事一變浸淫五百餘年至於詞體之興其法愈趨而愈密昔人知其然而未言其故夫文家之用四聲有定則焉曰相間曰相重二者所以求音節協和之美而別韻文於散體也休文浮聲切響之論

沈約宋書謝靈運傳論夫五色相宣八音協暢由乎玄黃律呂各適物宜欲使宮羽相變低昂舛節若前有浮聲則後須切響一簡之內音韻盡殊兩句之中輕重悉異妙達此旨始可言文

彥和飛沈雙疊之說

劉勰文心雕龍聲律篇凡聲有飛沈響有雙疊雙聲隔字而每舛疊韻離句而必睽沈則響發而斷飛則聲颺不還并轆轤交往逆鱗相比迂其際會則往蹇來連其爲疾病亦文家之吃也

是矣而語焉不詳竊嘗論之相間相重之美唐人近體已勝於漢魏五言惟是近體章有定句句有定字長於整飭而短於錯綜其弊也拘能常而不能變者也故其道易窮而詞體承之以興參奇偶

之字以成句合長短之句以成章復重而爲雙疊演而爲長慢字句之錯綜既已極矣而五聲從之參伍其間變乃無窮故雖未協律之詞誦其腔調彌近音樂其異於近體而進於近體者在此其合於美藝之軌則而能集衆製之長者亦在此此紅友萬氏詞律之所爲作也總其義例得五要焉一曰句讀宜明也

萬樹詞律發凡詞中惟五言七言句最易淆亂七言有上四下三如唐詩一句者若鷓鴣天小窗愁黛淡秋山玉樓春棹沉雲去情千里之類有上三下四句者若唐多令燕辭歸客尚淹留爪茉莉金風動冷清清地之類易于誤認諸家所選明詞往往失調故今於上四下三者不注其上三下四者皆注豆字于第三字旁使人易曉無誤整句爲句半句爲讀讀音豆故借書豆字其外有六字八字語氣折下者亦用豆字注之五言有上二下三如詩句者若一絡索署氣昏池館錦堂春腸斷欲棲鴉之類有一字領句而下則四字者如桂華明遇廣寒宮女燕歸梁記一笑千金之類尤易誤填中略又四字句有中二字相連者如水龍吟尾句之類與上下各二者不同

二曰詞格宜遵也

平聲羽七調上聲角七調去聲宮七調入聲商七調
[illegible]

唐人韻四聲表

	平	上	去	入	
穿鼻	東	董	送	○	入聲無穿鼻韻
穿鼻	冬	腫	宋	○	入聲無穿鼻韻
穿鼻	江	講	絳	○	入聲無穿鼻韻
				質	
展輔	支	紙	寘	陌	質陌職俱承寘陌又承泰職又承泰又承隊
				職	
展輔	微	尾	未	物	
斂脣	魚	語	御	藥	藥承兩御遇又三[illegible]盡攻[illegible]

同上自沈吳興分四聲以來凡用韻樂府無不調平仄者至唐律以後浸淫而爲詞尤以諧聲爲主倘平仄失調則不可入調。周柳万俟等之製腔造譜皆按宮調故協於歌喉播諸絃管。以迄白石夢窗各有所刱未有不悉音理而可造格律者。今雖音理失傳而詞格具在學者但宜依仿舊作字字恪遵庶不失其中矩矱。舊譜不知此理將古詞逐字臆斷平謂可仄仄謂可平夫一調之中豈無數字可以互用然必無通篇隨意通融之理譜見略有拗處則改順適五七言必成詩語。（中略）或曰改拗爲順取其諧耳順口若何必如此拘執余曰苟取順便則何必用譜何必用舊名乎。故不爲詞則已既欲作詞必無杜撰之理如美成造腔其拗處乃其順處所用平仄豈漫然爲之邪。倘是漫然爲之者何其第二首亦復如前豈亦皆漫然爲之至再至三邪。方千里係美成同時所和四聲無一字異者豈方亦漫然爲之邪後復有吳夢窗所作亦無一字異者豈吳亦漫然爲之邪。更歷觀諸名作莫不繩尺森然者其一二有所改變或係另體或係傳訛或係敗筆亦當折衷歸於至當烏可每首俱爲竄易乎

謝元淮碎金詞譜凡例按譜填字如一詞數體者只可專從一人之詞爲定體遂寧遂由照譜填入縱不能四聲俱講而平仄斷不容舛上去不可互替句讀句法均宜遵守不得因圖譜所

列圖式有可平可仄之注遂任意雜填轉不成音調蓋詞譜所云係指他詞全關參考而言因一調十餘詞平仄各異以見格非一體耳。然亦每詞各有一定之平仄並非彼此逐句皆可通融互易若一調十餘詞此句平仄從甲彼句平仄從乙則是通首無不可活動之字必致通篇無一合格之句矣。烏容不辨。

按紅友詞律之作蓋以明以來詞學失傳舉世奉張綖詩餘圖譜程明善嘯餘譜等書爲圭臬而思有以糾正之故其立說不得不嚴。然況蕙風平生守律最嚴乃謂小令如浣溪沙浪淘沙慢詞如賀新郎沁園春調之至習見者無庸斤斤守律。間嘗思之古人詞句平仄亦非絕對不可移易但移易亦必有法。大氐古人精於音律故能隨律定聲。法由自造後人不通音理則不可任意更換致失本調耳。及閱吳子律蓮子居詞話稱西林先生言詞之興也先有文字從而宛轉其聲以腔就辭者也。洎乎傳播通久音律確然繼起諸詞人不得不以辭就腔於是必遵前詞字脚之多寡字面之平仄號曰填詞或變易前詞仄字而平或變易前詞平字而仄要於音律無礙。或前詞字少而今多之則融洽其多字於腔中或前詞字多而今少之則引伸其少字於腔外亦仍與音律無礙。蓋當時作者述者皆善歌故製辭度腔而字之多寡平仄參焉。今則歌法已失其傳，音律之故不明，變易融洽引伸之枝何由而施？操觚家按腔運辭，競競尺寸不易之道也。此論極肆，所謂融洽引伸之旨，實發宜興萬氏所未發。其說與余同，謝默卿所論足與萬氏之言相發，皆於保存古詞音節之意至厚。蓋古人製成一譜，而後人遵用不易者，以其音節諧美也。若任意易之，則必舛亂矣。此詞譜家所以立論必嚴也。

三曰上去宜辨也

同上平仄固有定律矣。然平止一途，仄兼上去入三種，不可遇仄而以三聲概填。蓋一調之中可概者十之六七，不可概者十之三四，須斟酌而後下字，方得無疵。此其故當於口中熟吟自得其理。夫一調有一調之風度聲響，若上去互易，則調不振起，便成落腔。尾句尤為吃緊。如永遇樂之「尚能飯否」，瑞鶴仙之「又成瘦損」，尚、又必仄，能、成必平，飯、瘦必去，否、損必上，如此然後發調。末二字若用平上，或平去，或去去、去上、上上、上去，皆為不合。元人周德清論曲有煞尾句定格，夢窗論詞亦云某調用何音煞，雖其言未詳，而其理可悟。（中略）蓋上聲舒徐和軟，其腔低；去聲激厲勁遠，其腔高。相配用之，方能抑揚有致。

四曰去聲與三聲宜分也

同上更有一要訣曰名詞轉折跌宕處多用去聲何也。三聲之中上入二者可以作平去則獨異故余嘗竊謂論聲雖以一平對三仄論歌則當以去對平上入也當用去者非去則激不起用入且不可斷斷勿用平上也。又曰上爲音輕柔而退遜故近於平今言詞則難信姑以曲喻之北曲清江引末一字可平亦可上如西廂之下場頭那答兒發付我我字上聲香美娘處分破花木瓜瓜字平聲天下樂汎浮查到日月邊邊字平聲安排著憔悴死死字上聲如此等字甚多用上皆可代平卻用不得去聲字但試于口吻間諷誦自覺上聲之和協而去聲之突兀也。

五曰入聲派三聲宜審也。

同上入之派入三聲爲曲言之也。按入聲派入三聲其說出周德清中原音韻謂以廣其押韵耳有才者本韻自足矣戈順卿有說見後。然詞曲一理今詞中之作平者比比而是比上作平者更多難以條舉作者不可因其用入是仄聲而概作上去也。且有以入叶上者不可用去以入叶去者不可用上亦須知之。

其於四聲之用可謂精微矣。而玉田論詞既有輕清重濁之論。

張炎詞源先人曉暢音律有寄閒集旁綴音譜刊行於世每作一詞必使歌者按之稍有不協隨即改正（中略）又作惜花春起早云瑣窗深深字意不協改爲幽字又不協再改爲明字歌之始協此三字皆平聲胡爲如是蓋五音有脣齒喉舌鼻所以有輕清重濁之分故平聲字可爲上入者此也

按周挺齋中原音韻作曲十法一知韻平聲有陰有陽入聲作平聲俱屬陽上聲無陰無陽入聲作上聲亦然去聲無陰無陽入聲作去聲亦然此可見詞曲之理相同近人有謂幽字改明於律則協矣於當時情景則不合其論亦有見但玉田舉此以明字分陰陽製詞協律不可苟且耳大氐平分陰陽專就付之歌喉而設作者之才如能兼守陰陽而不爲之牽率非更善乎

順卿正韻復嚴入作三聲之防

戈載詞林正韻發凡惟入聲作三聲詞家亦多承用（按入作三聲非詞家承用曲韻乃曲家因襲詞家詞先於曲也）如晏幾道梁州令莫唱陽關曲曲字作邱雨切叶魚虞韻柳永女冠子樓臺悄似玉玉字作于句切又黃鶯兒暖律潛催幽谷谷字作公五切皆叶魚虞韻晁補之黃鶯兒兩兩三三修竹竹字作張汝切亦

叶魚虞韶黃庭堅鼓笛令眼廝打過如拳踢踢字作他禮切叶支微韵張炎西子妝慢遙岑寸碧碧字作邦彼切亦叶支微韵又徵招換頭京洛染緇塵洛字須韵作郎到切叶蕭豪韵此皆入聲作三聲而押韵也又有作三聲而在句中者如歐陽修摸魚子恨人去寂寂鳳枕孤難宿寂寂叶精妻切柳永滿江紅待到頭終久問伊著著字叶池燒切又望遠行斗酒十千十字叶繩知切蘇軾按原作載誤行香子酒斟時須滿十分周邦彥一寸金使入魚鈎樂十字入字同李景元帝臺春憶得盈盈拾翠侶拾字亦同周邦彥又有瑞鶴仙正值寒食值字叶征移切秦觀望海潮金谷俊游谷字叶公五切又金明池才子倒玉山休訴玉字叶語居切吳文英無悶鸞駕弄玉玉字同黃庭堅品令心下快活自省活字叶華戈切辛棄疾千年調萬斛泉斛字叶紅姑切呂渭老薄倖攜手處花明月滿月字叶胡靴切姜夔暗香舊時月色吳文英江城梅花引帶書傍月自鉏畦兩月字同方俟雅言梅花引家在日邊日字叶人智切又三臺錫香更酒冷踏靑路踏字叶當加切方千里瑞龍吟暮山翠接接字叶玆野切又倒犯樓閣參差簾櫳恰閣字叶岡懊切陳允平應天長曾慣識淒凉岑寂識字叶傷以切周密醉太平眉鎖額黃額字叶移介切諸如此類不可悉數故用其以入作三聲之例而末仍列入聲五部則入聲既不缺以入

（國6二十五年印）

作三聲者皆有切音人亦知有限度不能濫施以自便矣。

可知聲音之美在詞體爲至要矣。至於聲黨用韵

按宋人工詞曲者稱聲家。一曰聲黨。見王灼碧鷄漫志。

則較詩家爲寬其故亦可得而論也。嘗考詩韵之嚴起於唐代而流濫於宋人。唐代試士有限韵之制。宋人和詩以險韵見奇。及其風尚既成遂堅不可破。詞則或起自閭巷或用於燕間在當時爲小道故平仄既可通叶方音亦能入韵。尋其軌迹似反近於古詩。然細審宋賢所製於韵部分合之間亦隱然有界限焉。蓋入聲之發自有矩度本聲制韵豈無條理。故毛氏之論詞韵以六條統平上去三聲。

毛先舒聲音韵統論古今詩騷詞曲體製不同因造損益相沿亦畧擬爲指示。益增眩惑今余姑以唐人詩韵爲準而約以六條簡之。有以統韵之繁精之有以悉韵之變標位明白庶便通曉一曰穿鼻二曰展輔三曰斂脣四曰抵齶五曰直喉六曰閉口。穿鼻者口中得字之後其音必更穿鼻而出作收韵也。按戈順卿亦用其說 東冬江陽庚青蒸七韵是也。按戈氏以東冬鍾爲一部江陽唐爲一部庚耕清青蒸登爲一部凡三部屬此條 展輔者口之兩旁角爲輔凡字出口之後必展開兩輔如笑狀作收韵也支微齊佳灰五韵

是也（按戈氏以支脂之微齊灰爲一部，佳之半及皆咍爲一部，凡二部屬此條。）斂脣者口半啓半閉，聚斂其脣作收韵也，魚虞蕭肴豪尤六韵是也（按戈氏以魚虞模爲一部，蕭宵肴豪爲一部，尤侯幽爲一部，凡三部屬此條。）抵齶者其字將終時，以舌抵上齶作收韵也，真文元寒删先六韻是也（按戈氏以眞諄臻文欣魂痕爲一部，元寒桓删山先仙爲一部，凡二部屬此條。）直喉者收韻直如本音者也，歌麻二韻是也（按戈氏以歌戈爲一部，佳之半及麻爲一部，凡二部屬此條。）閉口者却閉其口作收韻也，侵覃鹽咸四韻是也（按戈氏以侵爲一部，覃談鹽沾嚴咸銜凡爲一部，凡二部屬此條。）凡三十平聲已盡於此，上去即可緣是推之，唯入聲有異，余別著唐人四聲表以鉤稽之，斯理盡矣。（按唐人四聲表見後。）凡是六條，其本條之內往往可通，出其外者即不相假借，或有通者，必竟作別讀乃相通耳。

自謂金石或泐，斯談不渝，非夸辭也。戈氏晚出，其說尤精。

按戈載詞林正韵發凡，謂詞始于唐，唐時別無詞韵之書，宋朱希真嘗擬應制詞韵十六條，而外列入聲韵四部，其後張輯釋之，馮取洽增之，而其書久佚，目亦無自考矣。厲鶚謂曾見紹興二年刊菉斐軒詞林要韵一册，亦未之見。秦敦夫取阮芸臺家藏詞林韻釋一名詞林要韻重雕，雖題曰宋菉斐軒刊本，而跋中疑爲元明之季謬託。國初沈謙曾著詞韻略，毛先舒爲之括略并註，又似紛雜。同時有趙鑰曹亮武均撰詞韻，與去矜大同小異。若李漁之詞

（國6二十五年印）

韻四卷以鄉音妄析尤爲不經至前此胡文煥文會堂詞韻平上去用曲入韻用詩韻騎牆之見亦無根據近又有許昂霄緝詞韻考略亦不足道今塡詞家所奉爲圭臬信之不疑者則莫如吳烺程名世諸人所著之學宋齋詞韻其書分韻太寬疏謬百出復有鄭春波作綠漪亭詞韻以附會之而詞韻大紊因參取李唐以來韻書一以兩宋名家所用爲斷博攷互證凡三閱寒暑而成王半塘稱其書最晚出亦最精核爲塡詞家所不可少誠不誣也

尋其條流約有三義一曰入作三聲宜有限度也

按見前

二曰仄韻之調宜辨上去入也

戈載詞林正韻發凡詞之用韻平仄兩途而有可以押平韻又可以押仄韻者正自不少其所謂仄乃入聲也如越調又有霜天曉角慶春宮商調又有憶秦娥其餘則雙調之慶佳節高平調之江城子中呂宮之柳梢青仙呂宮之望梅花聲聲慢大石調之看花回兩同心小石調之南歌子用仄韻者皆宜入聲滿江紅有入南呂宮有入仙呂宮入南呂宮者卽白石所改平韻之體而要其本用入聲故可改也外此又有用仄韻而必須入聲者則如越調之丹鳳吟大酺

越調犯正宮之蘭陵王商調之鳳凰閣三部樂霓裳中序第一應天長慢西湖月謝連環黃鐘宮之侍香金童曲江秋黃鐘商之琵琶仙雙調之雨霖鈴仙呂宮之好事近蕙蘭芳引六么令暗香疎影仙呂犯商調之淒涼犯正平調近之淡黃柳無射宮之惜紅衣正宮中呂宮之尾犯中呂商之白苧夾鍾羽之玉京秋林鐘商之一寸金南呂商之浪淘沙慢此皆宜用入聲韻者勿概之曰仄而用上去也其用上去之調自是通叶而亦稍有差別如黃鐘商之秋宵吟林鍾商之清商怨無射商之魚游春水宜單押上聲仙呂調之玉樓春中呂調之菊花新雙調之翠樓吟宜單押去聲復有一調中必須押上必須押去之處有起韻結韻宜皆押上宜皆押去之處不能一一臚列略中作者宜細加考核隨律押韻更隨調擇韻則無轉摺怪異之病矣

三曰方言叶韻宜以有音切者爲限也

同上宋人詞有以方音爲叶者如黃魯直惜餘歡閤合同押林外洞仙歌鎖考同押曾覿釵頭鳳照透同押劉過轆轤金井溜倒同押吳文英法曲獻仙音冷向同押陳允平水龍吟草驟同押此皆以土音叶韻究屬不可爲法中原音韻諸書則以庚耕清之橫宏棚榮兄轟萌瓊登韻之崩朋甍肱等字俱入東鍾尤韻之罘蜉入魚虞此在中州音則然止可施之於曲詞則無有

(國6二十五年印)

用者，唯有借音之數字，宋人多習用之。如柳永鵲橋仙「算密意幽歡盡成孤負」，負字叶方佈切。辛棄疾永遇樂「憑誰問廉頗老矣尚能飯否」，否字叶方古切。趙長卿南鄉子「要底圓兒糟上浮」，浮字叶房逋切。周邦彥大酺「況蕭索青蕪國」，國字叶古六切。潘元質倦尋芳「將歸來碎揉花打」，打字當雅切。姜夔疏影「但暗憶江南江北」，北字叶逋沃切。韓玉曲江秋亦用國北叶屋沃韻。吳文英端正好「夜寒重長安紫陌」，陌字叶末各切。燭影搖紅「相間金茸翠畝」，畝字叶忙補切。蔣捷女冠子「羞與鬧蛾兒爭耍」，耍字叶霜馬切之類，略舉數家，已見一斑。相沿至今，既有音切，便可遵用。

按觀戈氏此條，知宋人詞韻多用宋代方音，與古同法，初無一定之限。惟文藝之事，恆有由參差而趨整齊之勢，故主除習用數字外，不可濫用。然文人用韻，原與音韻學家有異，且詞語較詩為近自然，有時以能酷肖口語為佳，故俗字俗語入詞，不但無妨，且增神味。然則俗音入韻，有不得不然之勢，即戈氏所舉各例，可見其理。則詞之為體，彌近於曲而漸遠於詩也。故填詞一道，守律宜嚴，用韻可寬，守律宜遵古，用韻不妨從今，但取神味深永，不宜為韻所束。昔釋惠洪謂詩欲老健有英氣，當間用方俗言為妙。而顧亭林論詩謂苟其義之至當而不可以他字易則無韻不害漢以上往往有之二君之言誠通論也知此則詞有用俗字俗語之故可思矣例如歐陽永叔南歌子笑問雙鴛鴦字怎生書怎生二字酷肖女兒口吻倘易以若何書則反乏味矣

餘如韻部分合之間詞曲異同之處論列亦皆至當與萬氏詞律若詞家之雙論爲學者得之而後行也雖然聲理精矣韻律當矣而所爲工否尙別者事在譬之輪轅具飾而駕御在心古人所謂詞外求詞其斯之謂歟欲明此理請俟更端

風會第五

文藝之事言派別不如言風會派別近私風會則公也言派別則主於一二人易生門戶之爭言風會則國運之隆替人才之高下體製之因革皆與有關焉蓋風會之成常因緣此三事故其變也亦非一二人偶爾所能爲自來論者未能通明故多偏主或依時序爲分別或以地域爲區畫或據作家爲權衡依時序爲分別故有初盛中晚之論

劉體仁七頌堂詞繹詞亦有初盛中晚不以代也（按不與歷史之時代同也）牛嶠和凝張泌歐陽炯韓偓鹿虔扆輩不離唐絕句如唐之初未脫隋調也然皆小令耳至宋則極盛周張柳康蔚然大家至姜

白石史邦卿則如唐之中而明初比唐晚，蓋非不欲勝前人，而中實枵然，取給而已，於神味處全未夢見。

有南北兩宋之說。

俞仲茅爰園詞話：唐詩三變愈下，宋詞殊不然。歐蘇秦黃足當高岑王李，南渡以後，矯矯陡健，即不得稱中宋晚宋也。惟辛稼軒自度梁肉不勝前哲，特出奇險為珍錯供，與劉後村輩俱曹洞旁出，學者正可欽佩，不必反脣併捧心也。按此以辛劉并為一談，未為允當，說見後。

周濟介存齋論詞雜著：兩宋詞各有盛衰，北宋盛於文士而衰於樂工，南宋盛於樂工而衰於文士。又北宋有無謂之詞以應歌，南宋有無謂之詞以應社，然美成蘭陵王、東坡賀新涼，當筵命筆，冠絕一時，碧山齊天樂之詠蟬，玉潛水龍吟之詠白蓮，又豈非社中作乎？故知雷雨鬱蒸是生芝菌，荊榛蔽芾亦產蕙蘭。

又北宋詞下者在南宋下，以其不能空且不知寄託也。高者在南宋上，以其能實且能無寄託也。南宋則下不犯北宋拙率之病，高不到北宋渾融之詣。

吳衡照蓮子居詞話：詞至南宋始極其工。秀水揪此論為明季人孟浪言詞者示救病刀圭，意非不足夫北宋也。蘇之大，張之秀，柳之艷，秦之韻，周之圓融，南宋諸老何以尚茲。

以地域爲區別，故有河朔江南之辨。

況周頤蕙風詞話：自六朝已還，文章有南北派之分，乃至書法亦然。姑以詞論，金源之於南宋，時代政同，疆域之不同，人事爲之耳，風會曷與焉。如辛幼安先在北，何嘗不可南；如吳彥高先在南，何嘗不可北。顧細審其詞，南與北確乎有辨，其故何耶？或謂中州樂府選政操之遺山，皆取其近己者。然如王拙軒、李莊靖、段氏遯庵、菊軒，其詞不入元選，而其格調氣息以視元選諸詞亦復如驂之靳，則又何說？南宋佳詞能渾，至金源佳詞近剛方。宋詞深緻能入骨，如清真、夢窗是；金詞清勁能樹骨，如蕭閑、遯庵是。南人得江山之秀，北人以冰霜爲清。南或失之綺靡，近於雕文刻鏤之技；北或失之荒率，無解深裘大馬之譏。善讀者抉擇其精華，能知其並皆佳妙，而其佳妙之所以然，不難於合勘，而難於分觀，往往能知之而難於明言之。然而宋金之詞之不同，固顯而易見者也。

據作家爲權衡，故或別其同異。

按歷來衡論作家同異者，更僕難數，略舉之，則論溫韋後主者，則有飛卿嚴妝，端已淡妝，後主粗服亂頭不掩國色之喻周止庵說有飛卿句秀端己骨秀重光神秀之評王靜安說論李韋馮者則有重光性靈端己風度正中堂廡之說況蕙風說論子野耆卿者則有子野韻高耆卿不及之語晁補之說論子野耆卿少游者則有子野詞勝情耆卿情勝詞少游情詞相稱論蔡伯世說論蘇柳者則有蘇詞須關西大漢銅琵琶鐵綽板唱大江東去柳詞只合十七八女郎執紅牙板歌楊柳外曉風殘月之別俞文豹說論方回美成叔原仲殊者則有賀周語意精新用心甚苦叔原秀氣勝韻得之天然仲殊之贍晏反不逮之言王晦叔說論蘇辛者則有蘇之自在辛偶能到辛之當行蘇必不能到周止庵說與辛之於蘇猶詩中山谷之視東坡也吳子律說二說不同又如宋尚木之品諸家也以秀逸曰永叔以放誕曰子瞻以清華曰少游以娟潔曰子野以鮮清曰方回以聰俊曰小山以妍婉曰易安以魯直蒼老而或傷於頹以介甫劖削而或傷於拗以無咎規檢而或傷於樸以稼軒豪爽而或傷於霸以務觀蕭散而或傷於疎又謂屯田哀感頑豔而少寄托清真蜿蜒流美而乏陡健伯可排敘整齊而乏深邃謝無逸則能寫景僧仲殊則能言情程正伯則能壯采張安國則能用意方侯雅言則能協律劉改之則能使氣曾屯甫則能書懷吳夢窗則能疊字姜白石則能琢句蔣竹山則能作態史邦卿則能刷色黃花庵則能

選格張惠言之序詞選也則謂唐之詞人李白爲首其後韋應物王建韓翃白居易劉禹錫皇甫松司空圖韓偓并有述造而溫庭筠最高其言深美閎約五代詞人孟氏李氏君臣爲謔競作新聲詞之雜流由此起矣至其工者往往絕倫宋之詞人張先蘇軾秦觀周邦彥辛棄疾姜夔王沂孫張炎淵淵乎文有其質焉柳永黃庭堅劉過吳文英之倫則蕩而不反傲而不理枝而不物亦各引其一端凡此諸說皆能各抒所見學者精讀諸家詞集之後以此諸說爲明辨之資亦一助也

或辨其正變

詞苑叢談李氏晏氏父子耆卿子野美成少游易安至矣詞之正宗也溫韋豔而促黃九精而刻長公麗而壯幼安辨而奇又其次也詞之變體也詞體大略有二一體婉約一體豪放婉約者欲其詞調蘊藉豪放者欲其氣象恢宏然亦存乎其人如秦少游之作多是婉約蘇子瞻之作多是豪放大約詞體以婉約爲正故東坡稱少游爲今之詞手後山評東坡如教坊雷大使舞雖極天下之工要非本色

王士正花草蒙拾弇州謂蘇黃稼軒爲詞之變體是也謂溫韋爲詞之變體非也夫溫韋視晏

作詩亦宜如此

李秦周。譬賦有高唐神女而後有長門洛神。詩有古詩錄別而後有建安黃初三唐也。謂之正始則可。謂之體變則不可。

同上。張南湖論詞派有二。一曰婉約。一曰豪放。僕謂婉約以易安爲宗。豪放惟幼安稱首。

介存齋詞辨序。古稱作者豈不難哉。自溫庭筠韋莊歐陽修秦觀周邦彥周密吳文英王沂孫。張炎之流。莫不蘊藉深厚。而才豔思力各騁一途。以極其致。中略 南唐後主以下。雖駿快馳驁豪宕感激。稍稍漓矣。然猶皆委曲以致其情。未有亢厲剽悍之習。抑亦正聲之次也。按介存齋論詞雜著後記曰向次詞辨十卷。一卷起飛卿爲正。二卷起南唐後主爲變云云。其書寫成田生攜以北附糧艘行舟覆失去今存二卷其一卷錄溫庭筠韋莊歐陽炯馮延巳晏氏父子歐陽修柳永秦觀周邦彥陳克史達祖吳文英周密王沂孫張炎唐珏李清照十八人。二卷錄李後主蜀主孟昶鹿虔扆范仲淹蘇軾王安國辛棄疾姜夔。陸游劉過蔣捷十一人所謂正變兩體大概若此至十卷原書惜不可見矣。

王國維人間詞話。詞至李後主而眼界始大。感慨遂深。遂變伶工之詞而爲士大夫之詞。周介存置諸溫韋之下。可謂顛倒黑白矣。自是人生長恨水長東。流水落花春去也。天上人間。金荃浣花能有此氣象邪。

按塡詞雖無一定之派別。然源流亦隱然可尋。自來論者於此亦有所論列。如劉貢父謂晏

或溯其源流

元獻尤喜馮延巳詞其所自作亦不減延巳。陳質齋謂歐陽公詞多有與花間陽春相混則歐晏之詞淵源於延巳矣。如王晦叔謂或曰蘇長公詞乃長短句中詩也爲此論者乃是遭柳永野狐涎之毒則蘇柳二家顯然異派矣。又謂晁無咎黃魯直葉少蘊蒲大受皆學東坡晁黃韻製得七八葉蒲得其六七蘇在庭石耆翁入東坡之門惟趙德麟李方叔皆東坡客而氣味殊不近則蘇公在北宋之末隱然爲此事宗主矣。又謂沈公述李景元孔方平處度叔姪晁次膺万俟雅言源流從柳氏來病於無韻則柳七之流風亦自深遠矣。又謂長短句中作滑稽無賴語起於至和嘉祐之前猶未盛也。熙豐元祐間兗州張山人以詼諧獨步京師元祐間王齊叟彥齡政和間曹組元寵皆能文每出長短句膾炙人口彥齡以滑稽語譟河朔組作紅窗迥及雜曲數百解聞者絕倒滑稽無賴之魁也。同時有張袞臣者組之流其後祖述者益衆嫚戲汙賤古所未有則側豔之外復有滑稽一派矣。此皆宋人論宋詞者也。近入如況蕙風謂宋熙豐間詞學極盛蘇長公提倡風雅爲一代斗山。黃山谷秦少游晁無咎皆長公之客山谷無咎詞體於長公爲近惟少游自闢蹊徑卓然名家故王晦叔稱少游俊逸精妙與張子野幷論不言其學坡公則少游詞派又在蘇柳二家之外矣。又謂改之詞格本與辛幼安不同在蔣竹山伯仲間其激昂慨慷諸作乃刻意撫擬幼安則辛劉非可混爲一家矣其餘或稱姜史或曰姜張或以中仙與玉田匹敵或以白石與稼軒伯仲而清真之流衍獨盛故方千里楊澤民和韵西麓繼周而功甫之美梅溪則曰分鑣清真梅津之論夢窗則曰前有清真故止庵周氏謂美成思力獨絶千古如顔平原書雖未臻兩晉而唐初之法至此大備後有作者莫能出其範圍矣

雖評騭允當而言靡條貫故亦不能無所觝異於是兩宋正變之辨清空質實之爭生焉

按諸家正變之辨已見前引蕙風詞話於此亦有論列如謂止庵宋四家詞筏序不以近世詞家推南宋爲正宗姜張爲山斗爲然其說不盡是謂姜張誠不足爲山斗南宋安得不爲正宗而王靜安又以竹垞詞至北宋而大至南宋而深之說爲非而以止庵北宋詞多就景敍情故珠圓玉潤四照玲瓏至稼軒白石一變而爲即事敍景使深者反淺曲者反直潘四農詞至北宋而盛其意格閎深曲摯猶詩之有盛唐至南宋則稍衰矣劉融齋北宋詞用密亦疏用隱亦亮用沉亦快用細亦闊用精亦渾南宋只是掉轉過來三說俱推尊北宋與明季雲間諸公同一卓識其立說之不同如此然雲間諸公且欲廢宋尊唐王阮亭卽不謂然

況蕙風至謂唐五代不必學其持論又不同如此至清空質實之論發於玉田其後竹垞宗之浙中諸子復推闡之而止庵則謂玉田過尊白石高語清空後人不能細研詞中曲折深淺之故羣聚而和之蕙風則謂東南操觚之士往往高語清空而所得者薄力求新豔而所得者尖其見解之不同又如此學者苟不能觀其會通不能明其立言之意則幾何而不成門戶之爭大氐古人立言多在救時弊南宋之末詞尚雕繢故玉田非之以質實明季詞多浮采故竹垞救之以清空浙中諸子之弊也故有止庵蕙風之論而靜安之言又爲近世詞學夢牕者之藥石也

知風會之說則知歐晏之近延巳者宋初猶承五代風氣也蘇柳之分鑣并馳者東坡才大而高朗耆卿情放而落拓也南渡之初國勢日弱朝廷日卑而上下宴安志士扼腕故或放情山水託莊老以自娛或叱咤風雲欲澄清而無路於是有希真石湖之閒逸復有稼軒同甫之激昂其下者謑髁自容縱脫無行而滑稽無賴之言以興及恢復無期國土日蹙情志之蓄憤益深發而爲言婉而彌哀放而彌痛中仙玉田之託物寓情則其流也此默深魏氏所謂世瘉亂情瘉鬱則詞瘉幽也若夫清真伯可之儔身在樂府知音協律之事所職宜然故其所爲韻律精切白石梅溪夢窗草窗諸君

亦其流風彌見工麗。斯又體製因革之自然。此數君者動於不得已。非欲以此與前人競奇也。北宋士夫製詞。樂工協律。南宋諸公既擅詞筆。復辨宮商。風會亦異也。至金元之不及兩宋者。金元工於小令套數。爲曲家風會所轉移也。明詞不及金元者。金元猶存宋賢餘韻。明人純以傳奇手爲詞也。

吳衡照蓮子居詞話。金元工於小令套數而詞亡。論詞於明。幷不逮金元。遑言兩宋哉。蓋明詞無專門名家。一二才人如楊用修王元美湯義仍輩。皆以傳奇手爲之。宜乎詞之不振也。

況周頤蕙風詞話。劉雲閑虞美人春殘念遠云。子規解勸春歸去。春亦無心住。下句淡而鬆。卻未易道得。幷上句解勸字亦爲之有精神。竊謂詞學自宋迄元。乃至雲閑等輩。清妍婉潤。未墜方雅之遺。亦猶書法自六朝迄唐。至褚登善徐季海輩。餘韻猶存。風格毋容稍降矣。設令元賢繼起者。不爲詞變爲曲。風會所轉移。俾肆力於倚聲。以語南渡名家。何遽多讓。雲閑輩所詣止此。豈曰其才限之邪。

且一時之風會。固有一時之作家。爲其領袖。而其導源則常在此時以前。此中消息甚微。未易窺見故止庵列後主以冠蘇辛。蕙風指屯田爲金元已還樂語所自出。

蕙風詞話。柳屯田樂章集。爲詞家正體之一。又爲金元已還樂語所自出。金董解元西廂記搊彈體傳奇也。時論其品如朱汗碧蹏、神采駿逸、直有哨遍詞云、太皞司春、春工著意、和氣生暘谷、十里芳菲、儘東風絲絲、柳搓金縷、漸次弟桃紅杏淺、水綠山青、春漲生烟渚、九十日光陰能幾、早鳴鳩呼婦、乳燕攜雛、亂紅滿地、任風吹飛絮濛空、有誰主、春色三分、半入池塘、半隨塵土、滿地榆錢、算來難買春光住、初夏永、薰風池館、有藤牀氷簟紗幮、日轉午、脫巾散髮、沉李浮瓜、寶扇搖紈素、著甚消磨永日、有掃愁竹葉、侍寢青奴、霎時微雨送新涼、些少金風退殘暑、韶華早暗中歸去。此詞連情發藻、安帖易施、體格於樂章爲近。明胡元瑞筆叢、稱董西廂記精工巧麗、備極才情、蓋筆能展拓、則推演爲如干字何難矣。自昔詩詞曲之遞變、大都隨風會爲轉移、詞曲之爲體、誠迴乎不同、董爲北曲初祖、而其所爲詞、於屯田有沆瀣之合、曲繇詞出、淵源斯在。

明須溪乃元明已後詞派所導源、

同上須溪詞中間有輕靈婉麗之作、似乎元明已後詞派導源乎此、詎時代已入元初、風會所趨、不期然而然者耶。如浣溪沙感別云、點點疎林欲雪天、竹籬斜閉自清妍、爲伊憔悴得人憐、欲與那人攜素手、粉香和淚落君前、相逢恨恨總無言。前調春日即事云、遠遠游蜂不記家、數

(國６二十五年印)

行新柳自啼鴉。尋思舊事卽天涯。睡起有情和畫卷，燕歸無語傍人斜。晚風吹落小瓶花。山花子後段云：早宿半程芳草路，猶寒欲雨暮春天。小小桃花三兩樹，得人憐。此等小詞，乃至略似國初顧梁汾納蘭容若輩之作，以謂須溪詞中之別調可耳。

皆有見乎風會之先而爲言耳，未可輒謂東坡稼軒師法重光，金元曲家步趨柳七也。故知文運之升降亦同春夏之潛移，其變也徐而不費，故人之感之也亦隱而不明。夫風會之成，既與國運人才有關，而體製因革，亦自具其條理，則學者立論，安可不參合會通而鹵莽爲之哉。

(國6二十五年印)

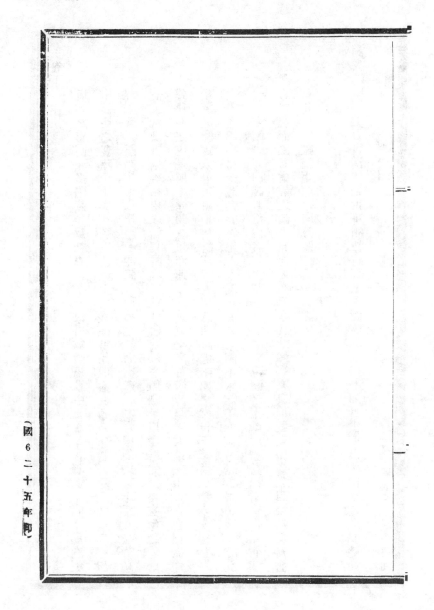

卷下　作法

塡詞之事術亦多門茲卷爲初學啓示塗軌析爲數篇篇中先薈萃昔賢懿詰間下己意引申證明之昔陸士衡作文賦以述先士之盛藻可謂曲盡其妙乃曰若夫隨手之變良難以辭逮蓋大匠能誨人以規矩不能誨人以巧也然而劉彥和之言曰陶鈞文思貴在虛靜疏瀹五藏澡雪精神積學以儲寶酌理以富才研閱以窮照馴致以懌辭然後使玄解之宰尋聲律而定墨獨照之匠闚意象而運斤此蓋馭文之首術謀篇之大端黃山谷之言曰欲作楚辭追配古人直須熟讀楚辭觀古人用意曲折處講學之然後下筆譬如巧女文繡妙一世若作錦必得錦機乃能作錦近人況蕙風亦曰詞中求詞不如詞外求詞詞外求詞之道一曰多讀書二曰謹避俗俗者詞之賊也合三君之說觀之士衡所謂難以辭逮者不啻盡言之矣而劉君虛靜之論尤爲扼要苟學者於此體察有素則觀篇中各論自能心領神會及其自作雖規矩弗存而方圓自當矣

總術第一

詞要清空不要質實清空則古雅峭拔質實則凝澀晦昧姜白石如野雲孤飛去留無迹吳夢窗如

七寶樓臺眩人眼目折碎下來不成片段此清空質實之說又如聲聲慢云檀欒金碧婀娜蓬萊浮雲不蘸芳洲前八字恐亦太澀如唐多令云何處合成愁離人心上秋縱芭蕉不雨也颼颼都道晚涼天氣好有明月怕登樓把前事夢中休花空煙水流燕辭歸客尚淹留垂柳不縈裙帶住謾長是繫行舟此詞疏快不質實如是者集中尚有惜不多見白石如疏影暗香揚州慢一萼紅琵琶仙探春八歸淡黃柳等曲不惟清空且又騷雅讀之使人神觀飛越（張炎詞源卷下）

詞云清空二字亦一生受用不盡指迷之妙盡在是矣（陸韶詞旨）

近人頗知北宋之妙然終不免有姜張二字橫亘胸中豈姜張在南宋亦非巨擘乎論詞之人叔夏晚出既與碧山同時又與夢窗別派是以過尊白石但主清空後人不能細研詞中曲折深淺之故羣聚而和之并為一談亦固其所也（周濟介存齋論詞雜著）

詞過經意其蔽也斧琢過不經意其蔽也襏襫不經意而經意易經意而不經意難（況周頤蕙風詞話卷一）

恰到好處恰夠消息毋不及毋太過半唐老人論詞之言也（同上）

詞太做嫌琢太不做嫌率欲求恰如分際此中消息正復難言但看夢窗何嘗琢稼軒何嘗率可以悟矣（同上）

真字是詞骨情真景真所作必佳且易脫稿（同上）

作詞最忌一矜字矜之在迹者吾庶幾免矣其在神者容猶在所難免茲事未遽自足也（同上）

容若承元明詞敝甚欲推尊斯道一洗雕蟲篆刻之譏獨惜享年不永力量未充未能勝起衰之任其所爲詞純任性靈纖塵不染甘受和白受采進於沈著渾至何難矣嘅自容若而後數十年間詞格愈下東南操觚之士往往高語清空而所得者薄力求新豔而其病也尖微特距兩宋若霄壤甚且爲元明之罪人箏琶競其繁響蘭荃爲之不芳豈容若所及料哉（蕙風詞話卷五）

按自清空之論發自玉田至秀水朱竹垞氏病清初詞人專奉草堂乃選詞綜以退草堂而崇姜張以清空雅正爲主風氣爲之一變是曰浙派及毗陵張皋文氏出復以微婉相高以求當言外意内之旨其後周止庵氏益推闡之退姜張而進辛王尊夢窗而黜美成風氣又爲之一變是曰毗陵派然觀玉田之論特以救一時質實之失初未自標一派也而清空質實之辨不出意辭之間蓋作者不能不有意而達意不能不鑄辭及其蔽也或意逆而辭不逮焉或辭工而意不見焉此況君經意不經意之論也必也意足以舉其辭辭足以達其意辭意之間有相得之美無兩傷之失此半唐老人恰到好處恰夠消息之論也往歲爲學衡雜誌撰文鑒篇畢

孔子足志足言之義，以謂作家所當深思明辨者，作足之一字，半唐老人兩言卽足字詮釋也。學者苟會通其義，則於茲事之妙，蓋已思過半矣，尙何斧琢襱襪之失哉。

又按清空云者，詞意渾脫超妙，看似平淡，而義蘊無盡，不可指實。其源蓋出於楚人之騷，其法蓋由於詩人之興，作者以善覺善感之才，遇可感可覺之境，於是觸物類情而發於不自覺者也。惟其如此，故往往因小可以見大，卽近可以明遠。其超妙，其渾脫，皆未易以知識得，尤未易以言語道，是在性靈之領會而已。嚴滄浪所謂鏡中象，水中影，是也。然則清空之論，豈非詞家不易之理乎。苟非玉田之深於詞學，孰能指出。特學之者造詣未到，於此中甘苦疾徐之間，有所未嘗，而高語清空，則未能無病。此介存所以有過尊白石但主清空之語，而蕙風所以有箏琶競響蘭荃不芳之嘆也。

填詞第一要襟抱，唯此事不可強（彊），並非學力所能到。向伯恭虞美人過拍云：人憐貧病不堪憂，誰識此心如月正涵秋。宋人詞中，此等語未易多覯。（蕙風詞話卷二）

宋王沂公之言曰：平生志不在溫飽。以梅詩謁呂文穆云：雪中未問調羹事，先向百花頭上開。吳莊敏詞沁園春詠梅云：雖盧林幽壑，數枝偏瘦，已存鼎鼐，一點微酸。松竹交盟，雪霜心事，斷是平生不

（國6　二十五年印）

疑是偷字之誤

肯寒二公襟抱政復相同一點微酸卽調羹心事不志溫飽爲有不肯寒者在耳（蕙風詞話卷二）

韓致堯詩樹頭蜂抱花鬚落池面魚吹柳絮行邵復孺詞魚吹翠浪柳花行由韓詩脫化耶抑與韓闇合耶劉桂隱滿庭芳賦萍云乳鴛行破一瞬淪漪非胸次無一點塵此景未易會得靜深中生明妙矣邵句小而不纖最有生氣却稍不逮桂隱近於精詣入神（蕙風詞話卷三）

蛻巖詞摸魚兒王季竟湖亭蓮花中雙頭一枝邀予同賞而爲人折去季竟悵然請賦云吳娃小艇應倫采一道綠萍猶碎掃花游落紅云一簾晝永綠陰陰尚有絳趺痕凝並是真實情景寓於忘言之頃至靜之中非胸中無一點塵未易領會得到蛻翁筆能達出新而不纖雖淺語卻有深致倚聲家於小處規撫古人此等句卽金鍼之度矣（同上）

按襟抱胸次皆非專由學詞工力所能得特工力深者始能道出之耳襟抱胸次純在學養但使情性不喪再加以書卷之陶冶醞釀自然超塵但道出之時非止不可彌作且以無形流露爲貴況君所舉二例固佳猶嫌著迹予最愛東坡定風波沙湖道中遇雨詞能於不經意中見其性情學養其詞曰莫聽穿林打葉聲何妨吟嘯且徐行竹杖芒鞋輕勝馬誰怕一簑烟雨任平生料峭春風吹酒醒微冷山頭斜照卻相迎回首向來蕭瑟處歸去也無風雨也無晴誦之

數過而禍福不足搖之之精神自然流露其沖虛之襟抱至今猶能彷彿見之此等處在詩家惟淵明最勝古人高處在此其不易學處亦在此而後人所當學處尤即在此至桂隱蜺巖之作雖曰觀物之功實亦學養所致大凡人之觀物苦不能深靜而不能深靜之故在浮在鬧浮與鬧之根在不能遠俗能遠俗則胸次湛虛由虛生明觀物自能入妙故文家之作雖純狀景物而一己之性情學問即在其中蓋無此心即無此目無此目即不能出諸口而形諸文然則襟抱胸次之說皆作者臨文以前之事安能憑學力以得之哉

問塡詞如何乃有風度答由養出非由學出問如何乃爲有養答自善葆吾本有之清氣始問清氣如何善葆答花中疎梅文杏亦復託根塵世甚且斷井頹垣乃至摧殘爲紅雨猶香（蕙風詞話卷一）

昭明太子稱陶淵明詩跌宕昭彰獨超衆類抑揚爽朗莫之與京王無功稱薛收賦韻趣高奇詞義晦遠嵯峨蕭瑟真不可言詞中惜少此二種氣象前者唯東坡後者唯白石略得一二耳（王國維人間詞話上）

作詞有三要曰重拙大南渡諸賢不可及處在是（蕙風詞話卷一）

重者沉著之謂在氣格不在字句於夢窗詞庶幾見之即其芬菲鏗麗之中間作雋句豔字莫不有沉摯之思灝瀚之氣挾之以流轉令人翫索而不能盡則其中之所存者厚沉著者厚之發見乎外

（國6二十五年印）

者也（同上卷二）

按宋品目文藝者有曰風度有曰氣象有曰氣格者皆指性情得所養而形諸筆墨者言也性情有高明沈潛之異得書卷以養之則外物不能施易及其涵濡既深形而爲文藝則如春氣之在林光澤之在玉使人賞翫無斁如接其磬欬而瞻其丰采乃得從而品目之其事既非倉卒取辦何可彊作故曰由養非由學也其異於襟抱胸次者襟抱胸次偏於論人得之詞外風度氣象即人即詞渾然不分是故其人之風度氣象即其詞之風度氣象人之風度氣象各殊其詞亦隨之而異故遺山追迹東坡者也而遺山得東坡之渾厚而無其豪雄（蕙風語）中仙匹敵叔夏者也而中仙有叔夏之清空而遜其深遠（止菴語）學者於此體認分明自有悟入處矣

人靜簾垂鐙昏香直窗外芙蓉殘葉颯颯作秋聲與砌蟲相和答據梧瞑坐湛懷息機每一念起輒設理想排遣之乃至萬緣俱寂吾心忽瑩然開朗如滿月肌骨清涼不知斯世何世也斯時若有無端哀怨棖觸於萬不得已即而察之一切境象全失惟有小窗虛幌筆牀硯匣一一在吾目前此詞境也三十年前或月一至焉今不可復得矣（蕙風詞話卷一）

吾聽風雨吾覽江山常覺風雨江山外有萬不得已者在此萬不得已者即詞心也而能以吾言寫

吾心即吾詞也。此萬不得已者中吾心醞釀而出，即吾詞之真也。非可彊爲，亦無庸彊求。視吾心之醞釀何如耳。吾心爲主，而書卷其輔也。書卷多，吾言尤易出耳。（同上）

詞有穆之一境，靜而兼厚、重、大也。淡而穆不易，濃而穆更難。知此，可以讀花間集。（同上卷二）

詞境以深靜爲至。韓持國胡擣練令過拍云：「燕子漸歸春悄。簾幕垂清曉。」境至靜矣，而此中有人，如隔蓬山。思之思之，遂由淺而見深。蓋寫景與言情，非二事也。善言情者，但寫景而情在其中。此等境界，唯北宋人詞往往有之。持國此二句，尤妙在一漸字。（同上）

詞以境界爲最上。有境界則自成高格，自有名句。五代北宋之詞所以獨絕者在此。（人間詞話卷上）

有造境，有寫境，此理想與寫實二派之所由分。然二者頗難分別。因大詩人所造之境，必合乎自然，所寫之境，亦必鄰於理想故也。（同上）

有有我之境，有無我之境。「淚眼問花花不語，亂紅飛過秋千去。」「可堪孤館閉春寒，杜鵑聲裏斜陽暮。」有我之境也。「采菊東籬下，悠然見南山。」「寒波澹澹起，白鳥悠悠下。」無我之境也。有我之境，以我觀物，故物皆著我之色彩。無我之境，以物觀物，故不知何者爲我，何者爲物。古人爲詞，寫有我之境者多，然未始不能寫無我之境，此在豪傑之士能自樹立耳。（同上）

無我之境人唯于靜中得之有我之境也由動之靜時得之故一優美一宏壯也（同上）

自然中之物互相關係互相限制然其寫之于文學及美術中也必遺其關係限制之處故雖寫實家亦理想家也又雖如何虛構之境其材料必求之于自然而其搆造亦必從自然之法律故雖理想家亦寫實家也（同上）

境非獨謂景物也喜怒哀樂亦人心中之一境界故能寫真景物真感情者謂之有境界否則謂之無境界（同上）

境略有大小不以是而分優劣細雨魚兒出微風燕子斜何遽不若落日照大旗馬鳴風蕭蕭寶簾閒挂小銀鉤何遽不若霧失樓臺月迷津渡也（同上）

按品文家又有所謂詞境意境境界者況君之言最微妙王君之言最明晰各自見大氐人心與物境相接而後文生焉此理彥和舍人之論神思盡之矣如曰神與物游神居胸臆而志氣統其關鍵物沿耳目而辭令管其樞機樞機方通則物無隱貌關鍵將塞則神有遯心如曰夫神思方運萬塗競萌規矩虛位刻鏤無形登山則情滿於山觀海則意溢於海我才之多寡將與風雲而並驅矣皆至精當蓋神居胸臆之中苟無外物以資之則喜怒哀樂之情無由見

焉物在耳目之前苟無神思以觀之則聲音容色之美無由發焉是故神物交接之際有以神感物者焉有以物動神者焉以神感物者物固與神而徘徊以物動神者精亦隨物而宛轉迨神物交會情景融合即神即物兩不可分文家得之自成妙境知此則情在景境之論有我無我之說寫實理想之旨詞境意境之義皆明矣又文藝之事析之有三端焉一者人情二者物象三者文詞文詞者人情物象所由之以見者也人情物象者文詞所依之以成者也三者之相資若形神焉不可須臾離也故偏舉之則或稱意境或稱詞境統舉之則渾曰境界而已其理與論襟抱胸次風度氣象可以參會蓋設境造詞前契在心此心虛靈即善感而善覺此善感善覺者即況君所謂詞心也其感其覺即況君所謂萬不得已者也惟此心虛靈之候必在世慮皆遺萬緣俱寂之時而涉世既深者遺之殊不易易故曰昔猶月至今乃不可復得也

初學詞求空空則靈氣往來既成格調求實實則精力瀰滿初學詞求有寄託有寄託則表裏相宣斐然成章既成格調求無寄託無寄託則指事類情仁者見仁智者見智北宋詞下者在南宋下以其不能空且不知寄託也高者在南宋上以其能實且能無寄託也南宋則下不犯北宋拙率之病高不到北宋渾涵之詣介存齋論詞雜著　按此節所謂實非玉田質實之實此節所謂拙非蕙風重拙大之拙要當分別

詞貴有寄託所貴者流露於不自知觸發於弗克自已身世之感通於性靈卽性靈卽寄託非二物相比附也橫亙一寄託於搦管之先此物此志千首一律則是門面語耳略無變化之陳言耳於無變化中求變化而其所謂寄託乃益非真昔賢論靈均書辭或流於跌宕怪神怨懟激發而不可以爲訓必非求變化者之變化矣夫詞如唐之金荃宋之珠玉何嘗有寄託何嘗不卓絕千古何庸爲是非真之寄託耶 蕙風詞話卷五

按自毗陵張皋文氏以意內言外釋詞選詞二卷以指發古人言外之幽旨學者宗之知詞亦與古詩同義其功甚偉然張氏但知詞以有所寄託爲高而未及無所寄託而自抒性靈者亦高故介存齋有空實之辨也至介存所謂指事類情仁者見仁智者見智與況君所謂卽性靈卽寄託語異旨同塡詞必如此而後靈妙是以無寄託而有寄託也蓋研誦文藝其道有三一曰通其感情二曰會其理趣三曰證其本事三事之中感情理趣可由其詞會通惟本事以世遠時移傳聞多失不易得知然苟察其所處何世所友何人所讀何書所爲何事再涵泳其言而言外之旨亦不難見此學者所當知者一也至作者當性靈流露之時初亦未暇措意其詞果將寄託何事特其身世之感深入性靈雖自寫性靈無所寄託而平日身世之感卽存於性

靈之中同時流露於不自覺。故曰即性靈即寄託也。學者必深明此理，而後作者之詞雖流於跌宕怪神，怨懟激發，而自能由其性靈兼得其寄託，而此所寄託即其言外之幽旨也。特非發於有意耳，此又學者所當知者二也。

取徑第二

讀前人雅詞數百闋，令積吾胸臆，先入而爲主，吾性情爲詞所陶冶，與無情世事日背道而馳，其蔽也不能諧俗，與物牾，自知受病之源，不能改也。（蕙風詞話卷一）

讀詞之法，取前人名句意境絕佳者，將此意境締構於吾想望中。然後澄思渺慮，以吾身入乎其中，而涵泳玩索之。吾性靈與相浹而俱化，乃真實爲吾有而外物不能奪。三十年前以此法爲日課，養成不入時之性情，不遑恤也。（同上）

學填詞，先學讀詞，抑揚頓挫，心領神會，日久，胸次鬱勃，信手拈來，自然丰神諧鬯矣。（同上）

兩宋人詞宜多讀多看，潛心體會，某家某家等處，或當學或不當學，默識吾心目中，尤必印證於良師友。庶幾收取精用閎之益。洎乎功力既深，漸近成就，自視所作於宋詞近誰氏，取其全帙研貫，而折衷之，如臨鏡然，一肌一容，宜淡宜濃，一經侔色揣稱，灼然於彼之所長，吾之所短，安在，因而知變化之所當爲善變化者非必墨守一家之言思游乎其中精騖乎其外得其助而不爲所囿斯爲得之當其致力之初門徑誠不可誤然必擇定一家奉爲金科玉律亦步亦趨不敢稍有踰越塡詞智者之事而顧認筌執象若是乎吾有吾之性情吾有吾之襟抱與夫聰明才力欲得人之似先失己之眞得其似矣卽已落斯人後吾詞格不稍降乎並世操觚之士輒詢余以倚聲初步何者當學此余無詞以對者也同上

按況君論讀詞之法在取古人意境絕佳者與己之性靈相浹而俱化可謂於此道之祕奧盡宣之矣且不獨詞然也一切文藝其意境超妙者皆當用以涵養吾之性情也憶昔年旅滬嘗與況君過從一日君誦太白惜餘春悲清秋二賦謂余曰此絕妙詞境也詞話又有一節曰織餘瑣述云蕙風嘗讀梁元帝蕩婦思秋賦至登樓一望唯見遠樹含烟平原如此不知道路幾千呼娛而詔之曰此至佳之詞境也看似平淡無奇卻情深而意眞求詞詞外當於此等處得之又不獨文藝然也舉凡天地之間人情物態何莫非至妙之詞境慧心慧眼之人自能隨處得之昔人有對歐公誦文與可作何者歐公曰此非與可詩世間原有此句與可拾得山谷亦曰世間淸景初不擇賢愚而與之遇然吾特疑端爲我輩設凡此皆詞外求詞之法也

又按況君論學詞不可先失己之眞但求人之似此語可破俗士輕學古與專摹擬之蔽須知學古之要在取古人之法以爲己之資而古人之法又學之自然者惟自然之中妙文無限妙法亦無限故古今取用無盡然初學操觚之士使欲直接取法自然每苦不易故必間接取法古人即能取法自然亦必借古以爲驗及其學古之功既深然後即時即地皆能見自然之法則能見自然之法則然後能取以自爲能取以自爲則吾之性情襟抱聰明才力與夫人事物象境遇時序皆可發抒盡致摹略逼眞學古之道如斯而已此豈步趨古人者所能爲哉

學詞先以用心爲主遇一事見一物即能沈思獨往冥然終日出手自然不平次則講片段次則講離合成片段而無離合一覽索然矣次則講色澤音節（介存齋論詞雜著）

塡詞要天資要學力平日之閱歷目前之境界亦與有關係無詞境即無詞心矯揉而彊爲之非合作也境之窮達天也無可如何者也雅俗人也可擇而處者也（蕙風詞話卷一）

塡詞先求凝重凝重中有神韻去成就不遠矣所謂神韻即事外遠致也即神韻未佳而過存之其足爲疵病者亦僅蓋氣格較勝矣若從輕倩入手至於有神韻亦自成就特降於出自凝重者一格若并無神韻而過存之則不爲疵病者亦僅矣或中年以後讀書多學力日進所作漸近凝重猶不

免時露輕倩本色。則凡輕倩處，卽是傷格處，卽爲疵病矣。天分聰明人，最宜學凝重一路，卻最易趨輕倩一路，苦於不自知，又無師友指導之耳。同上

學詞程序，先求妥帖停勻，再求和雅深（此深字只是不淺之謂）秀，乃至精穩沈著。精穩則能品矣，沈著更進於能品矣。精穩之穩，與妥帖迥乎不同。沈著尤難於精穩。平昔求詞詞外，於性情得所養，於書卷觀其通，優而游之，饜而飫之，積而流焉。所謂滿心而發，肆口而成，擲地作金石聲矣。情真理足，筆力能包舉之，純任自然，不假錘鍊，則沈著二字之詮釋也。同上

初學作詞，只能道第一義，後漸深入，意不晦，語不琢，始稱合作。至不求深而自深，信手拈來，令人神味俱厚，規撫兩宋，庶乎近焉。同上

按文家造詣，略有三境。其初純任性靈，彌見聰惠，其長處有非專恃學力者所能及。其弊也，則或入於纖巧而傷格。及年事日增，學力日進，其長處則組織工，鍊詞藻富贍，而弊在質實而傷氣。惟有性靈而不流於纖巧，有學力而不入於質實，以學力輔性靈，以性靈運學力，天人俱至，自造神奇之境，斯爲最上，斯爲成就。況君凝重之論，卽纖巧之良藥。輕倩初不失爲可造之資，然習而不察，一變而墮入纖巧，纖巧斯病矣。至止庵謂初學作詞，以用心爲先，卽彥和虛靜之

義惟虛始能受惟靜始能照盡外物之接於內心也常千百其狀爲不虛則冥然不入於心不靜則茫然無別於內善覺善感之謂何哉此學養之最要而詞家之始事也。

凡觀詞須先識古今體製雅俗脫出宿生塵腐氣然後知此語咀嚼有味蘄王孫韓鑄字亦顏雅有才思嘗學詞于樂笑翁一日與周公謹父買舟西湖泊荷花而飲酒杯半公謹舉似亦顏學詞之意翁指花云蓮子結成花自落。（詞旨）

性情少勿學稼軒非絕頂聰明勿學夢窗。（蕙風詞話卷一）

唐五代詞並不易學五代詞尤不必學何也五代詞人丁運會遷流至極燕酣成風藻麗相尙其所爲詞即能沈至祇在詞中豔而有骨祇是豔骨學之能造其域未爲斯道增重矧徒得其似乎其錚錚佼佼者如李重光之性靈韋端己之風度馮正中之堂廡豈操觚之士能方其萬一自餘風雲月露之作本自華而不實吾復皮相求之則嬴秦氏所云甚無謂矣。（同上）

明以後詞纖庸少骨二三作者亦間有精到處初學抉擇未精切忌看之一中其病便不可醫也東坡稼軒其秀在骨其厚在神初學看之但得其麤率而已其實二公不經意處是真率非麤率也余至今未敢學蘇辛也。（同上）

（國6二十五年印）

花間至不易學其蔽也襲其貌似眞中空空如也所謂麒麟楦也或取前人句中意境而紆折變化之而雕琢句勒等弊出焉以尖爲新以纖爲豔詞之風格日靡眞意盡漓反不如國初名家本色語或猶近於沈著濃厚也庸詎知花間高絕即或詞學甚深頗能窺兩宋堂奧對於花間猶爲望塵卻步耶同上

詞衰於元當時名人詞論即亦未臻上乘如陸輔之詞旨所謂警句往往抉擇不精適足啓晚近纖妍之習宋宗室名汝茪者詞筆清麗格調本不甚高詞旨取其戀繡衾句怪別來燕脂慵傅被東風偷在杏梢此等句不過新巧而已余喜其漢宮春云故人老大好襟懷消減全無漫贏得秋聲兩耳冷泉亭下騎驢以清麗之筆作渾語便似冰壺濯魄玉骨橫秋綺紈粉黛迴眸無色但此等佳處猶爲自詞中出者未爲其至如欲超軼王碧山周草窗伯仲姜白石吳夢窗而上企蘇辛其必由性情學問中出乎同上卷二

近人學夢窗輒從密處入手夢窗密處能令無數麗字一一生動飛舞如萬花爲春非若琱璚蹙繡空無生氣如何能運動無數麗字恃聰明尤恃魄力如何能有魄力唯厚乃有魄力夢窗密處易學厚處難學同上

按初學塡詞取徑宜愼古人高處未可一蹴而至大氐詞至南宋法度森然於初學最便北宋初期歐晏諸公品格極高而渾融超妙不易窺其涯際唐五代爲詞家星海然不易窮其究竟至蘇辛之難及者詞外之性情學問也夢窗之難及者詞內之淸氣魄力也無蘇辛之性情學問則其失也必至粗率獷悍無夢窗之淸氣魄力則其失也必至生澀晦昧蓋學古人之高妙當學古人所以致此高妙者否則雖步趨不爽終成優孟而學其所以然之法前篇論之備矣苟於前篇所論修養有素則五代兩宋皆我之先矩蘇辛夢窗皆我之良師卽舍五代兩宋蘇辛夢窗而我亦不失其爲大家不失其爲名手如此又豈五代兩宋諸賢所能限哉樂笑翁蓮子結成花自落之語可謂巧譬善喩矣但患解人難索耳

又按古人之詞亦自有其疵纇在古人瑜足掩瑕不爲深病但初學須知鑒別不可吐棄精華餔啜糟粕大氐空滑纖巧之語易爲初學所喜而古人空滑纖巧之處或出偶然游戲或由率爾操毫本非其勝處後人徒震於高名又喜其悅目遂於此等處求古人則差之毫釐謬以千里矣例如秦少游贈歌妓陶心兒南歌子云玉漏迢迢盡銀河淡淡橫夢回宿酒未全醒已被鄰雞催起怕天明臂上妝猶在襟間淚尚盈水邊燈火漸行人天外一鉤殘月帶三星未句暗

藏心字，蓋偶然游戲之作也。夢窗之何處合成愁離人心上秋，山谷之女邊著子門裏安心，亦同此類。而少游夢窗山谷之勝處不在此也。張玉田水龍吟寄袁竹初云，待相逢說與相思，思亦在相思裏，許道真眼兒媚云，持杯笑道，鵝黃似酒，酒似鵝黃，皆不免空滑，初看似有趣，細翫了無風味，皆率爾之句也。然張許勝處亦不在此也。又如梅溪深秀而其失也巧，故周介存謂其喜用偷字，足以定其品格。夢窗麗密而其失也澀，故張玉田謂其七寶樓臺，眩人眼目，折碎下來，不成片段。又有古人之詞本無短處，學者但得其似而遺其真，則成疵病者。如東坡超妙處非文字聲律所能拘束，故貌若粗豪，學者無其超妙，則真粗豪矣。美成精美處無一聲一字不熨貼，故看似鉤勒，學者無其精美，則真鉤勒矣。耆卿婉麗處盡委曲鋪敘之能，故似是敷衍，學者無其婉麗，則真敷衍矣。故善觀古人者，貴得其精神，必如唐太宗見魏徵為嫵媚，則古人之短處，未始非即古人之長處，况本非古人之短處乎。

賦情第三

簸風弄月，陶寫性情，詞婉於詩，蓋聲出鶯吭燕舌之間，稍近乎情可也。若鄰乎鄭衛，與纏令何異焉。如陸雪窗瑞鶴仙云，臉霞紅印枕，睡起來冠兒，猶是不整，屏間麝煤冷，但眉山壓翠，淚珠彈粉，堂深晝永燕交飛風簾露井恨無人與說相思近日帶圍寬盡重省殘燈朱幌淡月疎窗那時風景陽臺路遠雲雨夢便無準待歸來先指花梢教看卻把心期細問問因循過了青春怎生意穩。辛稼軒祝英臺近云寶釵分桃葉渡烟柳暗南浦怕上層樓十日九風雨斷腸片片飛紅都無人管更誰勸啼鶯聲住鬢邊覷試把花卜歸期纔簪又重數羅帳燈昏哽咽夢中語是他春帶愁來春歸何處卻不解帶將愁去。皆景中帶情而存騷雅故其晏酣之樂別離之愁回文題葉之思峴首西湖之感一寓於詞若能屏去浮艷樂而不淫是亦漢魏之遺意。詞源卷下

春草碧色春水綠波送君南浦傷如之何矧情至於離則哀怨必至苟能調感愴于融會中斯爲得矣。白石琵琶仙云雙槳來時有人似舊曲桃根桃葉歌扇輕約飛花蛾眉正奇絕春漸遠汀洲自綠更添了幾聲啼鴂十里楊州三生杜牧前事休說又還是宮燭分烟奈愁裏匆匆換時節都把一襟芳思與空階榆莢千萬縷藏鴉細柳爲玉尊起舞迴雪想見西出陽關故人初別。秦少游八六子云倚危亭恨如芳草萋萋剗盡還生念柳外青驄別後水邊紅袂分時愴然暗驚無端天與娉婷夜月一簾幽夢春風十里柔情怎回首歡娛漸如流水素絃聲斷翠綃香減那堪片片飛花弄晚濛濛殘雨籠晴正消凝黃鸝又啼數聲。離情當如此作全在情景交煉得言外意又如勸君更盡一杯酒西

陽關無故人，乃爲絕唱。同上

傷離念遠之詞，無如查荎斜陽影裏寒烟明處兩槳去悠悠令人不能爲懷。然尙不如孫光憲兩槳不知消息遠汀時起鸂鶒尤爲黯然。洪叔璵醉中扶上木蘭舟醒來忘卻桃源路造語尤工卻微著色矣。兩君專以澹語入情。賀裳皺水軒詞筌

凡寫迷離之況者，止須述景如小窗斜日到芭蕉半牀斜月疎鐘後不言愁而愁自見。因思韓致光空樓雁一聲遠屏燈半滅已足色悲涼何必又贅眉山正愁絕耶覺首篇時復見殘燈和烟墜金穗，如此結句更自含情無限。同上

言情之詞必藉景色映托迺具深宛流美之致。白石問後約空指薔薇嘆如此溪山甚時重至又想文君望久倚竹愁往步羅襪歸來後翠尊雙飲下了珠簾玲瓏閒看月似此造境覺秦七黃九尙有未到何論餘子。吳衡照蓮子居詞話卷二

翁五峯模魚兒歇拍云沙津少駐舉目送飛鴻幅巾老子樓上正凝佇。東坡送子由詩時見烏帽出復沒，是由送客者望見行人極寫臨歧眷戀之狀，五峯詞乃由行人望見送者，客子消魂故人惜別，用筆兩面俱到。蕙風詞話卷二

周梅心鷓鴣天爲禁酒作云、會唱陽關送客時、臨歧借酒話分離、如何酒被多情苦、卻唱陽關去別伊、句中有韵、能使無情有情、且若有甚深之情、是深於情工於言情者、由蓄境醞釀得來、非小慧爲詞之也。（同上卷三）

問哀感頑豔、頑字云何詮釋、曰、拙不可及、融重與大於拙之中、鬱勃久之、有不得已者出乎其中、而不自知、乃至不可解、其殆庶幾乎。猶有一言蔽之、若赤子之笑啼然、看似至易、實至難者也。（同上卷五）

按聲音形色者、物象之著明者也。人情以爲表徵焉、然而情接於物、則聲音形色常依情而變、故感時則花亦濺淚、恨別則鳥亦驚心、物動其情、則情常因聲音形色而起、故聞鼓鼙則思壯士、見禾黍則憫宗周、此情物之交融、即文藝之所由作也。雖然、非易事也、情不真則物不能依而變、情不深則物不能引之起、此貴情之說也。而物亦有關焉、蓋物象有情粗之別、真情之所得、必於其精者焉、物象有繁簡之異、深情之所鍾、必擇其要者焉。故情物當交接之際、而文家才藝高低見焉。才藝之美者、情得以暢宣、物得以畢露、賦情無難達之辭、寫物非空泛之筆、自然融情入景、即景抒情、古人名作、莫不由此而成、故曰非易事也。然則欲物爲我用者、其始在我情之真與深否、其終在我才之高與美否、前者屬之天、而學問可陶養也、後者屬之人、而天分其本質也。故填詞之事，天分學力兩不可缺者也。

又按表情之法，莫備於三百五篇之詩。其次則二十五篇之騷。即以賀況兩君所舉之例論之，其法蓋取諸詩陟岵陟岵之詩，不寫我懷父母及兄之情，而反寫父母及兄思我之情，而我之離思之深，自在言外。後世詞人神明用之，其變乃多。如歐公踏莎行（候館梅殘）前半闋寫行者，後半闋寫居者。柳永八聲甘州（對瀟瀟暮雨灑江天）先寫行者念居者，復想居者思行者，而兩地之情一時俱極，皆此法也。

又按況君詮釋真字，歸本於赤子之笑啼，實則一真字耳。情真之極，轉而成癡。癡則非可以理解矣。癡亦真字之訓釋也。天下惟情癡少，故至文亦少。情癡者不惜犧牲一切以赴之，柏舟之詩人，楚騷之屈子，其千古情癡乎。有此癡情已難矣，而又能出諸口，形諸文，其難乃更甚。然而情之發本於自然，不容矯飾。但使一往而深，自然癡絕。故又曰至易也。

難莫難於壽詞。倘盡言富貴則塵俗，盡言功名則諛佞，言神仙則迂闊虛誕。當總此三者而為之，無俗忌之詞，不失其壽可也。松椿龜鶴，固所不免，須化字面，語意新奇。（詞源卷下）

壽曲最難作，切戒壽酒壽香老人星千春百歲之類。須打破舊曲規模，只形容當人事業，才能隱然

有祝頌之意方妙（沈義父樂府指迷）

程文簡大昌臨江仙和正卿弟生日云紫荆同本但殊枝直須投老日常似有親時感皇恩淑人生日云八人戴白獨我青青常保只將平易處爲蓬島此等句非性情厚閱歷深未易道得元劉靜脩樵庵詞王利夫壽云吾鄉先友今誰健西鄰王老時相見每見憶先公音容在眼中今朝故人子爲壽無多事但願歲長豐年年社酒同余極喜誦之與文簡詞庶幾近似（蕙風詞話卷二）

壽詞難得佳句尤易入俗古山太常引壽高丞相自上都分省回云報國與憂時怎瞞得星星鬢絲水龍吟爲何相壽云要年年霖雨變爲醇酎共蒼生醉此等句渾雅而近樸厚雖壽詞亦可作（蕙風詞話卷三）

倪雲林太常引壽彝齋云柳陰濯足水侵磯香度野薔薇芳草綠萋萋問何事王孫未歸一壺濁酒一聲清唱簾幙燕雙飛風暖試輕衣介眉壽遙瞻翠微壽詞如此者筆脫然畦封方雅超逸壽字只於結處一點可以爲法（同上）

按介壽之詞宋時最盛亦人事所不能免然必不諛不俗而措詞渾雅方爲合作至施之朋友骨肉之間則亦貴有真性情語方見歡欣祝頌之誠如況君所舉程文簡臨江仙劉靜脩菩薩

錄二詞皆真性情中語讀之使人增倫常之重辛稼軒詞集中此等處極多有時雜以諧戲尤足表懽愉之意如品令族姑慶八十來索俳語云更休說便是箇住世觀音菩薩甚今年容貌八十歲見低道纔十八莫獻壽星香燭莫祝靈椿龜鶴只消得把筆輕輕去十字上添一撇又感皇恩慶嬸母王恭人七十云七十古來稀未爲希有須是榮華更長久滿牀靴笏羅列兒孫新婦精神渾似箇西王母遙想畫堂兩行紅袖妙舞清歌擁前後大男小女逐箇出來爲壽一箇一百歲一盃酒此等詞愈樸質愈有真趣如此作來則壽酒壽星神仙龜鶴等字亦非不可用者又如洞仙歌壽葉丞相云江頭父老說新來朝野都道今年太平也見朱顏綠鬢玉帶金魚相公是舊日中朝司馬遙知宣勸處東閣華鐙別賜仙韶接元夜問天上幾多春只似人間但長見精神如畫好都取山河獻君王看父子貂蟬玉京迎駕他如滿江紅壽趙茂嘉郎中前章記兼濟倉事有舊歲炊烟渾欲斷被公扶起千人活水龍吟壽韓南澗尚書有他年整頓乾坤事了爲先生壽與好都取山河獻君王語意同皆寓箴規於頌禱之中不但只形容當人事業才能而已如此作來則他人之身分與自己之抱負兩面俱到絕非貢諛之辭矣陳西麓長於壽詞較此殊有遜色推之一切慶賀之作皆然故知古人雖尋常酬應之語亦非可及如東

坡減字木蘭花賀李公擇生子云維熊佳夢釋氏老君親抱送壯氣橫秋未滿三朝已食牛犀錢玉果利市平分霑四坐多謝無功此事如何著得儂末句用晉元帝生子宴百官賜束帛殷羨謝曰臣等無功受賞帝曰此事豈容卿有功乎語意雖戲謔之詞而吐屬嫻雅如此今日誦之猶能想見當時舉坐絕倒光景也。

近代陳西麓所作平正亦有佳者詞欲雅而正志之所之一爲物所役則失其雅正之音耆卿伯可不必論雖美成亦有所不免如爲伊淚落如最苦夢魂今宵不到伊行如天便教人霎時厮見何妨又如伊尋消問息瘦損容光如許多煩惱只爲當時一晌留情所謂變淳樸爲澆漓矣。詞源卷下

小詞以含蓄爲佳亦有決絕語而妙者如韋莊誰家年少足風流妾擬將身嫁與一生休縱被無情棄不能羞之類是也。牛嶠須作一生拚盡君今日歡抑亦其次。柳耆卿衣帶漸寬終不悔爲伊消得人憔悴亦即韋意而氣加婉矣。皺水軒詞筌

詞家多以景寓情其專作情語而絕妙者如牛嶠之甘作一生拚盡君今日歡顧敻之換我心爲你心始知相憶深歐陽修之衣帶漸寬終不悔爲伊消得人憔悴美成之許多煩惱只爲當時一晌留情此等詞求之古今人詞中曾不多見。人間詞話下　按衣帶漸寬乃柳耆卿詞句

元人沈伯時作樂府指迷，於清真詞推許甚至，唯以「天便教人，霎時厮見何妨」，「夢魂凝想鴛侶」等句爲不可學。（按沈説引此二句，以論塡詞結尾之法，見後結構篇。）則非真能知詞者也。清真又有句云：「多少暗愁密意，唯有天知。」「最苦夢魂，今宵不到伊行。」「拌今生，對花對酒，爲伊淚落。」此等語愈樸愈厚，愈厚愈雅，至真之情，由性靈肺腑中流出，不妨説盡而愈無盡。南宋人詞，如姜白石云：「酒醒波遠，政凝想、明璫素襪。」庶幾近似，然已微嫌刷色。誠如清真等句，唯有學之不能到耳。如曰不可學也，詎必顰眉搔首，作態幾許，然後出之，乃爲可學耶？明已來詞纖艷少骨，致斯道爲之不尊，未始非伯時之言階之厲矣。（蕙風詞話卷二）

按：觀此數則，有當知者二事。一者純作情語，比託情景中爲難工也。此類作者，如李後主「剪不斷，理還亂，是離愁，别是一般滋味在心頭」。范希文「都來此事，眉間心上，無計相迴避」。李姑溪「只願君心似我心，定不負相思意」。李易安「尋尋覓覓，冷冷清清，淒淒慘慘戚戚」。又「這次第，怎一箇愁字了得」。又「此情無計可消除，才下眉頭，却上心頭」之類，皆非至情不能道出，且情果淳至，則辭雖樸質，亦不傷雅。玉田、伯時所訶，蓋猶不免有習氣存也。二者抒情固以含蓄爲貴，有時任意作決絶語，亦不失其爲佳。此類如陳以莊菩薩蠻云：「舉頭忽見衡陽雁，千聲萬字情何限。叵耐薄情夫，一行書也無。泣歸香閣恨，和淚淹紅粉。待雁却回時，也無書寄伊。」與「早知潮有信，嫁

與芹潮兒同爲不可以常理論而實人間之真情蓋所謂流爲怨懟激發而不可爲訓者也雖爲理之所無不可謂非情之所有也

元遺山以絲竹中年遭遇國變崔立采望勒受要職非其意指卒以抗節不仕顦顇南冠二十餘稔神州陸沉之痛銅駝荊棘之傷往往寄託於詞鷓鴣天三十七闋泰半晚年手筆其賦隆德宮及宮體八首薄命妾辭諸作蕃豔其外醇至其內極往復低徊掩抑零亂之致而其苦衷之萬不得已大都流露於不自知此等詞宋名家如辛稼軒固嘗有之而猶不能若是其多也遺山之詞亦渾雅亦博大有骨幹有氣象以比坡公得其厚矣而雄不逮焉者豪而後能雄遺山所處不能豪尤不忍豪牟端明金縷曲云撲面胡塵渾未掃強歡謳還肯軒昂否知此可與論遺山矣設遺山雖坎坷猶與坡公同則其詞之所造容或當不止此也（蕙風詞話卷三）

元詹天游玉送童甕天兵後歸杭齊天樂云相逢喚醒京華夢吳塵暗斑吟鬢倚擔評花認旗沽酒歷歷行歌奇跡吹香弄碧有坡柳風情逋梅月色畫鼓紅船滿湖春水斷橋客當時何限俊侶甚花天月地人被雲隔卻載蒼烟更招白鷺一醉修江又別今回記得更折柳穿魚賞梅催雪如此湖山忍教人更說升庵詞品謂此伯顏破杭州之後其詞絕無黍離之感桑離之悲止以游樂爲言宋季

士習一至於此升庵斯言微特論世少疏卽論詞亦殊未允當元世祖威棱震曡文字之獄在所不免第載籍弗詳耳鳳林書院草堂詩餘無名氏選全元大德間諸人所作（天游詞錄九首）並皆南宋遺民詞多悽惻傷感不忘故國而於卷首冠以劉藏春許魯齋二家以文丞相鄧中齋劉須溪三公繼之若故爲之畔町當時顧忌甚深於有所不敢之中僅能存其微旨度亦幾經審愼而後出之天游詞歇拍云如此湖山忍教人更說看似不淡卻含有無限悲涼以此二句結束全詞可知品碧吹香無非傷心慘目游樂云乎哉曲終奏雅吾謂天游猶爲敢言升庵高明通脫其於昔賢言中之意不耐沈思體會遽爾肆口譏評是亦文人相輕充類至義之盡矣天游他詞如滿江紅詠牡丹云何須怪年華都謝更爲誰容銜盡吳花成鹿苑人間不恨雨和風便一枝流落到人家淸淚紅一萼紅云鬧著江湖儘寬誰肯漁蓑忠憤至情流溢行間何裏二姝媚云如此江山應悔卻西湖歌舞則尤慨乎言之升庵涉獵羣籍大都一目十行或並天游齊天樂詞未嘗看到歟抑他詞無論已其言烏足爲定評也（同上）

劉起潛菩薩蠻和詹天游云故園靑草依然綠故宮廢址空喬木狐兔穴巖城悠悠萬感生胡笳吹漢月北語南人說紅紫鬧東風湖山一夢中僅四十許字而麥秀黍離之感流溢行間所謂滿心而

發頗似包孕一長調於小令中與天游齊天樂閬童甕天兵後歸杭閣各極悽惋低徊之致（同上）

按觀上二則有當知者二事一者文藝與時會相關至切也碧山之不能豪雄時爲之也天游之奇情悽惻亦時爲之也二人皆身丁亡國之餘無可告愬之時雖有滿腔悲憤而終莫可爲故其洩之於詞極掩抑零亂低徊往復之致而不能軒昂激烈此文家所謂優美也晚唐詩人之作大都如此若夫時當可爲國猶有主中心感激不妨大聲疾呼以覬可追改則其辭必雄豪奮發悲壯淋漓此文家所謂壯美也唐之杜韓蓋其著也在詞家則稼軒足以當之蓋時會影響人心其力至大而人心轉移時會雖非不可能要未可責之破家亡國之士也二者評騭文藝當考其時論其心尤當合觀其全集蓋文家用情至爲深曲故其立言亦至爲微妙窺一斑固易失真而觀全豹而以鹵莽出之亦不能探其隱曲深微也不能得其隱曲深微則必誤會而生歧見其極也古人之美不由我而損其絲毫獨我之所失將無從償其萬一學者於此其可忽諸

體物第四

詩難于詠物詞爲尤難體認稍真則拘而不暢摹寫差遠則晦而不明要須收縱聯密用事合題一

段意思全在結尾斯爲絶妙如史邦卿東風第一枝詠春雪云巧剪蘭心偷粘草甲綺羅香詠春雨云做冷欺花將烟困柳千里偷催春暮盡日冥迷愁裏欲飛還住驚粉重蝶宿西園喜泥潤燕歸南浦最妨他佳約風流鈿車不到杜陵路沉沉江上望極還被春潮晚急難尋官渡隱約遥峯和淚謝孃眉嫵臨斷岸新綠生時是落紅帶愁流處記當日門掩梨花翦燈深夜語雙雙燕詠燕云過春社了度簾幙中間去年塵冷白石齊天樂賦促織云庾郎先自吟愁賦淒淒更聞私語露溼銅鋪苔侵石井都是曾聽伊處哀音似訴正思婦無眠起尋機杼曲曲屏山夜涼獨自甚情緒西窗又吹暗雨爲誰頻斷續相和砧杵候館迎秋離宮弔月別有傷心無數豳詩漫與笑籬落呼燈世間兒女寫入琴絲一聲聲更苦皆全章精粹所詠瞭然在目且不留滯於物至於劉改之詠指甲詞沁園春銷薄春冰碾輕寒玉漸長漸瀞見鳳鞵泥污偎人強剔龍涎香斷撥火輕翻學撫瑤琴時時欲翦更掬水魚鱗波底寒纖柔處試摘花香滿鏤棗成斑時將粉淚偷彈記綰玉曾教柳傅看算恩情相著搔便玉體歸期暗數剗遍闌干每到相思沉吟靜處斜倚朱脣皓齒間風流甚把仙郎暗掐莫放春閒又詠小脚云洛浦凌波爲誰微步輕塵暗生記踏花芳徑亂紅不損步苔幽砌嫩綠無痕襯玉羅慳銷金樣窄載不起盈盈一段春嬉游倦笑教人款捻微褪些跟有時自度歌聲悄不覺微尖點拍頻憶

金蓮移換，文鴛得侶，繡茵催袞，舞鳳輕分，懊恨深遮，牽情半露，出沒風前烟縷裙，知何似，似一鈎新月，淡碧籠雲。此詞亦工麗，但不可與前作同日語。（詞源卷下）

詩之賦梅，惟和靖一聯而已，世非無詩，不能與之齊驅耳。詞之賦梅，惟白石暗香疏影二曲，前無古人，後無來者，自立新意，真爲絕唱。太白云，眼前有景道不得，崔浩題詩在上頭，誠哉言也。東坡如水龍吟詠龍笛，詠楊花，又過秦樓，洞仙歌，卜算子等作，皆清麗舒徐，高出人表。（同上）

如詠物須時時提調，覺不分曉，須用一兩件事印證方可。如清真詠梨花水龍吟第三第四句，須用樊川靈關事，又深閉門及一枝帶雨事，覺後段太寬，又用玉容事，方表得梨花。若全篇只說花之白，則是凡白皆可用，如何見得是梨花。（樂府指迷）

詠物詞最忌說出題字。如清真詠梨花及柳，何曾說出一箇梨柳字。梅川不免犯此戒，如月上海棠詠月出兩箇月字，便覺淺露。他如周草窗諸人，多有此病，宜戒之。（同上）

詠物至詞更難於詩。即昭君不慣風（按原作胡，此誤）沙遠，但時（按原作暗）憶江南江北，亦費解。放翁一箇飄零身世，十分冷淡心腸，全首比興，乃更遒逸。（劉體仁七頌堂詞繹）

詠物詞極不易工，要須字字刻畫，字字天然，方爲上乘。即間一使事，亦必脫化無跡乃妙。近在廣陵

見程村阮亭諸作便爲歎絶殆幾幾乎與白石梅谿頡頏今古矣（彭孫遹金粟詞話）

稗史稱韓幹畫馬人入其齋見幹身作馬形凝思之極理或然也作詩文亦必如此始工史邦卿詠蛬幾於形神俱似矣次則姜白石詠蟋蟀露溼銅鋪苔侵石井都是曾聽伊處哀音似訴正思婦無眠起尋機杼又云西窗又吹暗雨爲誰頻斷續相和砧杵數語刻劃亦工蟋蟀無可言而言聽蟋蟀者正姚鉉所謂賦水不當僅言水而言水之前後左右也然尚不如張功甫月洗高梧露溥幽草寶釵樓外秋深土花沿翠螢火墜牆陰靜聽寒聲斷續微韻轉淒咽悲沉爭求侶慇懃勸織促破曉機心兒時曾記得呼燈灌穴斂步隨音任滿身花影猶自追尋攜向華堂戲鬬亭臺小籠巧裝金今休說從渠牀下涼夜聽孤吟不惟曼聲勝其高調兼形容處心細如絲髮皆姜詞之所未發常觀姜論史詞不稱其軟語商量而賞其柳昏花暝固知不免項羽學兵法之恨（皺水軒詞筌）

毛稚黃曰沈伯時樂府指迷論填詞詠物不宜說出題字余謂此論雖是然作啞謎亦可憎須令在神情離即間乃佳如姜夔暗香疏影詠梅云算幾番照我梅邊吹笛豈害其佳（王又華古今詞論）

詠物雖小題然極難作貴有不粘不脫之妙此體南宋諸老尤擅長姜白石蟋蟀云候館迎秋離宮弔月別有傷心無數高竹屋梅云雲隔溪橋人不度的皪春心未縱又開偏西湖春意爛算羣花正

做江山夢史梅溪春燕云還相雕梁藻井又軟語商量不定飄然快拂花梢翠尾分開紅影王碧山春水云別君南浦翠眉曾照波痕淺再來漲綠迷舊處添却殘紅幾片蟬云病翼驚秋枯形閱世消得斜陽幾度櫻桃云鶯筍同時歎故園春事已無多了貯滿筠籠偏暗觸天涯懷抱謾想青兒初見花陰夢好張玉田春水云和雲流出空山甚年年淨洗花香不了孤雁云寫不成書只寄得相思一點數語刻畫精巧運用生動所謂空前絕後矣（蓮子居詞話）

仲彌性憶秦娥詠木犀後段云佳人歛笑貪先折重新爲剪斜斜葉斜斜葉釵頭常帶一秋風味末二句賦物上乘可藥纖滯之失（蕙風詞話卷二）

李欽叔獻能劉龍山外甥也以純孝爲士論所重詩詞餘事亦卓越輩流江梅引賦青梅云氷肌夜冷滑無粟影轉斜廊冉冉孤鴻烟水渺三湘青鳥不來天也老斷魂些清霜靜楚江氷肌句熨貼工緻冉冉以下取神題外設境意中斷魂二句稍合略不喫力允推賦物聖手（同上卷三）

問詠物如何始佳答未易言佳先勿涉獃一獃典故二獃寄託三獃刻畫獃襯托去斯三者能成詞不易矧復能佳是眞佳矣題中之精蘊題外之遠致尤佳自性靈中出佳從追琢中來亦佳（同上卷五）

以性靈語詠物以沉著之筆達出斯爲無上上乘（同上）

（國6二十五年印）

人知和靖點絳脣舜俞蘇幕遮永叔少年游三闋爲詠春草絕調不知先有正中細雨濕流光五字皆能攝春草之魂者也。（人間詞話上）

美成青玉案詞葉上初陽乾宿雨水面清圓一一風荷舉此真能得荷之神理者覺白石念奴嬌惜紅衣二詞猶有隔霧看花之恨。（同上）

東坡水龍吟詠楊花和均而似原唱章質夫詞原唱而似和均才之不可强也如是。（同上）

詠物之詞自來以東坡水龍吟爲最工邦卿雙雙燕次之白石暗香疏影格調雖高然無一語道著視古人江邊一樹垂垂發等句何如邪。（同上）

按諸家論詠物詞大氏不出玉田體認十八字而蕙風之言尤爲精妙如所謂取神題外設境意中如勿獃典故獃寄託獃刻畫獃襯托如以性靈語詠物以沈著之筆達出等語可謂已盡宣斯事之祕奧矣。其理與前篇論寄託論融景入情理正相同必先有性靈然後能觀物能觀物然後能得題中之精蘊題外之遠致然後自然追琢兩皆無傷充斯類也用典而不爲典用無寄託而有寄托不刻畫襯托而自能攝取物之神理伯時但知不露題面所以爲後人訾議也。

又諸家論詠物之詞多舉東坡淸真白石邦卿碧山諸闋爲例至其評騭亦有異同劉公勇不解昭君不慣胡沙遠但暗憶江南江北而玉田極稱之賀黃公不取柳昏花暝而玉田獨賞之劉賀求形似於題中不知得遠致於題外邦卿咏燕餘語皆題中精蘊惟紅樓歸晚看足柳昏花暝句題外遠致讀之覺所詠之物與詠物之人融而成一而柳昏花暝四字中包函無限之事此無限之事或不能說或不忍說或不敢說而又不能不存之胸中不能不形之筆墨而昏暝二字適足以盡之此等句必凝思至深而忽然得之荊公所謂成如容易却艱辛少陵所謂下筆如有神是也白石暗香疏影則通首取神題外不規規於詠梅昭君句其指二帝之蒙塵乎惠言所論盡之矣靜安乃譏其無一語道著其失與公勇同東坡詠柳與質夫唱和二詞優劣王君之言允當蘇詞得題外遠致章詞盡題中精蘊蘇詞即物即人章詞純寫物態此所以不及也白石功甫咏蟋蟀二詞賀黃公之品評亦是姜不及張者張詞結句能將以前模寫之筆盡成感慨之音非詠蟋蟀實自道胸臆耳其不及東坡者彼即物即人兩不能別此物物而不物於物也

又按詞至南宋姜史張王彌極工麗法度既密而能運用不滯是爲詞學成熟之時五代則奇

(國 6 二十五年印)

花初胎北宋則紅紫爛熳也觀其時序殆與其他文藝同一塗轍近人有詆南宋諸公爲詞家匠石者可謂失言。若玉田所舉改之詠指甲詠小脚各詞則真詞匠然此或改之有意逞才亦可見當時詠物之風彌盛也。詞至於成熟能事已盡後來者無以復加於是專就組織巧妙求勝前人而用典雅切遣詞細麗之作乃多故沈伯時斤斤於用事用字而詞亦衰矣。學者當會通此事之終始求其盛衰之故然後知古人得失之正勿庸妄測古人輕肆譏彈也。

昔人詠節序不惟不多付之歌喉者類是率俗不過爲應時納祜之作所謂清明拆桐花爛漫端午梅霖作歎七夕炎光謝若律以詞家調度則皆未然豈如美成解語花詠元夕風消燄蠟露浥洪爐花市光相射桂華流瓦纖雲散耿耿素娥欲下衣裳淡雅看楚女纖腰一把簫鼓喧人影參差滿路香飄麝。因念帝城放夜望千門如晝嬉笑游冶鈿車羅帕相逢處自有暗塵隨馬年光是也。惟只見舊情衰謝清漏移飛蓋歸來從舞休歌罷。史邦卿東風第一枝賦立春云草脚愁回花心夢醒鞭香拂散牛土舊歌空憶朱簾綵筆倦題繡戶粘雞貼燕想占斷東風來處暗惹起一掬相思亂若翠盤紅縷今夜覓夢池秀句明日動探花芳緒寄聲沽酒人家預約嬉游伴侶憐他梅柳怎忍俊天街酥雨待過了一月燈期日日醉扶歸去黃鐘調喜遷鶯賦燈夕云月波凝滴望玉壺天近了無塵隔翠眼圈花，冰絲織練，黃道寶光相射。自憐詩酒瘦，難應接許多春色。最無聊是隨香趁燭，曾伴狂客蹤跡，漫記憶。老了杜郎，忍聽東風笛。柳院燈疏，梅廳雪在，誰與細傾春碧。舊情拘未定，猶自學當年游歷。怕萬一悞玉人夜寒窗際簾隙。如此妙詞甚多，不獨措辭精粹，又且見時節風物之感。

詞源卷下

李方叔虞美人過拍云：好風如扇雨如簾，時見岸花汀草漲痕添。春夏之交，近水樓臺，確有此景。好風句絕新，似乎未經人道。歇拍云：碧蕪千里思悠悠，唯有霎時涼夢到南州。尤極淡遠清疏之致。

蕙風詞話卷二

宋曹冠燕喜詞鳳棲梧云：飛絮撩人花照眼，天闊風微，燕外晴絲卷。狀春晴景色絕佳。每值香南研北展卷微吟，便覺日麗風暄，淑氣撲人眉宇。全卷中似此佳句，竟不可再得。同上

織餘瑣述云：宋嚴仁詞醉桃源云：拍隄春水蘸垂楊，水流花片香。弄花噆柳小鴛鴦，一雙隨一雙。描寫芳春景物，極娟妍鮮翠之致，微特如畫而已，政恐刺繡妙手未必能到。同上

按節序風物感人彌深，故詞人每有所作，但貴能直寫我目我心此時此際所得，方不落套。故同一元夕也，少年與遲暮不同趣，盛世與晚季不同感；同一陽春也，懽愉與愁苦異其域。吉士

與思婦分其疆各就所得措辭各從所感設境乃爲上乘玉田所舉者作大氐工麗之作於題中精蘊可無遺憾然尙不如東坡之瓊樓玉宇高處不勝寒山谷之黃菊枝頭破曉寒白石之巷陌風光縱賞時稼軒之衆裏尋他千百度驀然回首那人卻在燈火闌珊處爲得題外遠致也大氐南渡以後王碧山史梅溪張玉田周草窗諸公慢詞其體勢辭句率如小賦綿密工麗有餘而高情遠致微減矣其間惟稼軒才情俱勝白石格調獨高猶存北宋風流好學深思之士自不難通其消息也

又按景物之接於人無私也而慧眼詞人獨能得其靈妙故山谷有特爲吾輩設之論然景物自有精粗之不同而感人最深必其精者故當其由目入心之際殆已加以揀擇而遺其粗迹及乎由心出手之時不過自寫吾心之照耳然當時感興或易失之俄頃惟能默存於吾心而分明不遺者方得摹略以成妙文故東坡論求物之功在先了然於心而後能了然於口與手至如何方能了然於心則在吾心湛明虛靜照物不忘耳今世文家或稱想像想像之力或由追攝或由聯類必使興象宛然庶幾能以自感者感人也

結構弟五

作慢詞看是甚題目先擇曲名然後命意命意既了思其頭如何起尾如何結然後選韻然後述曲。最是過變不要斷了曲意須要承上接下如姜白石詞云曲曲屏山夜涼獨自甚情緒于過變則云西窗又吹暗雨此則曲之意不斷矣。（詞源卷下）

大詞之料可以斂爲小詞小詞之料亦可以展爲大詞是必一句引爲兩三句或以他意入來捏合成章必無一唱三歎如少游水龍吟小樓連苑橫空下窺繡轂雕鞍驟猶且不免東坡誚。（同上）

製詞須布置停勻血脈貫穿過片不可斷意如常山之蛇救首救尾。（詞旨）

作大詞先須立間架將事與意分定了第一要起得好中間只鋪敘過處要清新最緊是末句須是有一好出場方妙作小詞只要些新意不可太高遠卻易得古人句同亦要鍊句。（樂政指迷）

長調之難於小調者難於語氣貫串不冗不複徘徊宛轉自然成文。（金粟詞話）

作長詞最忌演湊如蘇養直獸環半掩前半皆常語也至漸迤邐更催銀箭何處貪歡猶繫驕馬旋翦燈花兩點愁眉誰畫香滅羞回空帳裏月高猶在重簾下恨疏狂待歸來碎揉花打則觸景生情復緣情布景節節轉換穠麗周密譬之織錦家真竇氏回文梭也。（原注一云潘元質作皺水軒詞筌）

沈東江謙曰小調要言短意長忌尖弱中調要骨肉停勻忌平板長調要操縱自如忌粗率能於豪

（國6二十五年印）

爽中著一二精緻語綿婉中著一二激厲語尤見錯綜。（徐釚詞苑叢談）

又曰小令中調有排蕩之勢者吳彥高之南朝千古傷心事范希文之塞下秋來風景異是也長調極狎昵之情者周美成之衣染鶯黃柳耆卿之晚晴初是也于此足悟偷聲變律之妙。（同上按晚晴初當作曉秋天）

又曰詞要不亢不卑不觸不悖蓦然而來悠然而逝立意貴新設色貴雅構局貴變言情貴含蓄如驕馬弄銜而欲行粲女窺簾而未出得之矣。（同上）

毛稚黃先舒曰前半泛寫後半專敘盛宋詞人多此法如子瞻賀新涼後段只說榴花卜算子後段只說鳴雁周清真寒食詞後段只說邂逅乃更覺意長。（同上）

朱承爵存餘堂詩話云詩詞雖同一機杼而詞家意象與詩略有不同句欲敏字欲捷長篇須曲折三致意而氣自流貫乃得此語可為作長調者法蓋詞至長調變已極矣南宋諸家凡偏師取勝者莫不以此見長而梅溪白石竹山夢窗諸家麗情密藻盡態極妍要其瑰琢處無不有蛇灰蚓線之妙則所謂一氣流貫也。（古今詞論）

毛稚黃曰塡詞長調不下于詩之歌行長篇歌行猶可使氣長調使氣便非本色高手當以情致見佳蓋歌行如駿馬蓦坡可以一往稱快長調如嬌女步春旁無扶持獨行芳徑徙倚而前一步一態

一態一變雖有強力健足無所用之（同上）

僻詞作者少宜渾脫乃近自然常調作者多宜生新斯能振動（田同之西圃詞說）

詞筆固不宜直率尤忌刻意爲曲折以曲折藥直率卽已落下乘昔賢樸厚醇至之作由性情學養中出何至蹈直率之失若錯認真率爲直率則尤大不可耳（蕙風詞話卷一）

詞能直固大佳顧所謂直誠至不易不能直分也當於無字處爲曲折切忌有字處爲曲折（同上）

詞不嫌方能圓見學力能方見天分但須一落筆圓通首皆圓一落筆方通首皆方圓中不見方易方中不見圓難（同上）

作詞有暗字訣凡暗轉暗接暗提暗頓必須有大氣真力斡運其間非時流小惠之筆能勝任也駢體文亦有暗轉法稍可通於詞（同上）

詞亦文之一體昔人名作亦有理脈可尋所謂蛇灰蚓線之妙如范石湖眼兒媚萍鄉道中云酣酣日腳紫烟浮妍煖試輕裘困人天氣醉人花底午夢扶頭春慵恰似春塘水一片縠紋愁溶溶洩洩東風無力欲皺還休春慵緊接困字醉字來細極（同上卷二）

馮深居喜遷鶯云涼生遙渚正綠芰擎霜黃花招雨雁外漁燈蛩邊蟹舍絳葉表秋來路世事不離

疑是拍字之誤

雙燈遠夢偏欺人旅送望眼但憑舷微笑寄空無語慵看清鏡裏十載征塵長把朱顏污借箸青油揮毫紫塞舊事不堪重舉間闊故山猿鶴冷落同盟鷗鷺倦游也便橋雲棲月浩歌歸去此詞多矜鍊之句尤合疏密相間之法可爲初學楷模。同上卷二

蕭東父齊天樂云歎玉分消賦笑使枕猜憶曉蘭低語禮魅穠矣御不曾惡郵下云於今最苦甚拍見燈昏夢游間阻極合疏密相間之法。同上卷十

按綜觀諸家所論一調之中以起結過拍爲最要短調以言短意長爲正體而忌失弱平板長調以局勢變換而氣脈貫串爲要則而忌粗率冗複蓋短調出於絶句貴能含蓄長調則非出於歌行故不可使氣而貴婉轉含蓄然短調亦有以排蕩見長長調亦有以斂毀取勝者但排蕩而非粗廣斂毀而非漫衍斯不傷真美而仍爲佳詞也。

又按文藝之美有二要焉一曰條貫二曰錯綜條貫者全體一致融注之謂也。錯綜者局勢疏蕩轉變之謂也。錯綜之極而仍不失全體融注之精神條貫之極而仍不失局勢轉變之德性此彥和所謂體勢相須合也。條貫錯綜各有兩面一主於情意一主於筆姿而筆姿又隨情意以設施者也。況君所謂一落筆圓則通首皆圓一落筆方則通首皆方條貫之以筆姿言者也。

而情意在焉。陸彭所謂須氣脈貫穿，況君所謂有理脈可尋，條貫之以情意言者也。而筆姿在焉。賀黃公所謂觸景生情，復緣情布景，節節轉換，錯綜之以情意言者也。而筆姿在焉。徐電發所謂於豪中著一二精緻語，綿麗中著一二激厲語，況蕙風所謂疏密相間，錯綜之以筆姿言者也。而詞意在焉。至況君所謂暗轉暗接暗提暗頓，卽無字處爲曲折之詮釋，雖似以筆姿言，而實主情意立論。知暗字訣，然後極委曲宛轉，而仍不失其能直；然後直非率易，而曲亦非矯，揉此自然之妙文，而規矩之極致也。

詞之難於令曲，如詩之難於絕句，不過十數句，一句一字閒不得。末句最當留意，有有餘不盡之意乃佳。當以花間集中韋莊、溫飛卿爲則。又如馮延巳、賀方回、吳夢窗亦有妙處。至若陳簡齋杏花疏影裏，吹笛到天明之句，真是自然而然。大抵前輩不留意於此，有一兩曲膾炙人口，餘多鄰乎率易。近代詞人卻有用力於此者，倘以爲專門之學者，亦詞家之射雕手。（詞源卷下）

大抵起句便見所詠之意，不可泛入閒事，方入主意。詠物尤不可泛。（樂府指迷）

過處多是自敘，若才高者方能發起別意，然不可太野，走了元意。（同上）

結句須要放開，合有餘不盡之意，以景結情最好。如清真之斷腸院落，一簾風絮，又掩重關，徧城鐘

（國6二十五年印）

鼓之類是也。或以情結尾亦好，往往輕而露，如清真之天便教人霎時廝見何妨，又云夢魂凝想鴛侶之類，便無意思，亦是詞家病，却不可學也。同上

詞起結最難，而結尤難於起，蓋不欲轉入別調也。呼翠袖為君舞，倩盈盈翠袖搵英雄淚，正是一法。然又須結得有不愁明月盡，自有夜珠來之妙乃得。美成元宵云任舞休歌罷，則何以稱焉。七頌堂詞釋

美成春恨漁家傲以黃鸝久住如相識，簾前重露成涓滴作結，有離鈎三寸之妙。同上

古人多於過變乃言情，然其意已全於上段，若另作頭緒，不成章矣。同上

沈東江謙曰：填詞結句，或以動蕩見奇，或以迷離稱雋，著一實語，敗矣。康伯可正是銷魂時候也，撩亂花飛。晏叔原紫騮認得舊遊蹤，嘶過畫橋東畔路。秦少游放花無語對斜暉，此恨誰知，深得此法。詞苑叢談

張砥中曰：凡詞前後兩結，最為緊要。前結如奔馬收韁，須勒得住，尚存後面地步，有住而不住之勢。後結如衆流歸海，要收得盡，迴環通首源流，有盡而不盡之意。古今詞論

吞吐之妙，全在換頭煞尾。古人名換頭為過變，或藕斷絲連，或異軍突起，皆須令讀者耳目振動，方成佳製。換頭多偷聲，須和婉，和婉則句長節短，可容攢簇。煞尾多減字，須峭勁，峭勁則字過音留，可

此即作八股文破題之法

供搖曳。周濟宋四家詞選序論
近人作詞，起處多用景語虛引，往往第二韻方約略到題，此非法也。起處不宜泛寫景，宜實不宜虛，
便當籠罩全闋，他題挪移不得。唐李程春日五色賦首云：德動天鑒，祥開日華。此篇幅較長於詞，亦
以二句隱括之，尤有弁冕端凝氣象。此旨可通於詞矣。蕙風詞話卷一
曲有煞尾，有度尾。煞尾如戰馬收韁，度尾如水窮雲起。見董解元西廂記眉評　煞尾猶詞之歇拍也，度尾猶詞之
過拍也。如水窮雲起，帶起下意也。填詞則不然，過拍祗須結束上段，筆宜沈著；換頭另意另起，筆宜
挺勁。稍涉曲法，即嫌傷格，此詞與曲之不同也。同上
作慢詞，起處必須籠罩全闋。近人輒作景語徐引，乃至意淺筆弱，非法甚矣。元曾允元為草堂詩餘
之殿，其水龍吟春夢起調云：日高深院無人，楊花撲帳春雲煖。從題前攝起題神，已下遂層層意境，
自能進邐入勝。其過拍云：儘雲山烟水柔情，一縷又暗逐金鞍遠。尤極迷離惝怳，非霧非花之妙。同上卷三
彭會心拜星月慢詠璧宮姬控絃可念，末段云：多生不得丹青意，更來又花鎖長門閉。到夜永笙鶴
歸時，月明天似水。去路縹緲中，仍收束完密，神不外散，是為斲輪手。世之以空泛寫景語為江上峯

青者直未喻箇中甘苦也（同上卷三）

按諸家論塡詞起結皆同惟結有過拍與歇拍兩種過拍辭意張氏以住而不住爲合況君則謂祇須結束上段而以帶起下意爲曲法吾從張說蓋張氏之言與玉田輔之所謂過變不可斷意之旨相同宋詞如此者頗多況君之意大氏專指後段另起意者言耳蓋後段另起意者其意亦必與前段一致特換筆另起則過拍自以結束上段之意爲佳也至況君論起處極當發端之辭貴能開門見山不可空泛如能從題前著筆精神猶易振起又有以掃爲生之法如歐陽永叔采桑子羣芳過後西湖好周清真齊天樂綠蕪凋盡臺城路殊鄉又逢秋晚之類是也（譚復堂詞辨評語）有先將題意說了隨即側入另生一意者如吳夢窗憶舊游送人猶未苦苦送春隨人去天涯張玉田解連環楚江空晚悵離羣萬里怳然驚散之類是也（復堂謂爲飛鳥側翅式）有先說一層隨即歸到題意者如姜白石齊天樂庾郎先自吟愁賦淒淒更聞私語張玉田臺城路十年前事翻疑夢重逢可憐俱老之類是也有起句之前似有無限之語而起處乃從千回百轉中突然而發者如李易安聲聲慢尋尋覓覓冷冷清清悽悽慘慘戚戚辛稼軒摸魚兒更能消幾番風雨忽忽春又歸去徐幹臣二郎神悶來彈雀又攪碎一簾花影之類是也至一起籠罩全

首之語亦自有別東坡之大江東去明月幾時有與梅溪之巧沁蘭心偷粘草甲草腳愁蘇花心夢醒有天工人巧之殊而東坡之似花還似非花與質夫之燕忙鶯嬾芳殘尤覺有河伯見海若之嘆學者苟能比勘則法不勝用矣結句大約不出景結情結兩種情結以動蕩見奇景結以迷離稱雋各家舉例可以參翫小令尤以結語取重必通首蓄意蓄勢於結句得之自然有神韵如永叔采桑子前結垂柳闌干盡日風後結雙燕歸來細雨中神味至永盡芳歇紅殘人去春空皆喧極歸寂之語而此二句則至寂之境一路說來便覺至寂之中真味無窮辭意高絕又如子野沈恨細思不如桃杏猶解嫁東風一結使通首所寫離思至此真有精神百倍之勢而子京整了翠鬟勻了面芳心一寸情何限工力悉敵而風度超妙則尚勝一籌長調如張功甫滿庭芳咏促織以今休說從渠牀下涼夜聽孤吟作結則通首皆遲暮之感而非泛敘促織之事矣秦少游滿庭芳敍離思以凭闌久疎烟淡日寂寞下蕪城作結則通首皆索居之情而非空寫冶游之事矣又有結句還顧起句收足全首者如柳耆卿八聲甘州結句爭知我倚闌干處正恁凝愁迴顧對瀟瀟暮雨灑江天而通首皆倚闌凝愁之情事也薩都剌百字令結句傷心千古秦淮一片明月迴顧石頭城上望天低吳楚眼空無物而通首皆登城觸目之

（國6二十五年印）

情事也。詹天游齊天樂結句，如此湖山，忍教人更說，而通首皆傷心慘目之情事矣。又有結句颺開別出一意，而餘音不盡者，如李易安壺中天慢本寫春閨愁思，而結句乃曰多少游春意，日高烟斂，更看今日晴未。王沂孫齊天樂本咏秋樹鳴蟬，而結句乃曰謾想薰風，柳絲千萬縷。皆用反面映托，而情味更深。至前後段之章法，或先點染情中之景，後入景中之情，或先追敘往時情事，後寫眼前景物，或兩段平列，而互相映照，初無一定之法。大氐依據吾心所感之先後而言，自成片段。蓋法根於心，事在文先，惟慮靜者，能令所感分明澄澈，故形諸筆墨，自合天然矩度。今爲初學示例，姑就古詞成法紬繹一二耳。學者於讀詞之頃，隨時研討，自能深得也。

詞中句法，須要平妥精粹。一曲之中，安能句句高妙，只要相答襯副得去，于好發揮筆力處，極要用工，不可輙放過，讀之使人擊節可也。如東坡詞云，似花還似非花也，無人惜從教墜。又云，春色三分，二分塵土，一分流水。如美成風流子云，繡閣鳳幃深幾許，聽得理絲簧。如史邦卿春雨云，臨斷岸新綠生時，是落紅帶愁流處。如吳夢窗登靈巖云，連呼酒上琴臺去，秋與雲平。閏重九云，簾半捲，帶黃花人在小樓。姜白石揚州慢云，二十四橋仍在，波心蕩冷月無聲。此皆平易中有句法。（詞源卷下）

歌引亦有此境

長須一不可見斷
与詩同

詞之語句太寬則容易太工則苦澀如起頭八字相對中間八字相對卻須用工著一字眼如詩眼一同若八字既工下句便合少寬庶不窒塞約莫太寬易又著一句工緻者便精粹此詞中之關鍵也同上 按此即況蕙風所謂疏密相間之法

遇兩句可作對便須對短句須剪截齊整遇長句須放婉曲不可生硬樂政指迷

長調最難工無累與癡重同忌襯字不可少又忌淺熟詞中對句正是難處莫認作襯句至五言對句七言對句使觀者不作對疑尤妙七頌堂詞繹

詞不難於長調而難於長句詞不難於短令而難於短句短至一二字長至九字十字長須不可界斷短須不致牽連短不牽連倘易長不界斷雖名家有難之者矣萬氏詞律任意斷句吾甚不以爲然焦循易餘籥錄

填詞之難造句要自然又要未經前人說過自唐五代已還名作如林那有天然好語留待我輩驅遣必欲得之其道有二曰性靈流露曰書卷醞釀性靈關天分書卷關學力學力果充雖天分少遜必有資深逢源之一日書卷不負人也中年以後天分便不可恃苟無學力日見衰退而已江淹才盡豈真夢中人索還囊錦耶蕙風詞話卷一

（國 二十五年印）

詞貴意多。一句之中。意亦忌複。如七字一句。上四是形容月。下三勿再說月。或另作推宕。或旁面襯托。或轉進一層。皆可。若帶寫他景。免犯複。尤爲易易。同上

作詞不拘說何物事。但能句中有意。即佳。意必己出。出之太易或太難。皆非妙造。難易之中。消息存焉矣。唯易之一境。由於情景真。書卷足。所謂滿心而發。肆口而成者。不在此例。同上

小山詞阮郎歸云。天邊金掌露成霜。雲隨雁字長。綠杯紅袖趁重陽。人情似故鄉。蘭佩紫。菊簪黃。殷勤理舊狂。欲將沉醉換悲涼。清歌莫斷腸。綠杯二句。意已厚矣。殷勤理舊狂五字三層意。狂者所謂一肚皮不合時宜。發見於外者也。狂已舊矣。而理之。而殷勤理之。其狂若有甚不得已者。欲將沉醉換悲涼。是上句注腳。清歌莫斷腸。仍含不盡之意。此詞沉著厚重。得此結句。便覺竟體空靈。小晏神仙中人。重以名父之貽。賢師友相與沆瀣。其獨造處。豈凡夫肉眼所能見及。夢魂慣得無拘管。又逐楊花過謝橋。以是爲至。是烏足與論小山詞邪。同上 卷二

東坡詞青玉案用賀方回韻送伯固歸吳中故居云。作箇歸期天已許。春衫猶是小蠻針線。曾溼西湖雨。上三句未爲甚豔。曾溼西湖雨。是清語。非豔語。與上三句相連屬。遂成奇豔。絕豔。令人愛不忍釋。坡公天仙化人。此等詞猶爲非其至者。後學已未易撫仿其萬一。同上

鶴林詞祝英臺近春日感懷云有時低按銀箏高歌水調落花外紛紛入境末七字余極喜之其妙處難以言說但覺芥子須彌猶涉執象（同上）

梅溪詞幾曾調上不經過看花南陌醉駐馬翠樓歌下二語人人能道上七字妙絕似乎不甚經意所謂得來容易却艱辛也（同上）

曾同季點絳脣賦芍藥云君知否畫闌幽處留得韶光住尋常意中之言恰似未經人道浣溪沙前題云濃雲遮日惜紅妝所謂仁者見之謂之仁（同上）

牟端明金縷曲云撲面胡塵渾未掃強歡謳還肯軒昂否蓋寓黍離之感昔史遷稱項王悲歌慷慨此則歡歌而不能激昂曰強曰還肯其中若有甚不得已者意愈婉悲愈深矣（同上）

宋汪晫康範詩餘水調歌頭次韻荷淨亭小集云落日水亭靜藕葉勝花香與秦洪藕葉香風勝花氣同意藕葉之香非靜中不能領略淨而後能靜無塵則不囂矣只此起二句便恰是詠荷淨亭不能移到他處所以為佳（同上）

白石詞少年情事老來悲宋朱服句而今樂事他年淚二語合參可悟一意化兩之法宋周端臣木蘭花慢云料得今朝別後他時有夢應夢今朝與而今何間意（同上）

黨承旨鷓鴣天云開簾放入窺窗月且盡新涼睡美休瀟灑疏俊極矣尤妙在上句窺窗二字窺窗之月先已有情用此二字便曲折而意多意之曲折由字裏生出不同矯揉鉤致不墮尖纖之失○同上

按劉彥和曰夫設情有宅置言有位宅情曰章位言曰句故章者明也句者局也又曰夫人之立言因字而生句積句而成章積章而成篇篇之彪炳章無疵也章之明靡句無玷也句之清英字不妄也故知句之於篇章至關重要而句之訓局尤具精義蓋一句之字長不過八九意行其中彌見局促貴能位置得宜玉田所謂一字閑不得蕙風所謂詞貴意多一句之中意亦忌複皆言位置之當合宜也至如何方能合宜則況君性靈書卷二語盡之矣有性靈則易者不率有書卷則難者不澀難易之間措置均宜則意多不癡重意少亦不蕪累而玉田襯副之說尤屬通方之論但好發揮處極要用工不可放過數語至爲重要如無此等句而通首襯副則亦木偶而已至何處方爲好發揮處經營既熟自然遇之況君所舉各句即爲佳例此等處往往看似平易却甚艱辛惟能手方不致忽略且能於上下句位置得宜自然精神煥發閒嘗論東坡後赤壁賦霜露既降木葉盡脫人影在地仰見明月十六字無一字一句可顛倒而人影二句庸手爲之必至互易蓋木葉盡脫必在霜露既降之後而人影在地則在木葉盡脫之

後全仰見明月四字則因見地有人影而後仰視而後知月出也此中次第一絲不容或紊且一一天成絕非矯揉鉤致而得惟常人無此閒情逸致故易忽視而不能領略文人用心靜細於此見之必有此心而後能有此句且如此等句即謂之滿心而發肆口而成者亦無不可也況君所舉各例即可以此理通之

又按屬對宜自然使人不疑爲對句與玉田御須用工之論理似相反而實相成所謂自然從追琢中出也陸輔之詞旨有摘名家對句及樂笑翁奇對二條今附錄前條於此以爲初學取法之助

小雨分山斷雲籠日（周不伐探春）烟橫山腹雁點秋容（吳夢窗聲聲慢）問竹平安點花番次（徐淵）稚柳蘇晴故溪歇雨（周美成西平樂）虛閣籠寒小簾通月（姜白石法曲獻仙音）池面冰膠牆腰雪老（前人一萼紅）翠葉吹涼玉容消酒（前人念奴嬌）枕簟邀涼琴書換日（前人惜紅衣）疏綺籠寒淺雲棲月（丁宏菴）蟬碧勾花雁紅攢月（前人）霜杵敲寒風鐙搖夢吳夢牕盤絲繫腕巧篆垂簪（前人澡蘭香重午）落葉霞飄敗窗風咽（前人法曲獻仙音）風拍波驚露零秋冷（前人前調秋晚紅白蓬）種石生雲移花帶月（翁處靜齊天樂）花匣幺弦象奩雙陸（樓君亮法曲獻仙音）珠璧花輿翠翻蓬額（前人）汗粉難融袖香新竊（前人）斷浦沉雲空山挂雨（史梅溪齊天樂）畫裏移舟詩邊就夢（前人前調）做冷欺花將烟

困柳（前人綺羅香春雨）巧剪蘭心，偷粘草甲（前人東風第一枝春雪）。硯凍凝花，香寒散霧（周草窗齊天樂）。醉墨題香，閒簫弄玉，（前人）繫馬橋空，移船岸曲（王雙溪）。竹深水遠，臺高石出（施梅川）。香苒沾袖，粉甲留痕（前人）。就船換酒，隨地攀花（前人）。鬬雨爲酥，催冰做水（王通叟慶清朝慢踏青）。羅袖分香，翠綃封淚（陳同甫水龍吟）。薄袖禁寒，輕妝媚晚（採花翁畫錦堂）。倒葦沙閑，枯蘭淑冷（高竹屋齊天樂）。綠蕪彫霜，黃花招雨（前人）。紫曲迷香，綠窗夢月（李篔房踏莎行）。暗雨敲花，柔風過柳（前人金谷移春）。玉壺貯煖（張寄閒茶花）。攤石池臺，約花欄檻（前人）。問月賒晴，憑春買夜（丁南湖）。

句法中有字面，蓋詞中有生硬字用不得，須是深加鍛煉，字字敲打得響，歌誦妥溜，方爲本色語。如賀方回、吳夢窗，皆善於煉字面，多于李長吉、溫庭筠詩中來。字面亦詞中之起眼處，不可不留意也。（詞源卷下）

詞與詩不同，詞之句語，有兩字、三字、四字至六字、七八字者，若惟疊實字，讀之且不貫通，況付雪兒乎。合用虛字呼喚，一字如正、但、甚、任之類，兩字如莫是、還又、那堪之類，三字如更能消、最無端、又却是之類。此等虛字，却要用之得其所。若能用虛字，句語自活，必不質實，觀者無掩卷之誚。（同上）

要求字面，當看溫飛卿、李長吉、李商隱及唐人諸家詩句中字面好而不俗者，采摘用之。如花間集小詞亦多好句。（樂府指迷）

重字良不易錯錯錯與忡忡之類是也然須另出不是上句意乃妙（七頌堂詞繹）

詞人用語助入詞者甚多入豔詞者絕少惟秦少游悶則和衣擁新奇之甚用則字亦僅見此詞（金粟詞話）

庭院深深深幾許楊柳堆烟簾幙無重數金勒雕鞍遊冶處樓高不見章臺路雨橫風狂三月暮門掩梨花無計留春住淚眼問花花不語亂紅飛過鞦韆去此歐陽文忠公蝶戀花春暮詞也李易安酷愛其語遂用作庭院深深數闋楊升庵云一句中連三字者如夜夜夜深聞子規又日日日斜空醉歸又吏吏吏漏月明中又樹樹樹梢啼曉鶯皆善用疊字也（詞苑叢談）

詞有疊字三字者易兩字者難要安頓生動（蓮子居詞話）

空同詞喜鍊字菩薩蠻云繫馬短亭西丹楓明酒旗南柯子云碧天如水印新蟾阮郎歸云綠情紅意兩逢迎扶春來遠林又云羅衣金縷明兩明字印字扶字並從追琢中出又鷓鴣天云瑩然初日照芙渠能寫出美人之精神浪淘沙別意云花霧漲冥冥欲雨還晴能融景入情得迷離惝恍之妙皆佳句也漲字亦鍊行香子云十年心事兩字眉婚二字新奇殆即目成之意未詳所本（惠風詞話卷二）

詞來鍊字法斷不可少韓子耕浪淘沙云試花霏雨溼春晴三十六梯人不到獨喚瑤箏妙在濕字

喚字。同上

黃東甫柳梢青云花驚寒食柳認清明。驚字認字屬對絕工。昔人用字不苟如是所謂詞眼也。同上

李周隱小重山云畫檐簪柳碧如城。一簾風雨裏過清明。次云紅塵沒馬翠蘺輪西冷曲歡夢絮飄零。簪字沒字蘺字並力求警鍊造語亦佳。同上

清姒學作小令未能入格。偶幡帚中州樂府得劉仲尹柔桑葉大綠團雲句。謂余曰只一大字寫出桑之精神。有他字以易之否。斯語其庶幾乎。略知用字之法。同上卷三

馮士美江城子換頭云。清歌皓齒豔明眸。錦纏頭。若為酬。門外三更燈影立驊騮。門外句與姜石帚籠紗未出馬先嘶。意境略同。驊騮子近方重入詞不易合色。馮句云云乃適形其俊可知字無不可用。在乎善用之耳。其過拍云月下香雲嬌墮砌花氣重酒光浮。亦豔絕清絕。同上

劉無黨錦堂春西湖云。牆角含霜樹靜。樓頭作雪雲垂。靜字垂字得含霜作雪之神。此實字呼應法，初學最宜留意。同上

舊話不諶長趙青山望海潮句叶長字。傷僿易為詳。則尋常無韻致矣。可悟用字之法。同上

明湯胤績公讓浣溪沙云燕壘雛空日正長。一川殘風映斜陽。鸕鷀曬翅滿魚梁。榴葉擁花當北戶，

竹根抽筍出東牆小庭孤坐嬾衣裳頗清潤入格摛字鍊能寫出榴花之精神。（同上卷五）

唐秣陵崔夫人墓志柏傳卽會真記之鶯鶯拓本甚舊或作題詞就余商定有籤碧凝塵句凝字未愜嘗易字仍未妥最後得棲字不禁拍案叫絕此鍊字之法也。（同上）

紅杏枝頭春意鬧著一鬧字而境界全出矣雲破月來花弄影著一弄字而境界全出矣。（人間詞話）

按彥和論文特著鍊字一篇其言曰善爲文者富於萬篇貧於一字其論詩人狀物之功則曰詩人感物聯類不窮流連萬象之際沈吟視聽之區寫氣圖貌既隨物以宛轉屬采附聲亦與心而徘徊故灼灼狀桃花之鮮依依盡楊柳之貌杲杲爲出日之容瀌瀌擬雨雪之狀喈喈逐黃鳥之聲喓喓學草蟲之韻皎日嘒星一言窮理參差沃若兩字窮形並以少總多情貌無遺矣雖復思經千載將何易奪夫物態萬殊人情千變以千變之情擬萬殊之態用萬殊之態託千變之情而功蹟寄於一二字其間隱顯重輕斟酌損益大費經營而權貴止於手與心豈非至難之事乎然而苟能了然於心則其出諸手也自易蓋物以情觀者也情志清明則物無隱貌手寫吾心者也心象澄徹則手無遁形由是言之觀物之功在於養情而鍊字之要尤在鍊心矣昔賢評品詩詞每喜摘其用字精工之句以示後人而不究極其理後人見古人欣賞在

此又愛其新奇遂亦致力於此而不深求其本故或務於字面推敲或乞靈於古人詩句縱能出奇要非脩辭立誠之道其極也必至飣餖堆砌纖巧儇利不止故特著彥和之論以爲羣言之宗主學者先明古人之言後覽諸家之說則於茲事本末無顛倒之失矣

又按詞旨有詞眼一條皆摘自名家詞句用字精鍊者今錄於後

燕嬌鶯姹（潘元質 倦尋芳） 綠肥紅瘦（李易安 如夢令） 籠柳嬌花（前人 壺中天） 籠鐙燃月（周美成 意難忘） 醉風醒雨（吳夢窗 解蹀躞） 挑雲研雪（王碧山） 柳昏花暝（史梅溪 雙雙燕） 翠陰香遠（方千里 過秦樓） 玉嬌香怨（高竹屋 齊天樂） 蝶悽蜂慘（楊守齋 八六子） 柳腴花瘦（湯西村 甘州） 綰燕吟鶯（前人） 燕昏鶯曉（李秋崖） 漁烟鷗雨（前人 青玉案） 翠顰紅妬（王可竹 齊天樂） 愁烟恨粉 月約星期（樓君亮 玉漏遲） 恨烟顰雨（張東澤 祝英台近） 燕窺鶯認（鍾梅心 步蟾宮） 愁羅恨綺（翁處靜 水龍吟） 移紅換紫（張寄閑 瑞鶴仙） 聯詩換酒（周草窗 三犯渡江雲） 連歌試舞（前人 露華） 舞句歌引（前人 月邊嬌） 三生春夢 雨今雲古（張炎 長亭怨）

聲采第六

腔律豈必人人皆能按簫塡譜但看句中用去聲字最爲緊要然後更將古知音人曲一腔三兩隻參訂如都用去聲亦必用去聲其次如平聲卻用得入聲字替上聲字最不可用去聲字替不可以上去入盡道是側聲使用得更須調停參訂用之古曲亦有拗者蓋被句法中字面所拘牽今歌者

亦以爲使。如尾犯之用金玉珍珠博。金字當用去聲字。如絳園春之用遊人月下歸來。況蕙風校云按此夢窗絳都春句或當時一名絳園春他本未見。遊人況校云當作字合用去聲字之類是也。樂府指迷

近世作詞者。不曉音律。乃故爲豪放不覊之語。遂借東坡稼軒諸賢自諉。諸賢之詞。固豪放矣。不放處未嘗不叶律也。如東坡之哨遍楊花水龍吟。稼軒之摸魚兒之類。則知諸賢非不能也。同上

古曲譜多有異同。至一腔有兩三字多少者。或句法長短不等者。蓋被教師改換。亦有嘌唱一家多添了字。吾輩只當以古雅爲主。如有嘌唱之腔不必作。且必以清真及諸家目前好腔爲先可也。同上

兪仲茅爰園詞話曰。詞全以調爲主。調全以字之音爲主。音有平仄。必多不可移者。間有可移者。仄有上去入。多可移者。間有必不可移者。儻必不可移者任意出入。則歌時有棘喉澀舌之病。故宋時一調作者多至數十人。如出一吻。今人既不解歌。而詞家染指。不過小令中調。尙多以律詩手爲之。不知孰爲調。無怪乎詞之亡也。詞苑叢談

詩之變古而律。其法猶寬。至詩變而爲詞。其法不得不加密矣。何者。詞爲曲所濫觴。寄情歌詠。既取丰神之蘊藉。尤貴音調之協和。其倡爲名目諸公。皆才士。而又精於聲音節簇之微妙。故凡其篇幅短長。字句平仄。皆非無故。決然爲一定不可移易焉者也。世無知音。鮮識其奧。而作者又不自言其所

（國 6 二十五年印）

作學問正要如此

以然以告於後人於是世之自命爲才人宿學遂不問古作者製詞之所以然而竊謂裁割字句交互平仄之間無事拘泥可任情率意更改增減詎知古調盡失詞之名存而音亡矣嘻設詞可不拘成格惟憑臆是逞則何不以詩以騷以賦不必句櫛字比者爲之而必詞之爲耶夫既刻意爲詞復故失其音節之所在不惑之甚耶（吳興祚詞律序）

陽聲字多則沈頓陰聲字多則激昂重陽間一陰則柔而不靡重陰間一陽則易而不危（宋四家詞選序論）

仁友極辨上去是已上入亦宜辨入可代去上不可代去入之作平者無論矣其作上者可代平作去者斷不可代平平去是兩端上由平而之去入由去而之平（同上）

雙聲疊韻字要著意布置有宜雙不宜疊宜疊不宜雙處重字則既雙且疊尤宜斟酌（同上）

宋人名作於字之應用入聲者間用上聲用去聲者絕少檢夢窗詞知之（蕙風詞話卷一）

入聲字於塡詞最爲適用付之歌喉上去不可通作唯入聲可融入上去聲凡句中去聲字能遵用去聲固佳若誤用上聲不如用入聲之爲得也上聲字亦然入聲字用得好尤覺峭勁娟雋（同上）

御選歷代詩餘每調臚列如干首每塡一調就諸家名作參互比勘一聲一字務求合乎古人毋記一字不合者以自恕則不特聲韻無誤即宮律之微亦可由此研入（同上）

壽樓春梅溪自度曲前段因風飛絮照花斜陽後段湘雲人散楚蘭魂傷並用雙聲叠韻字是聲律極細處同上卷二

按聲律之論通論第四章已盡之矣茲所采諸家皆斤斤於守律之宜嚴大氐以詞本歌曲一調有一調之音節苟任意爲之則失按譜塡詞之義矣竊嘗思之塡詞之事有三一曰宮調二曰聲韻三曰歌辭而聲韻介宮調與歌辭之間旣與唱曲相關復與辭句密切今唱法雖亡而與之相關之聲律尙可考見嚴守聲律不但保存詞調且可進而研究唱法故諸家於此不憚反復申明也至守律之法沈況兩君之言至確不可託一二不合者以自恕不可借蘇辛諸賢以自諉二語尤深中時病蓋不合者或傳久而訛或爲嘌唱家所改或作者本非專家也蘇辛之作論詞品則誠高妙辨詞體則非本色也止庵列蘇辛二公之作於變體之中此辨章之道宜然非有所貶於二公也

詞不宜強和人韻若倡者之曲韻寬平庶可賡歌倘韻險又爲人所先則必牽強賡和句意安能融貫徒費苦思未見全章妥溜者東坡次章質夫楊花水龍吟韻機鋒相摩起句便合讓東坡出一頭地後片愈出愈奇真是壓倒今古我輩倘遇險韻不若祖其元韻隨意換易或易韻答之是亦古人

三不和之說。詞源卷下

押韻不必盡有出處，但不可杜撰。若只用出處押韻，卻恐窒塞。樂府指迷

詞中多有句中韻，人多不曉。不惟讀之可聽，而歌時最要叶韻應拍，不可以爲閒字而不押。如木蘭花云：傾城盡尋勝去。城字是韻。又如滿庭芳過處：年年如社燕。年字是韻。不可不察也。其他皆可類曉。又如西江月起頭押平聲韻，第二第四就平聲切去押側聲韻。如平聲押東字，側聲須押董字、凍字韻方可。有人隨意押入他韻，尤可笑。同上

作險韻以妥爲貴。史達祖一斛珠曰：鴛鴦意懷空分付。有情眉睫齊家，蓮子黃金葉，爭比秋苔韡鳳。幾番躡牆陰月白，花重疊。忽忽輭語頻驚怯。宮香錦字將盈篋。雨長新寒，今夜夢魂接。語甚生新，卻無一字不妥也。末語尤有致。皺水軒詞筌

詞有借叶。借叶有二。一者讀府北讀卜，從方音也。唐及兩宋多有之。若辛幼安歌麻合用，篠有合用，則用古韻。大抵前人韻有不合處，以二者通之，靡不合也。蓮子居詞話

借叶之說興，而韻益紊。任取兩宋人所借之韻，因而旁通遞轉，縱逸無歸，古響方音，錯雜並奏，詞又何貴乎韻？所以爲是言者，蓋以著兩宋詞亦有此例，不獨古經騷賦詩也。家溯既殊，體裁斯判，且又

一曲文學之演變大抵如是

止此數字庶幾近之而有才者本韻自足何必然也（同上）

吳彥高爲中州樂府之冠不特詞高其用韻亦謹飭有法如人月圓專用麻韻春從天上來專用青韻滿庭芳專用鹽韻皆用廣韻郎風流子陽唐並用秪就近通融不攔入江也（同上）

韻上一字最要相發或竟相貼相其上下而調之則鏗鏘諧暢矣（宋四家詞選序論）

上聲韻韻上應用仄字者去爲妙去入韻則上爲妙平聲韻韻上應用仄字者去爲妙入次之疊則聲牙隣則無力（同上）

仄聲中兩上兩去最所當避蓋上聲舒徐和軟其腔低去聲激厲勁遠其腔高相配用之方能抑揚有致（西圃詞說）

夫詞爲古樂府歌謠變體晚唐北宋間特文人游戲之筆被之伶倫實由聲而得韻南渡後與詩并列詞之體始尊詞之真亦漸失當其末造詞已有不能歌者何論今日故居今日而言詞韻實與律相輔蓋陰陽清濁舍此更無從叶律是以聲亡而韻始嚴（王鵬運詞林正均跋）

初學作詞最宜刻韻始作取辦而已毋存藏拙嗜勝之見久之靈源日濬機括日熟名章俊語紛交衡有進益於不自覺者矣手生重理舊彈者亦然離羣索居日對古人研精覃思甯無心得未若取

（國6 二十五年印）

此種兒字爲白話所采用

徑乎此之捷而適也。蕙風詞話卷一

作詠物事詞須先選韻選韻未審雖有絕佳之意恰合之曲欲用而不能用則必用不甚合者以就韻乃至涉尖新近牽强損風格其弊與强和人韻者同。同上

詞用虛字叶韻最難稍欠斟酌非近滑卽近佻憶二十歲時作綺羅香過拍云東風吹盡柳綿矣端木子疇前輩埰見之甚不謂然申誡至再余詞至今不復敢叶虛字矣如賺字倘字之類亦宜愼用並易涉纖兒字尤難用之至如船兒葉兒風兒月兒云云　此字天然近俚用之得如閨人口吻卽亦何當風格乃至村夫子口吻不尤不可嚮邇邪若於此等難用之字筆健能扶之使豎意精能鍊之使穩庶極專家能事矣斯境未易臻仍以不用爲是。同上

李蠙洲拋球樂云綺窗幽夢亂如柳羅袖淚痕凝似錫謁金門云可奈薄情如此點寄書渾不答錫點叶韻雖新卻不墜宋人風格然如錫韻二句所爭亦止累黍間矣其不失之尖纖者以其尚近質拙也學詞者不可不知。同上卷二

按詞韻寬嚴之論自求不一極端主寬者毛西河也其說之違理已爲前人駁斥矣然詞韻實較詩韻爲寬其理則半塘翁由聲得韻之言得之矣再證以沈義父詞腔謂之均均卽韻也張

玉田論結聲正訛不可轉入別腔之說知韻之與唱關係尤切蓋一字之音有發有收而收音之部不出穿鼻展輔斂脣抵齶直喉閉口六者此六者乃唱曲家所宜別亦韻部所由分唱曲之訣在唱一字不失本字之音填詞之要在用一韻不出本部之外字歸本音則音正韻歸本部則韻諧音正韻諧則無棘喉澀舌之失古人之詞付之歌喉唯求諧協苟能諧協即可爲韻故東冬鍾可以合用靑淸侵絕不相通此王氏所謂由聲得韻也後世唱法失傳宮調不明不得不就前人之詞尋其用韻分合之迹以定詞韻其意亦與守律相同務在與宮律相近而已故不宜濫通而用韻始嚴矣至詞家用韻有間句韻每句韻句中韻平仄相韻平仄換韻等式大氐盡有詩家之長而復參伍錯綜之惟其如此尤不可不有法度以貫之使不至漫無友紀此詞韻所以不得不作也

又按止庵舉韵上一字宜求與韵相發又上聲韵上宜用去去入韵上宜用上平韵上字仄者去爲妙皆入微之論其言大可硏味此外尙有仄聲上用平聲字者宜以陰平聲配上聲陽平聲配去聲此則不限於韵腳曲家於此講之最嚴塡詞能照顧及此則於聲音之美無遺憾矣

詞之作必須合律然律非易學得之指授方可若詞人方始作詞必欲合律恐無是理所謂千里之

（國6二十五年印）

稍起於足下當漸而進可也正如方得離俗爲僧便要坐禪守律未曾見道而病已至豈能進於道哉音律所當參究詞章先宜精思俟語句妥溜然後正之音譜二者得兼則可造極玄之域今詞人纔說音律便以爲難正合前說所以望望然去之苟以此論製曲音亦易諧將于于然而來矣（詞源卷下）

初賦詞且先將熟腔易唱者塡了卻逐一點勘替去生硬及平側不順之字久久自熟便覺拗者少全在推敲吟嚼之功也（樂府指迷）

頻伽詞話云詞有拗調拗句須渾然脫口若不可不用此平仄聲字者方爲作手如未能極工無寧取成語之合者以副之斯不覺其聱牙耳茲言最得拗體之訣推之如江城梅花引喝火令歸田樂各體雖未爲盡拗然必極精融妥溜而出之（蓮子居詞話）

詞有俗調如西江月一翦梅之類最難得佳念奴嬌之覽古沁園春之體物易地而爲之未有能工焉者矣（同上）

詞調愈平熟則其音急愈生拗則其音緩急則繁其聲易淫緩則庶乎雅耳如蘇長公之大江東去及吳夢窗史梅溪等調往往用長句同一調而句或可斷若此亦可斷若彼者皆不可斷而其音以緩爲頓挫字字可頓挫而實不必斷倚聲者易於爲平熟而艱於爲生拗調明乎緩急之理而何生

昌黎之語可謂澀而有真氣貫注者矣

拗之有。易餘籥錄卷十七

詞無不諧適之調，作詞者未能熟精斯調耳。昔人自度一腔，必有會心之處，或事家能知之，而俗耳不能悅之。不悟何調，但能填至二三次，愈填愈佳，則我之心與昔人會，簡淡生澀之中，至佳之音節出焉。難以言語形容者也。唯所作未佳，則領會不到，此詣力不可彊也。蕙風詞話卷五

澀之中有味、有韻、有境界，雖至澀之調，有真氣貫注，其間其至者可使疏宕，次亦不失凝重，難與貌澀者道耳。同上

按戴文節公熙習苦齋畫絮論畫理精絕，多可通之詩詞，如曰：何子貞出楮索畫，楮甚澀，澀楮澀墨，澀墨澀筆，澀筆澀思，思不澀，不與筆；不澀，不歛墨；不澀，不惜澀。宜過澀亦有功也。萬事澀勝滑。子貞其無訶，知此可與論澀調矣。且調之苦澀者，特就詞句言耳。若以付之歌喉，則正其音節抗墜至極處，而詞之聲曲折，固存於音譜，亦寄於平仄清濁之間，細心吟諷，久久亦自可得。此況君愈填愈佳之說也。例如醉翁操之寫放琴聲，壽樓春之抒情，沉而悲，皆於字音之中吟諷可得，而六州歌頭之繁音促節，尤足見沈鬱悲涼之情。凡此諸調，雖未付之管絃，而能得其音節。推之如秋思耗、花犯、倒犯、看花迴、鶯啼序等，一調有一調之聲情，一調有一調之節

奏即一調有一調之韻味一調有一調之境界大抵調愈澀句愈拗其韻味愈深長情節愈高古境界愈幽奥好學深思之士自能得之於方寸況君所謂難以言語形容者此也

詞用事最難要體認著題融化不澀如東坡永遇樂云燕子樓空佳人何在空鎖樓中燕用張建封事白石疏影云猶記深宮舊事那人正睡裏飛近蛾綠用壽陽事又云昭君不慣胡沙遠但暗憶江南江北想佩環月夜歸來化作此花幽獨用少陵詩此皆用事不爲事所使（詞源卷下）

詞中用事使人姓名須委曲得不用出最好清真詞多要兩人名對使亦不可學他如宴清都云庾信愁多江淹恨極西平樂云東陵晦迹彭澤歸來大酺云蘭成憔悴衛玠清羸過秦樓云才減江淹情傷荀倩之類是也（樂府指迷）

鍊句下語最是緊要如說桃不可直說破桃須用紅雨劉郎等字如詠柳不可直說破柳須用章臺灞岸等事又用事如曰銀鈎空滿便是書字了不必更說書字玉筯雙垂便是淚了不必更說淚如綠雲繚繞隱然髻髮困便湘竹分明是簟正不必分曉如教初學小兒說破這是甚物事方見妙處往往淺學俗流多不曉此妙用指爲不分曉乃欲直拔說破卻是賺人與要曲矣如說情不可太露（同上）

作詞必先選料大約用古人之事則取其新僻而去其陳因用古人之語則取其淸雋而去其平實用古人之字則取其鮮麗而去其淺俗不可不知也金粟詞話

作詞不待用事用之妥切則語始有情劉叔安水龍吟立春懷內曰雙燕無憑尺書難表甚時回首想畫闌倚徧東風閒負卻桃花呪此用樊夫人劉綱事妙在與已姓暗合若他人用之雖亦好語終減量矣皺水軒詞話

周美成詠梨花云傳火樓臺妒花風雨長門深閉亞簾櫳半濕一枝在手偏句引黃昏淚用深閉門及一枝春帶雨意圓轉工切黃德夫則云一春花下幽恨重重又愁晴又愁雨又愁風卻絕不使梨花事然何嘗不是梨花耶蓮子居詞話

白描不得近俗修飾不可太文生香眞色在離卽之間不特難知亦難言西圃詞說

詞中本色語如李易安眼波纔動被人猜蕭淑蘭去也不教知怕人留戀伊孫光憲留不得留得也應無益嚴次山一春不忍上高樓爲怕見分攜處觀此種句卽可悟詞中之眞色生香且怕人留戀伊爲怕見分攜處兩怕字用來妙不可言若用一恐字亦未嘗說不去然毫釐差則千里謬矣蓋詞中雅俗字原可互相勝負非文理不背卽可通用此僅可爲解人道也同上

從反面觀之則互爲得失不可執一端論也

詞忌用替代字美成解語花之桂華流瓦境界極妙惜以桂華二字代月耳夢窗以下則用代字更多其所以然者非意不足則語不妙也蓋意足則不暇代語妙則不必代此少游之小樓連苑繡轂雕鞍所以爲東坡所譏也（人間詞話）

沈伯時樂府指迷云說桃不可直說破桃須用紅雨劉郎等字說柳不可直說破柳須用章臺灞岸等字又惟恐人不用代字者果以是爲工則古今類書具在又安用詞爲邪宜其爲提要所譏也（同上）

人能于詩詞中不爲美刺投贈之篇不使隸事之句不用粉飾之字則于此道已過半矣（同上）

以長恨歌之壯采而所隸之事只小玉雙成四字才有餘也梅村歌行則非隸事不辦白吳優劣即于此見不獨作詩爲然填詞亦不可不知也（同上）

按填詞純重情思與兼尚色澤皆爲要論惟靡有色澤而情思平凡乃爲下乘至敷色濃淡之間亦有斟酌大氐須與情思相發所謂連情發藻併色揣稱也此中分寸全在作者臨時自己商略然人之好尚不同性質各異通倪者以情真思深爲極致精密者用藻麗工細爲準繩此所以或講用事之功或主清空之論也蓋用事乃文家脩辭之技脩辭之要劉彥和以少總多情貌無遺八字盡之矣然真美之文亦必無施而不可譬如美女嚴糚麗飾固佳亂頭粗服

亦佳也若單就脩辭之技言之則用事與隸事亦有別用事者取古人往事與作者所欲言者切合之處以爲比附而此欲言者或不欲明言或不敢明言得此切合之處比附言之則欲言者已可使人領略不但精切而且婉約能以少字表多意能以簡語達深情而隸事則徒徵故實彌見餖飣譬之事類賦之流但使人賞其運典切題記問淹博而已是技而非道也至代字之法亦脩辭家所許蓋文之爲訓本有文采文飾之義即尋常語言亦多粉飾之詞所以動觀聽增情趣也但用之以不曲不滯不晦爲要曲者轉折太多如乙本代甲丙又代乙作者嫌乙平近用丙代之以爲新奇其失也生僻例如秋風可代以商飆而商屬金風爲天籟如以金籟代之則生僻矣滯者以無生之字代有生之物使之冥頑不靈例如白魚活潑之物也以玉尺代之則滯矣黃鶯活潑之物也以金梭代之則滯矣晦者代者與所代者無連貫之義使人閱之不明例如遠樹如薺乃竟以薺代遠樹如遙望天邊薺則失其義矣又言桃不說破桃言柳不說破柳亦避平近及免重複之意未可便爲要訣當相度全篇地位如上文已言及桃柳此但形容桃花之色或柳枝之態自以用形容字爲宜至如夢窗檀欒金碧婀娜蓬萊八字所以被譏者以檀欒代竹婀娜代柳金碧代樓臺蓬萊代洲渚八字全用代詞也玉田譏其質實蓋

（國 6 二十五年印）

作古詩常有此境

指斅色太濃而言究之此等作法實爲空其故其真質實景必待略加思索始見意在使其景物更加美麗未必便爲疵病詞家所重固不在此特詞至南宋作家於情思之外兼重敷藻之功於是修辭之技亦在所精研吾輩但觀其是否與情思相發是否犯曲滯晦之忌而已前人毀譽自別有故大氐意在救時弊者立言或不免有偏宕之處亦不可不細辨也

餘論第七

詞既成恐前後不相應或有重疊句意又恐字畫龎疎曲爲修改改畢淨寫一本展之几案或貼之于壁少頃再觀必有未隱處如此改之又改方成無瑕之玉急於脫藁倦事修擇豈能無病不惟不能全美抑且未協音聲作詩且猶旬鍛月錬況於詞乎（詞源卷下）

佳詞作成便不可改但可改便是未佳改詞之法如一句之中有兩字未愜試改兩字仍不愜意便須換意通改全句牽連上下常有改至四五句者不可守住元來句意愈改愈滯也（蕙風詞話卷一）

改詞須知挪移法常有一兩句語意未愜或嫌淺率試將上下互易便有韻致或兩意縮成一意再添一意更顯厚此等倚聲淺訣若名手意筆兼到愈平易愈渾成無庸臨時掉弄也（同上）

按此皆詞家自道甘苦之言亦初學最宜留意之事不可倦於修擇以自然二字文飾須知極

敝帚堪詞論一卷下　三七　國立武漢大學印

自然之作必從極不自然中層層修改而出關於此事昔曾撰文學中相反相成之義一文
之纂詳今摘錄一節於左亦可以發張先未發之奧也原文先引釋皎然詩式而後引申之
皎然詩式論取境曰詩不假修飾任其醜樸但風韻正天真全即名上等予曰不然無鹽闕容
而有德曷若文王太姒有容而有德乎又云不要苦思苦思則喪自然之質此亦不然不入虎
穴焉得虎子取境之時須至難至險始見奇句成篇之後觀其氣貌有似等閒不思而得此高
手也有時意靜神王佳句縱橫若不可遏宛若神助不然蓋由先積精思因神王而得乎皎然之言
此以下乃余引申之論皎然此論可謂能發雕琢之奧義者矣惜夫人之不深察也蓋古今佳作未有不經
鍛鍊之功者其理至明當其將成之時莫不至難至險及其既成之後又必不存雕鑿之迹而
自然華妙乃為高手譬如良工之治玉然未成之時則鑿迹宛然既成之後則明潤悅懌然而
匠人未聞出其鑿迹宛然者求售而人之市玉者亦未聞舍明潤悅懌者而求鑿迹宛然者蓋
不有鑿迹宛然者則不能明潤悅懌玉必明潤悅懌而後其美質乃彰也為文何獨不然自然
之美豈矢口所能道要當有雕琢之功而後可見也皎然又曰先積精思因神王而得則句若

植援牘若成誦在心借書於手王粲屬文舉筆便成無所改定此二者固由才思敏捷亦非絕無學力可能當其平居沉冥思索之時即可以助倉卒臨文之用杜甫作詩古稱下筆如有神助然而老杜固嘗言之曰讀書破萬卷下筆如有神下筆有神必在讀破萬卷之後則亦非淺學者所能妄擬矣

原文又一節論文家修改之功亦可通於詞學今錄之如左

雖然廢雕琢之功者固不可造自然之境而功之未至者及爲之太過者亦足以損天眞而減聲價也故雕琢之事自有適宜之限度若達於適宜之限度者增一分則太過減一分則不及尋之不見鎚鑿之痕覺之惟有天然之妙當此之時其酣暢舒愉洽心當意有非可言說者存故東坡謂行文爲至樂之事也歷來作家往往因此適宜之限度難得而積日夕之力以求之其冥心苦索誠有如士衡所謂攪營魂以探賾頓精爽以自求者薛道衡之閉門臥索賈島之手作推敲李賀之嘔心劇肝每至於忘形廢事而不自知者皆以求洽心當意而未得也故文學之事其至難之端不在雕琢之工緻而在雕琢有適宜之限度古代名手之作原稿多不可見其用心之苦遂非後人所能知然而偶爾流傳之句吾人得之大可供研究之用例如杜甫

曲江對酒詩桃花細逐楊花落黃鳥時兼白鳥飛一聯原稿上句作桃花欲共楊花語今[illegible]二句比較之欲共語三字不免有矯揉造作之狀而細逐落三字則自然工穩且細逐二字含意無窮固不止欲共語之一意也他如洪邁容齋隨筆載王荊公春風又綠江南岸一句初作又到圈去注曰不好改爲過又圈去改爲入旋又改爲滿如是改至十許字始定爲綠又黃魯直高蟬正用一枝鳴一句用字初作抱又改曰占曰在曰帶曰要至用字始定凡此所記豈故爲煩瑣亦以適宜之限度求之正自不易也

按今人動譏古人鍛鍊之功以爲損自然之美其粗淺之見實不值一哂又塡詞者每以辛稼軒出語天然以爲易學羣起效之不知稼軒之看似平易亦在讀破萬卷之後加以天情開朗工力深厚故能渾然脫去畦町此皎然所謂先積精思由神王而得蕙風所謂愈平易愈渾成也然則學者安可不思研閱馴致之功不講積學酌理之效而輕擬古人哉

（國 6 二十五年印）